AF290127

KLEINOD heal the world

Bibliografische Information der Deutschen Nationalbibliothek:
Die Deutsche Nationalbibliothek verzeichnet diese Publikation in der Deutschen Nationalbibliografie; detaillierte bibliografische Daten sind im Internet über http://dnb.dnb.de abrufbar.

3. Auflage
Copyright © 2016 Alexander Preiß
Herstellung und Verlag:
BoD Books on Demand,
Norderstedt

Coverbild
© Luna

www.kleinod-world.com

ISBN: 9783734732287

Vorwort zur 3. Auflage

Die Neuauflage von "KLEINOD heal the world" wurde durch junge Leser angeregt, denen das Buch sehr gefallen hat. Gleichzeitig fehlten Ihnen Illustrationen zu den zentralen Szenen sowie von Neel und Naal.

Im Rahmen eines Kunstprojektes, dem Samstagsatelier des Gymnasiums in Wülfrath, gab sich die Gelegenheit, das Buch jungen Künstlern vorzustellen. Das Samstagsatelier ist eine Einrichtung, bei der KunstlehrerInnen des Gymnasiums mit zwei Künstlern zusammen arbeiten (unter finanzieller Unterstützung des Landes NRW, im Rahmen des Programms "Kultur und Schule").

Es fand sich eine Gruppe von etwa 10 Schülern ein, im Alter zwischen 10 und 15 Jahren, die an zwei Tagen Bilder zu dem Buch malen wollten.

Beim Schreiben des Buches hatte ich das Aussehen von Neel und Naal vage gehalten. Dadurch wird der Phantasie der Leser einiger Spielraum gelassen. So erstaunt es nicht, dass bei dem Kunstprojekt wunderbare, zum Teil sehr unterschiedliche Bilder von Neel und Naal entstanden sind. Ich habe sie mal hier, mal da, eingefügt. Des Weiteren wurden eine Reihe Bilder zu den verschiedenen, zentralen Szenen des Buches illustriert, die den Kindern am besten gefallen haben und die die entsprechenden Szenen untermalen.

Die vollständige Liste aller Bilder in das Buch zu integrieren war nicht möglich. Die komplette Sammlung wird auf der Website www.kleinod-world.com veröffentlicht.

Gerne könnt Ihr auch selber noch Bilder malen und sie an mich senden, sie werden dann ebenfalls auf die Webseite gestellt (Mail: kontakt@kleinod-world.com).

Die wichtigsten Akteure

Neel und Naal:
Das Mädchen Neel und der Junge Naal sind 11 Jahre alt und sie kennen sich schon ihr ganzes Leben lang, obwohl sie keine Geschwister sind. Ihre Väter arbeiten gemeinsam bei der Raumfahrtkommission und die Familien sind befreundet.

Abendahl:
Abendahl, der für Glieser Verhältnisse groß gewachsene, schlanke Leiter der Raumfahrtkommission, ist verantwortlich für die Erkundungsflüge mit dem Forschungs- und Erkundungsraumschiff.

Velt der Denker:
Velt ist schon sehr alt und ergraut. Er redet im Allgemeinen wenig, vor allem dann, wenn er sich über eine Sache nicht vollkommen sicher ist. Velt ist äußerst empathisch, achtet und respektiert mehr noch als die meisten anderen Glieser seine Umwelt, was ihm größten Respekt verschafft.

Nedal:
Nedal ist 1. Pilot. Er ist ein cooler Typ, zu dem sich Naal sehr hingezogen fühlt und er will später auch mal so werden wie Nedal.

Soppi:

Soppi ist der Navigator des Raumschiffes und 2. Pilot an Bord. Er ist ein ruhiger Zeitgenosse mit einem wachen, intelligenten Blick. Soppi ist vor allem verantwortlich für die Berechnung der Flugrouten sowie der Flugzeiten zu den Zielorten.

Ranigo:

Ranigo ist der Gärtner an Bord. Er ist eine gutmütige, gemütliche und etwas rundliche Erscheinung, mit der sich Neel und Naal schnell anfreunden.

Dervisa, 15 Jahre

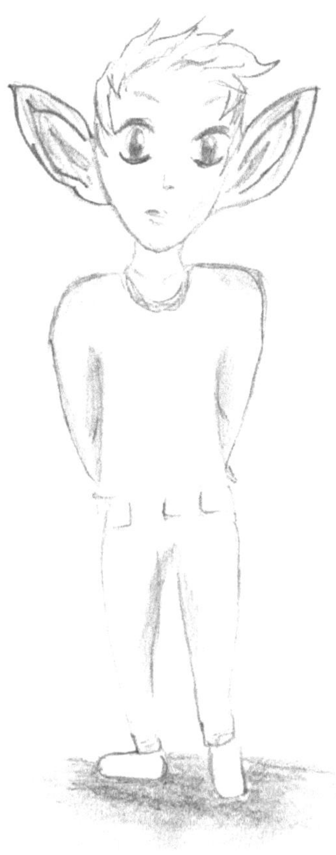

Dervisa, 15 Jahre

1.   Schulstunde - Umweltverhalten

„Jetzt aber Schluss", schimpft die Lehrerin mit nachsichtigem Lächeln. Sie wedelt mit ihrem silbern strahlenden Lichtstab Richtung Neel und Naal, in der letzten Reihe. Die beiden spielen seit Tagen begeistert Ohrenschlag; gerne auch heimlich im Unterricht.

Ohrenschlag, ein Spiel, bei dem eine kleine, leichte Mooskugel benutzt wird, die man sich mit den Ohren gegenseitig zuschlägt. Auf Gliese herrscht eine geringe Schwerkraft, wodurch die Kugel nur langsam sinkt. Schafft man es nicht, die Kugel mit dem Ohr abzufangen und zurück zu schlagen, beschleunigt sie weiter und klatscht gegen den nächsten Gegenstand; in diesem Fall eine mit Kinderfantasien in schillerndsten Farben gestaltete Wand des Klassenzimmers. Was gerade zum zweiten Mal in dieser Stunde passiert ist.

Ohrenschlag zu spielen ist unter den jungen Gliesern wieder groß in Mode. Es ist ein ziemlich altes Spiel, das sich aber, gerade weil es kein technisches Spiel ist, wieder besonderer Beliebtheit erfreut. Jeder spielt es und um das Organisieren und Basteln der besten Kugeln herum ist unter den Kindern ein regelrechter Wettstreit ausgebrochen. Gute Kugeln sind solche, die ordentlich beschleunigen, präzise geschlagen werden können und trotzdem nicht zu fest sind. Das Formen und Zusammendrücken von Moos und Flechten zu Kugeln ist, neben der Auswahl der besten Pflanzen, eine hohe Kunst, um die die meisten ein großes Geheimnis machen. Auf keinen Fall darf es passieren, dass eine Kugel im Flug plötzlich ihre Form verliert, sich wieder entfaltet und in viele kleine Stücke auflöst; man würde sich dem Spott der anderen ausgesetzt sehen und seinen Ruf als guten Kugelbauer wohl für immer verlieren.

Emily, 14 Jahre

„Ihr sollt im Unterricht bitte aufpassen und nicht immer stören! Sonst werdet ihr es vielleicht nie so weit bringen, die Gemeinschaft bei der großen Aufgabe zu unterstützen, eines Tages eine neue Heimat für uns zu erschließen“, tadelt die Lehrerin, in der melodisch, gelassenen Sprache der Glieser, die an sanften, sphärischen Gesang erinnert. Schuldbewusst kreisen beider Ohren und sie starren mit geneigtem Kopf schielend auf ihre Nasen.

„Ihr seid jetzt schon so groß und habt doch nur Flausen im Kopf. Wo in unserem Sonnensystem wir uns befinden, hatte ich gefragt, Neel.“

„Zurück geguckt befinden wir uns am hinteren Ende des Sonnensystems, in die andere Richtung weit entfernt vom Anfang und der Grenze zu einem weiteren System“, sagt Neel pflichtschuldig mit kindlicher Ausdrucksweise. „Oben und unten ist auch nichts und rechts und links soll auch wenig los sein, wie man so hört“, witzelt Naal leise und doch unüberhörbar; die Mitschüler kichern vergnügt.

„Na ja, du bist halt ein Mädchen und kennst dich mit solchen Dingen nicht so gut aus“, plappert er munter weiter.

Naals Kommentar ignorierend übernimmt die Lehrerin wieder das Wort:

„Neel, deine Ausdrucksweise lässt etwas zu wünschen übrig. Ich vermute, du hast ausnahmsweise deine Aufgaben nicht anständig gemacht und die Fachbegriffe gelernt. Dann sage mir doch bitte wenigstens, wie viele wir derzeit sind und welche Entwicklung unser Planet nimmt.“

„Auf dem ganzen Planeten sind wir 97.549. Als wir zum ersten Mal die genaue Zahl bestimmt haben, waren wir 56.513, also viel weniger. Das ist aber schon 1519 Jahre her. Wir waren danach auch schon mal deutlich mehr aber das ist nicht so gut, weil das dann den Tieren und Pflanzen und damit auch uns selbst, schadet. Daher hatten wir beschlossen, dass wir die Größe unseres Volkes kontrollieren.

Außerdem dürfen wir auch nicht zu viele sein, weil wir es sonst vielleicht nicht schaffen würden, uns alle zu einem neuen Planeten überzusiedeln, wenn es irgendwann so weit ist", führt Neel gewissenhaft an und erschauert leicht bei dem Gedanken.

Auch die Klassenkameraden rutschen unbehaglich auf ihren Stühlen hin und her und ziehen die Köpfe ein.

Naal ist nicht ganz so beeindruckt, weil er etwas Besonderes verkünden will. „Gut auswendig gelernt, Neel. Aber macht euch keine Sorgen, ich werde auf der nächsten Mission dabei sein! Vielleicht bin ich es sogar, der als Erster für uns den neuen Heimatplaneten entdeckt", tönt er, der den ganzen Tag schon fiebrig erregt war, selbstbewusst und zupft sich aufgeregt an dem hauchdünnen, hemdartigen Stoff seines Oberteils (Glieser tragen äußerst leichte Kleidung; Oberteile, die, im Gegensatz zu ihren Beinkleidern, weniger eng sind und locker anliegen. Nur bei besonderen Feierlichkeiten sind sie in üppige, farbenprächtige Gewänder gehüllt).

„Wie kommst du denn jetzt nur wieder darauf, dass du bei der nächsten Mission mit dabei sein darfst?", fragt die Lehrerin. „Kinder waren da noch nie mit, das ist auch viel zu gefährlich."

„Stimmt, aber jetzt hat sich die Kommission entschieden, zum ersten Mal auch zwei Kinder mitzunehmen, das ist ehrlich wahr." Die anderen im Raum ziehen nahezu synchron ihre Köpfe zurück und machen sanft mit Spitzmund: „Uiuiui!" Naal wird ganz rot im Gesicht, seine Ohren schütteln sich leicht.

„Deine Phantasie geht mal wieder mit dir durch, Naal", sagt die Lehrerin kopfschüttelnd. „Was sollte es für einen Sinn machen, zwei Kinder mitzunehmen? Wie ich schon sagte, ist das viel zu gefährlich."

Die Kameraden wissen, dass die Väter von Neel und Naal, in ihrer Rolle als Mitarbeiter der Forschungszentrale, in bester Beziehung zur Kommission stehen und blicken Naal erwartungsvoll an, dass er weiter redet.

„Doch macht es einen Sinn! Denn sie sagen, wenn wirklich ein Ort gefunden wird, an dem schon eine andere Zivilisation lebt, dann sollen auch zwei Kinder dabei sein, jawohl! Warum genau das so ist, weiß ich nicht, ist auch egal, Hauptsache ich bin dabei. Und Neel kommt nämlich auch mit. Sie haben lange überlegt, wen sie mitnehmen und man hat sich entschieden uns zu fragen, weil wir durch unsere Eltern schon viel von den Reisen, dem Raumschiff und was uns da erwartet, wissen. Mehr als die meisten anderen. Unsere Väter haben uns ja auch, als wir noch klein waren, immer zur Forschungszentrale mitgenommen und wir haben uns alles angeschaut, ganz viele Fragen gestellt und so.“

„Naal!“, ruft Neel. „Wie kannst du das nur alles rausposaunen? Wie kannst du nur? Wir hatten fest versprochen nicht zu verraten, dass wir dabei sind, bevor die Kommission alles bekannt gibt! Jetzt werden sie uns bestimmt bestrafen!“

„Ups, das hatte ich gerade ganz vergessen, aber es hat so Spaß gemacht!“, ruft Naal aufgeregt. „Und morgen wollen sie es ja eh bekannt geben; also was soll’s, wird schon nicht so schlimm sein.“

Aber ...“, setzt Neel weiter an, doch der helle Pausengong rettet Naal.

„Oh, wie ich mich darauf freue, schwerelos durch unser Raumschiff zu schweben und dich durch die Gegend zu purzeln“, lacht er, springt übermütig auf und rennt in großen Bögen hüpfend und Arme schwenkend aus dem Raum; direkt gefolgt von seinen Mitschülern, die es kaum erwarten können, mehr zu erfahren.

Neel und die Lehrerin schauen sich überrumpelt an, jede aus ihrem Grund. Neel kann kaum glauben, dass Naal alles verraten hat, die Lehrerin mag kaum glauben, dass die beiden tatsächlich bei der nächsten Mission dabei sein werden.

2.   Gliese

Die Evolution der Glieser war im Großen und Ganzen vergleichbar der menschlichen Evolution, wenngleich Glieser noch mehr als wohlwollende, harmonische Wesen zu bezeichnen sind. Sie sind eine hoch entwickelte Spezies, die keine Zeit und Ressourcen mehr mit Missgunst oder gar Krieg verschwendet. Durch ungünstige äußere Umstände haben sie erkannt, dass sie ihre Kräfte vereinen müssen, um eine Chance zu haben, dauerhaft überleben zu können. So haben sie ihre Kräfte gebündelt und gemeinsam auf sinnvolle Ziele gerichtet. Woraus sich ein Volk entwickelt hat, das seinen Heimatplaneten mit besonderem Respekt behandelt.

Die Glieser bevölkern ihren Planeten mittlerweile als ein einziges geschlossenes Volk mit einer gemeinsamen Sprache und Kultur und sie leben in *einem* großen Zentrum. Der Rest des Planeten wird von ihnen nicht mehr beansprucht.

Dies ist vor allem darauf zurück zu führen, dass der Planet in gebundener Rotation um seine Sonne fliegt. Dies heißt, Gliese zeigt seinem Stern immer die gleiche Seite, so, wie es zum Beispiel auch der Mond gegenüber der Erde macht. Bei Gliese hat das zur Folge, dass eine Seite des Planeten vergleichsweise hell und heiß ist, die andere Seite dementsprechend dunkler und kälter. In dem Übergangsbereich herrschen die angenehmsten und stabilsten Verhältnisse, so dass sich das Leben dorthin konzentriert hat. Das hat den Vorteil, dass weite Teile des Planeten geschont werden. Des Weiteren herrscht auf Gliese, im Gegensatz zur Erde, eine weniger stark ausgeprägte Schwerkraft und Glieser sind physiologisch etwas anders geartet als Menschen.

Sie haben einen runden Kopf, große Augen und Hände mit zarten, langen Fingern sowie eine reine, nahezu durchscheinende Haut und große Ohren, die sie in alle Richtungen bewegen können – ein evolutionäres Überbleibsel aus Zeiten, als sie noch natürliche Feinde hatten und darauf angewiesen waren, feinste Geräusche wahrzunehmen.

Ihr aktuelles politisches System hat sich aus den Erfahrungen und den Veränderungen der Glieser-Gesellschaft gebildet. Das Volk wählt eine Gruppe von 7 Personen, die für einen Zeitraum von mehreren Jahren die Geschicke auf Gliese durch ihre Entscheidungen lenken. Kontrollbefugnisse haben sogenannte Gemeinschaftsmänner und -frauen, an die sich darüber hinaus auch jeder mit Problemen wenden kann. Auf Gliese geht jeder zu Gemeinschaftsmännern, wenn etwas im Leben nicht in Ordnung ist.

Die Kommunikation der Erwachsenen Glieser hat neben der Sprache noch eine weitere Ebene: Wenn sie ihre Gedanken aufeinander richten, können sie sich in gewissem Umfang miteinander verständigen. So ist es möglich, einfache Informationen an jemanden zu übermitteln, der die Botschaft meist aber eher als eine Art Gefühl, denn als klaren Satz empfängt. Man könnte es als höchste Form von Empathie oder auch als einfache Form von Telepathie bezeichnen, die sich als logische Folge aus der Eigenschaft ihres konzentrationsfähigen Wesens entwickelt hat. Sie machen davon aber nur selten, in außergewöhnlichen Situationen, Gebrauch.

Außerdem wurde bei Raumfahrtaktivitäten festgestellt, dass es für diese Art der Kommunikation räumliche Grenzen gibt und es nicht über beliebige Entfernungen funktioniert. Die Fähigkeit der Glieser, ruhig zu beobachten und aufmerksam zuzuhören und unbefangen zu analysieren hat ihre Entwicklung maßgeblich positiv beeinflusst. So ist der Planet Gliese ein von Leben pulsierender Ort im Universum; zwar nicht so artenreich wie die Erde, aber dennoch durchaus ansehnlich.

Es wird traditionell viel Energie darauf verwendet, den Weltraum zu erforschen – Die Astronomie ist tief in der Glieser-Geschichte verwurzelt, wodurch Glieser den Menschen technologisch um Generationen voraus sind.

Durch eine nahende, unvermeidliche Naturkatastrophe sehen sie sich jedoch gezwungen, im Universum nach einem alternativen Lebensraum zu suchen. Bereits vor langer Zeit konnte festgestellt werden, dass sich in einer Nachbargalaxie eine Supernovaexplosion ereignen, eine Sonne explodieren wird. Die Materie, welche in dieser Sonne konzentriert ist, wird durch die Explosion mit annähernder Lichtgeschwindigkeit aus der Sonne heraus geschleudert. Dieser sogenannte Partikelstrom wird so massiv sein, dass seine letzten Ausläufer bis Gliese reichen und die Atmosphäre nachhaltig schädigen. Dies wird die Atmosphäre von Gliese schwächen und auch ihre chemische Zusammensetzung verändern. Die damit einhergehende Gammastrahlenbelastung könnte die Situation auf Gliese zusätzlich verschlechtern. Aus dem existenziellen Druck heraus, bis zur Katastrophe nur noch wenige Generationen Zeit zu haben, wurde sehr konsequent die Entwicklungen in der Raumfahrt vorangetrieben.

Hin und wieder stattfindende Auseinandersetzungen und Unstimmigkeiten, gehörten fortan der Vergangenheit an. Sich mit Nickeligkeiten zu beschäftigen hatte vollends ausgedient und das Volk entwickelte im Laufe der Zeit eine Art kollektive Intelligenz, ähnlich Bienenvölkern oder Ameisen.

Nun wird der Weltraum permanent nach einem alternativen Lebensraum durchsucht. Schon mehrere, zunächst vielversprechend erscheinende Planeten, wurden entdeckt und bereist. Als lebensfreundlich genug für eine dauerhafte Ansiedlung hat sich bislang allerdings nur ein Planet erwiesen. Er ist in Bezug auf die bevorstehende Katastrophe ungefährdet und wäre zur Übersiedlung als Notlösung geeignet. Er ist allerdings nicht annähernd so lebensfreundlich wie ihr Heimatplanet und taugt daher nur als Notlösung. So sind sie weiterhin auf der Suche nach einem tatsächlich angemessenen Lebensraum.

Bei der letzten Mission wurden zufällig ungewöhnliche Geräusche aus den Tiefen des Alls aufgezeichnet. Geräusche, die grob zu ihrem unsichtbaren Ausgangspunkt zurückverfolgt werden konnten und die eine Menge Rätsel aufgegeben haben. Wieder auf Gliese wurden sogleich umfangreiche Untersuchungen angestellt, erklärt werden konnten die Geräusche jedoch nicht. Sicher ist nur, dass es sich dabei um eine Art Radiowellen handelt, ähnlich einiger Technologien, die früher auch auf Gliese verwendet wurden. Die Forschungskommission ist sich darüber einig, dass die Signale nicht von ihnen selbst sein können und dass sie gleichzeitig aber auch keinen natürlichen Ursprung haben.

Daher ist man in vager Hoffnung darauf, ein zufällig oder bewusst gesendetes Signal einer anderen Zivilisation empfangen zu haben.

Zur Klärung soll bei der nun folgenden Mission der Ort angereist werden, von dem aus das Signal gesendet wurde. Die Mission wird in der Raumfahrtkommission vorbereitet, die sich in einem großen, tropfenförmigen Gebäude der Forschungs- und Entwicklungszentrale befindet, welche das Zentrum des Weltraumprogramms bildet. Das Gebäude der Raumfahrtkommission beeindruckt mit einer kristallklaren Außenhaut ohne eine einzige optische Einschränkung. Weder Streben, Rahmen noch Pfeiler stören das Antlitz. Würdevoll ruht das Bauwerk satt auf dem Boden, inmitten der weitläufigen Anlage.

3.   Die Raumfahrtkommission

Um die Forschungs- und Entwicklungszentrale herum liegen symmetrisch angeordnet riesige ovale Hallen, in denen die Raumschiffe in langen Prozessen produziert werden. Etwas abseits gelegen befinden sich der Spaceport, von dem aus die Raumschiffe starten, sowie die Besucherterrasse, zur Verfolgung der Starts.

Zahlreiche Reisen hat es auf der Suche nach einem alternativen Lebensort schon gegeben. Planeten, die zunächst von Gliese aus mit Teleskopen und anderen technischen Geräten untersucht wurden und für eine Ansiedlung nicht völlig auszuschließen waren, hat man bei den Reisen näher betrachtet. Aber auch neue, bis dahin noch unbekannte Planeten wurden entdeckt und genauer analysiert.

Bis zu dem Zeitpunkt, als die Glieser endlich ihren raumzeitverkürzenden Antrieb fertig gestellt hatten, konnten sie sich vielen Planeten in anderen Sonnensystemen nur grob annähern. Mit dem neuen Antriebssystem können sie jetzt in vergleichsweise kurzer Zeit große Strecken überbrücken und auch weit entfernte Planeten anfliegen. Dieser Antrieb, von dem schon seit vielen Jahrzehnten geträumt wurde, hat daher völlig neue Möglichkeiten eröffnet. Die nun anstehende Reise ist die dritte Reise dieser Art.

„Wir liegen besser im Zeitplan als erhofft", sagt Abendahl, Leiter der Raumfahrtkommission zur Eröffnung der Kommissionssitzung. Die Kommission tagt in einem großen Raum, in dessen Mitte ein runder Tisch mit einer nahezu durchscheinenden, weichen Tischplatte steht. Gehalten wird der Tisch von einer schlanken Säule, die aus der Decke zu fließen scheint und in die Tischplatte strömt.

Vor allen 40 Sitzungsteilnehmern schwebt ein Display mit Informationen über das sie aber auch Getränke und dergleichen ordern können, die ihnen dann von einem hellgrünen federgleichen Arm aus dem Hintergrund gereicht werden. Abendahl steht in dem lichtdurchfluteten Raum vor der großen Runde.

„Alle Mitarbeiter arbeiten unermüdlich und sind gespannt darauf, den Prototyp des Raumtransporters, der uns bei Zeiten evakuieren soll, endlich zu testen. Auch wenn wir derzeit noch nicht wissen, wo genau wir mit ihm hin fliegen wollen. Dennoch, ein geheimnisvolles Geräusch aus den Tiefen des Weltraums gibt uns einen gewissen Hoffnungsschimmer", sagt Abendahl mit vertrauensvoll leuchtenden Augen und wackelt leicht mit den Ohren, während er sich setzt.

Um später das Volk der Glieser evakuieren zu können, bauen sie einen großen Transporter der in der Lage ist, alle Glieser gleichzeitig auf die Reise zu bringen. Man will ausschließen, vielleicht einen neuen Lebensraum zu finden, aber nicht mehr die Zeit zu besitzen, um alle Glieser in eine neue Heimat zu überführen.

Aber wie wahrscheinlich ist es, den Ursprung des ominösen Geräusches zu finden? Und falls es gelingen sollte, wie wahrscheinlich ist es dann, dass es sich um einen dauerhaft bewohnbaren Planeten handelt? Doch wenn es tatsächlich so sein sollte und es dort sogar intelligentes Leben gibt: Wird man sie dann überhaupt dulden? All dies sind Fragen, die sich dieser Tage jeder stellt.

Abendahl, der für Glieser Verhältnisse groß gewachsene, schlanke Leiter der Raumfahrtkommission, ist sowohl verantwortlich für den Bau des Transporters als auch für die Erkundungsflüge mit dem kleineren Forschungs- und Erkundungsraumschiff, welches er bei der nächsten, so wichtigen Reise befehligen wird.
An der aktuellen Sitzung nehmen unter anderem Navigator Soppi und Velt der Denker teil, die gemeinsam mit Abendahl, dem 1. Piloten Nedal und dem Gärtner Ranigo, auf der Brücke sein werden.

„Falls wir tatsächlich einen neuen Lebensraum finden sollten, könnte unser Raumtransporter nach derzeitigem Entwicklungsstand zu urteilen, schneller zum Einsatz kommen als ursprünglich berechnet“, sagt Abendahl an die Kommission gewandt. Soppi, dem das neu ist, hebt anerkennend den Kopf.
„Beruhigend zu wissen, dass wir es gemeinschaftlich schaffen könnten einen neuen Lebensraum zu betreten; trotzdem würde ich die geliebte Heimat nur schweren Herzens verlassen“, sagt der ruhige, immer aufmerksam schauende Soppi. Als Navigator und 2. Pilot an Bord ist er verantwortlich für die Berechnung der Flugrouten sowie der Flugzeiten zu den Zielorten.

„Erst einmal müssen wir den Ort überhaupt finden und das wird leider nicht leicht werden. Unsere Berechnungen unterliegen aufgrund der immensen Entfernung, einer gewissen Irrtumswahrscheinlichkeit. Aber gut, wir müssen natürlich positiv denken", so Soppi weiter. „Wenn das bisher nahezu Undenkbare wahr wird und wir sogar einen mit intelligenten Lebewesen bewohnten Planeten finden, dessen äußere Umstände auch für uns lebensfreundlich sind, was meinst du, Velt, wie lange könnte es dauern, um eine Annäherung und eine Kontaktaufnahme mit anderen Lebewesen zu gestalten? Und zu klären, ob man uns dort aufnehmen würde, falls alles friedlich und der Planet groß genug ist?"

„Hm, darüber werde ich nachdenken müssen", sagt der alte, ergraute Velt, wie er es oft tut, wenn man ihn etwas fragt. Velt redet im Allgemeinen wenig, vor allem dann, wenn er sich über eine Sache nicht vollkommen sicher ist. Er ist äußerst empathisch, achtet und respektiert mehr noch als die meisten anderen Glieser seine Umwelt, was ihm größten Respekt verschafft. Auf Gliese gelten Personen wie Velt, die sich um ihre Umwelt sehr verdient machen, besonders viel und genießen höchste Anerkennung. Velt der Denker ist schon vor langer Zeit Gemeinschaftsmann geworden.

In dieser weitestgehend hirarchiefreien Gesellschaft ist ein Gemeinschaftsmann so etwas wie ein weiser Vater.

Für Abendahl hat Velt beratende Funktion. Die beiden Männer sind seit vielen Jahren Freunde und Abendahl ist es wichtig, sich mit Velt auszutauschen. Er möchte, dass Velt auf der nächsten, so ungeheuer wichtigen Mission, als Beobachter und Berater für ihn dabei ist.

„Ich bin natürlich noch nicht so vertraut mit all den Fragen, weil ich bei den Sitzungen noch nicht lange dabei bin. Es geht für mich ja nur um die nächste Reise“, sagt Velt.

„Man kann schon jetzt sagen, wenn der Antrieb bei dem Transporter die Leistung bringt, die er verspricht und so zuverlässig funktioniert wie bei unserem Erkundungsraumschiff, dann haben wir auf jeden Fall die größte Herausforderung schon sehr gut gemeistert und können jetzt erst einmal an unser aktuelleres Projekt denken“, fügt Soppi hinzu.

„Sehr gut, dann zum heutigen Hauptthema“, sagt Abendahl. „Um zu dem Ort zu gelangen, von dem wir das Signal empfangen haben, werden wir ungefähr 6 Wochen brauchen, wenn wir mit voller Leistung unterwegs sind. Eine so lange Zeitspanne haben wir mit dem neuen Antrieb noch nicht mit voller Geschwindigkeit zurückgelegt. Für die heute neu Hinzugekommenen von euch: Es wurde schon mehrfach überlegt, ob das zu Problemen führen kann. Haben wir da mit Auswirkungen zu rechnen, Soppi?“

„Wenn es wie berechnet läuft, dann nicht“, lächelt er sanft. „Und davon gehe ich aus. Wir sollten, auch auf längere Zeit betrachtet, für das Halten der maximalen Geschwindigkeit nicht mehr als 83% der zur Verfügung stehenden Antriebsleistung benötigen. Außerdem haben wir das gesamte Antriebssystem so konfiguriert, dass wir schon bei Abweichungen von 0,12% der Sollwerte, Frühwarnungen und Analysen erhalten. Somit sollten wir in der Lage sein, auf alle Eventualitäten immer noch rechtzeitig reagieren zu können. Daher bin ich zuversichtlich und gehe davon aus, dass wir keine Schwierigkeiten bekommen werden. Besteht weiterer Informationsbedarf zu dem Antrieb oder der Flugroute?“ Soppi schaut fragend in die Runde.

„Wenn dazu keine Fragen mehr sind, würde ich gerne etwas anderes zu der Reise fragen, das mich persönlich interessiert“, sagt der etwas rundliche Ranigo, der als Gärtner mit an Bord sein wird. „Ich kenne mich ja mit Psychologie nicht gut aus, aber ist es nicht sehr belastend für zwei 11-jährige Kinder, wenn sie mit uns auf eine solche Reise gehen?“ „Das haben Abendahl und ich natürlich ausführlich besprochen“, nimmt Velt die Frage auf. „Wir möchten Neel und Naal dabei haben für den Fall, dass wir tatsächlich auf intelligentes und zivilisiertes Leben treffen. Es ist uns wichtig zu sehen, wie die Perspektive der ganz jungen Glieser auf eine für uns fremde Welt ist. Kinder beobachten anders und sind vorurteilsfrei. Das ist eine Bereicherung, auf die wir nicht verzichten sollten, wenn es zu einer Begegnung mit einer anderen Zivilisation kommt. Neel und Naal sind durch ihre Väter, die beide hier arbeiten, schon seit Jahren mit uns vertraut und betrachten die meisten von uns als große Freunde. Sie sind sehr aufgeschlossen und freuen sich schon auf die Reise, wie ich feststellen konnte. Daher halten wir es nicht für bedenklich, wenn sie die Mission mit uns unternehmen. Die beiden werden bei der nächsten Kommissionssitzung dabei sein, dann können wir ihnen ja noch einmal auf den Zahn fühlen, wenn euch das beruhigt. Ihr werdet feststellen, dass Naal naiver und verspielter ist, als für Kinder in seinem Alter üblich. So etwas ist ungewöhnlich und kommt nicht oft vor, aber das wird sich geben und ist für uns nicht problematisch, im Gegenteil. Wenn er anderen Beispielen aus unserer Geschichte folgt, wird er dafür irgendwann besonders schnell die entsprechende Reife erlangen.“

„Ich habe unser Raumschiff noch nicht von innen gesehen. Aber Neel und Naal sagen, dass sie es wunderschön finden. Ich bin schon gespannt, ob ich mich dort genauso wohl fühle", sagt Velt erwartungsvoll.

Nachdem die Kommission noch längere Zeit getagt hat, geht sie hinüber zu dem Raumschiff, um sich anzuschauen, wie das Schiff aktuell ausgestattet ist. Das schmetterlingsförmige, viele Stockwerke hohe Schiff schimmert in einem glänzenden Weißblau und füllt einen beeindruckend großen Hangar aus. Überall sind Glieser geschäftig bei der Arbeit, laufen in dem Hangar hin und her, wirken dabei ruhig und konzentriert. Als sich die Kommissionsmitglieder dem Schiff von hinten nähern, öffnet sich die mittlere von drei schlanken, rechteckigen Rampen, die einen Weg ins Innere frei gibt, der direkt hinauf in die Kommandozentrale führt.
Velt, der Denker, weitet vor Staunen die Augen, als er das Raumschiff betritt. „Ui, ich wusste ja, dass unsere Raumschiffe begrünt sind, dass sie aber eher einem botanischen Garten ähneln als einem Raumschiff, das hätte ich nicht gedacht. Jetzt verstehe ich auch, warum Neel und Naal von unserem neuen, antriebsstarken Schiff, von dem grünen Flitzer gesprochen haben. Ist das ganze Schiff so? Wie ist so etwas machbar?"
„Wir haben großen Wert darauf gelegt, in dem Schiff eine angenehme Atmosphäre aufzubauen und ein möglichst natürliches Umfeld zu prägen", sagt Abendahl. „So haben wir die meisten Wände des neu überarbeiteten Schiffes jetzt noch üppiger bepflanzt und den Boden nun vollständig mit dem hellgrünen, widerstandfähigen Moos belegt.

So werden wir überall angenehm weich gehen. Nur dadurch, dass wir in der neusten Generation unserer Schiffe in fast allen Räumen kontinuierlich eine mäßige Schwerkraft erzeugen, war das machbar. Energie dafür produzieren wir ja reichlich. Und diese wohlige, reine Helligkeit an Bord ist selbstverständlich, das hatten wir auch schon bei den Vorgängermodellen.“

„Wo führen denn all die Türen hinter den Pflanzenvorhängen hin?“, fragt Velt erstaunt.

„Wie man sieht, ist der Kommandoraum oval. Vorne ist die Verglasung, im Moment nicht gut zu sehen, weil sie noch durch den großen Schutzvorhang verdeckt ist. Am hinteren Ende befindet sich der Ausgang, durch den man in die anderen Bereiche des Schiffes gelangt. An der ersten Hälfte der Seitenwände, rechts und links der hinteren Ausgangstür, sind die Türen zu den Privaträumen von allen, die auf der Brücke arbeiten, inklusive der Unterkünfte für Neel und Naal. Die gemütlich aussehende Sitzgruppe im hinteren Teil dient zum Entspannen und für Besprechungen. Wir halten es immer so, dass vorne an den Bedienpulten ausschließlich gearbeitet wird.“

„Die anderen etwa 200 Besatzungsmitglieder haben ihre Quartiere in vergleichbarer Systematik wie auf der Brücke, ebenfalls angrenzend an ihren jeweiligen Hauptarbeitsplatz. Darüber hinaus gibt es zahlreiche Gemeinschafts- und Unterhaltungsräume.“

„Wird es laut sein an Bord, wenn wir unterwegs sind?“, fragt Velt vorsichtig. „Meine lieben Ohren sind doch so empfindlich.“

„Eigentlich nicht. Sobald wir unsere Atmosphäre verlassen haben und auf Geschwindigkeit sind, wird es sehr ruhig. Die Maschinen machen kaum Geräusche; zudem ist der Maschinenraum am anderen Ende des Schiffes.

Und wie du dir vielleicht schon denkst und gerne hörst, verzichten wir natürlich auch auf unseren Reisen nicht auf unsere heimatliche Musik, die uns die ganze Zeit begleiten wird. Für keinen von uns wird die Reise beschwerlich werden. Doch bis es so weit ist, müssen wir noch einiges vorbereiten und wir haben auch noch eine wichtige Kommissionssitzung", sagt Abendahl. „Aber ich habe das sichere Gefühl, die Reise wird ereignisreich. Und vieles wird danach anders sein als zuvor."

4.   Der Aufbruch naht

„Freust du dich auch so auf die Mission?", fragt Naal, der mit Neel über eine weite Wiese geht aufgeregt, während er Neel seine neueste Mooskugel zuschlägt, die sie mit einer eleganten, sanft nach hinten wippenden Ohrbewegung einfängt und abbremst, um sie dann zu Naal zurück zu schubsen. So schreiten sie beide nebeneinander her und unterhalten sich über die bevorstehende Reise, um die sie ihre Kameraden so sehr beneiden.
„Ein bisschen aufgeregt bin ich ja schon", sagt Neel, die mit ihren Füßen bei jedem Schritt in die mit Millionen von zarten, sternförmigen weißen Blüten bewachsene Wiese einsinkt, weil Naal sie beim Spiel dezent vom festeren Weg vertrieben hat und jetzt den schmalen Weg ganz für sich beansprucht.
Sie spazieren außerhalb der Forschungs- und Entwicklungszentrale über eine große Mooswiese, die mit vereinzelten kleinen Bäumen bestanden ist. Zuvor haben sie an einer langen Kommissionssitzung teilgenommen.
„Velt, der Denker, hat uns ganz schön viele Fragen gestellt und alle haben uns so angeguckt, ich habe mich fast ausgehorcht gefühlt. Und das, obwohl uns viele durch die Trainingsnachmittage doch schon kennen", wundert sich Neel.
„Ach, sie wollten halt noch mal schauen, was sie von uns zu erwarten haben", sagt Naal, der das nicht unangenehm fand.
„Außerdem geht es mir mit ihnen ja nicht anders", tönt er jetzt mit vorgestrecktem Kinn und zurück gelegtem Kopf.

Emily, 14 Jahre

„Hast du deshalb Navigator Soppi gefragt, wie sicher er sich ist, den richtigen Weg zu dem geheimnisvollen Geräusch zu finden?", fragt Neel schnippisch. „Warum machst du so etwas überhaupt? Ich habe deinen Eltern nämlich versprochen, dass ich darauf achten werde, dass du dich während der Mission gut benehmen wirst! Und jetzt geht es schon los, noch bevor wir überhaupt gestartet sind", sagt sie mit vorwurfsvollem Blick. „Nächstes Mal weißt du es besser", sagt Naal teilnahmslos.

„Ich glaube, du hast in Wirklichkeit einfach Angst, dass wir uns in den Weiten des Weltraums verfliegen und nicht mehr zurück finden!", setzt Neel mit einem Seitenhieb nach, auch als Revanche dafür, dass Naal sie vom Weg gedrängt hat.
„Ich habe nie Angst!"
Während Naal selbstgefällig nickt, peitscht Neel ihm plötzlich mit einem zackigen Ohrenschlag ansatzlos die Kugel auf den Fuß, dass es knallt und Naal mit verzerrtem Gesicht um Gelassenheit bemüht, einen ordentlichen Satz tut.
„Aber jetzt mal wirklich, Naal, machst du dir keine Gedanken, was uns unterwegs erwartet und wie das für uns alles so werden wird?"
„Doch, schon", murmelt Naal und reibt sich seinen Fuß. „Die Vorstellung, die ganze Zeit in dem Raumschiff eingesperrt zu sein ist komisch. Aber es ist ja groß und ich habe mir überlegt, dass ich mir die Zeit damit vertreiben werde, das ganze Schiff zu erkunden. Und es gibt ja auch noch einige Räume, in denen keine Schwerkraft erzeugt wird. Stell dir vor, da können wir in der Schwerelosigkeit spielen, so lange wir wollen; oh, wie ich mich darauf freue!", hüpft er jetzt wieder heiter neben Neel her.

„Ich glaube, ich werde den herrlichen Geruch hier am meisten vermissen“, sagt Neel und atmet den Duft der Pflanzen bewusst wahrnehmend durch die Nase ein.“ „Dieser süße Duft der Duckelblume mit ihren schillernden Blüten, die ich so schön finde, in Verbindung mit der Würze des Muckelbaumes, mit seinen weichen, flauschigen Blättern, ist für mich das Schönste, was es gibt. Und all die bunten Vögel, mit ihrem lebensfrohen Gezwitscher, die scheinbar gut gelaunt durch die Bäume fliegen und in der Luft Fangen spielen. Was wäre Gliese ohne die vielen kleinen Vögel! Wenn dort, wo wir hinfliegen, tatsächlich Leben ist, glaubst du, dass es da genauso schön ist wie hier?“

„Ach, ich weiß nicht. Aber wenn es dort Lebewesen gibt, die ähnlich weit entwickelt sind, dann sind sie bestimmt nicht so makellos wie wir, mit unseren schönen Gesichtern und wundervollen Ohren“, sagt Naal und schielt verstohlen zu Neel, die gedankenverloren einem Vogel beim Picken zuschaut. Während beide, mit ihrem durch die geringe Schwerkraft mühelosen, sanften Gang langsam weiter gehen, hängen sie ihren eigenen Gedanken nach, die sich natürlich mit der bevorstehenden Reise beschäftigen.

Zwei Wochen später ist es soweit, der große Tag des Abfluges steht kurz bevor. Naal sitzt Zuhause in seinem Zimmer, um ihn herum verteilt all die Sachen, die er mitnehmen will. Er schaut nach draußen auf das lebendige Treiben und lauscht den gleichförmigen Geräuschen des geschäftigen Tages.

Glieser wohnen in Häusern, die an Iglus erinnern. Oben sind sie aber flach und die runde Dachfläche dient bei den Meisten als Stellplatz für die Fahrflieger. Das sind birnenförmige Fortbewegungsmittel, die sowohl fahren als auch fliegen können. Innerhalb der Ortschaft ist das Fliegen allerdings unerwünscht. Es gibt eine große Arbeitsstätte, ein einziges gewaltiges Gebäude, in dem das Wirtschaftsleben stattfindet.

Das Gebäude ist ein riesiger Kegel in dem und neben dem permanentes, geschäftiges Treiben herrscht. Um das Gebäude herum ist kreisförmig das angesiedelt, was man auf der Erde als Einzelhandel bezeichnet. Die Infrastruktur mit Geschäften zur Versorgung des täglichen Bedarfes. In zahllosen weiteren Kreisen sind die Wohnstätten rund um dieses Zentrum herum angelegt.

Jede Lebensgemeinschaft hat eine eigene Unterkunft für sich alleine, Mehrfamilieneinheiten gibt es kaum. Die Zeit zu Hause wird von vielen gerne im Freien und mit anderen verbracht, Glieser sind gesellige Wesen und das Wetter ist meist angenehm.

Nachdem Naal fertig gepackt hat, wird er von seinen Eltern zur Forschungs- und Entwicklungszentrale gebracht, wo sie sich am Eingang mit Neel und ihren Eltern treffen wollen.

Bei der Anfahrt schon sieht Naal im Hintergrund das beeindruckende Raumschiff glänzend vor der tief stehenden Sonne liegen und ein Schauer freudiger Erregung durchläuft ihn. Sie halten neben Neel und ihren Eltern an. Bereits beim Aussteigen spürt Naal, dass Neel sehr aufgeregt ist. „Na du", sagt er, „jetzt geht's bald los. Bist du auch schon so aufgeregt wie ich?". Seine Eltern schauen sich unauffällig an, sein Vater kratzt sich nachdenklich am Ohr.

„Oh ja", sprudelt es aus Neel heraus, die sich eng an ihre Eltern schmiegt. „Ich habe die ganze Nacht kaum geschlafen und bin so aufgeregt, dass ich nichts essen kann. Ich weiß nicht, ob das alles eine gute Idee war. Aber du hast mich mit deiner Begeisterung damals so angesteckt. Ich fand das plötzlich auch alles ganz spannend und wollte es unbedingt mitmachen. Und jetzt weiß ich nicht, wie ich da wieder rauskommen soll", klagt sie.

„Überhaupt nicht", sagt Abendahl, der freundlich lächelnd plötzlich zu ihnen tritt. „Deine Aufregung wird sich legen, wenn wir gleich im Schiff sind und du dein Quartier bezogen hast, das verspreche ich dir. Ich dachte mir schon, dass das alles nicht ganz einfach für euch wird. Daher bin ich heraus gekommen, um euch in Empfang zu nehmen und den Abschied kürzer zu machen. Und ihr solltet den Abschied wirklich kurz halten", sagt Abendahl an die Eltern gewandt und schaut mit offenem Blick in die Runde. „Es ist auch gut, dass ihr morgen nicht zur Abschiedszeremonie kommt, das macht es einfacher für alle; ein Abschied heute genügt. Seid versichert, wir werden eure Kinder wohl behüten und sie gesund zurück bringen."

„Das wissen wir und wir vertrauen dir", sagt Neels Vater, der Abendahl durch die Arbeit schon lange kennt und drückt Neel zum Abschied nur ganz kurz an sich, damit die Gefühle nicht Überhand nehmen. Nachdem auch die anderen Abschied genommen haben, legt Abendahl den beiden eine Hand auf die Schulter und sie ziehen schweigend los. Gefolgt von den Blicken ihrer Eltern, die mit gemischten Gefühlen aus Stolz und Angst zuschauen, wie sich Neel und Naal mit schüchtern eingezogenem Kopf vor dem Hintergrund des riesigen Raumschiffs kleiner und kleiner werdend, immer weiter entfernen und schließlich im Heck des Raumschiffes verschwinden, ohne sich noch einmal umgeschaut zu haben.

Der Gang in das Schiff ist ihnen schon bekannt. Als sie die bereits vertraute Kommandozentrale betreten und den so typischen intensiven Geruch nach frischem Moos und jungen Pflanzen wahrnehmen, fühlen sie sich gleich besser. Der Anblick und die Atmosphäre dieses beeindruckenden Raumes verdrängen umgehend die Gefühle von Angst und Unsicherheit. Als sie dann auch noch die einladend offen stehenden Türen zu ihren Privaträumen erspähen, rennen sie sofort neugierig los. Die Räume an sich hatten Neel und Naal zwar schon gesehen, aber da waren sie noch nicht bezugsfertig eingerichtet. Die nebeneinander liegenden Zimmer wurden ihnen sehr schön und heimelig gemacht. Alles ist bunt gestaltet, ein großer Sessel im Zimmer macht Lust darauf, sich auf ihn zu schmeißen und tief einsinken zu lassen. Er ist ein wenig geformt wie eine Banane und für Neel und Naal abenteuerlich groß; aber genau das macht ihn aus. Ihre Zimmer sind mit einer von beiden Seiten abschließbaren Tür versehen, die gerade offen ist. So können sie alleine sein, wenn sie möchten, oder ihre Zimmer miteinander verbinden.

„Oh Naal, wie schön es hier ist", ruft Neel, die durch die offene Tür in Naals Zimmer kommt. „Fühlst du dich auch erleichtert, weil es so gemütlich ist? Ich glaube hier werde ich gut schlafen. Und wenn du möchtest darfst du abends immer kurz zu mir rüber kommen und ich werde dir vor dem Einschlafen genauestens erzählen, was mich über den Tag alles beschäftigt hat."

„Äh, sicher. Meinst du nicht, wir sollten wieder auf die Brücke gehen? Die anderen warten bestimmt schon“, meint Naal und schaut mit interessiertem Blick in Richtung Brücke, von wo jemand auf ihre Zimmer zukommt.

„Hallo ihr beiden. Ich bin Nedal, 1. Pilot an Bord, aber wir kennen uns ja schon. Schön, dass ihr dabei seid! Meine Aufgabe ist es, euch und natürlich auch alle anderen an Bord, sicher zu dem Ursprungsort von dem unbekannten Geräusch zu fliegen.

Für mich natürlich kein Problem, ihr braucht euch keine Sorgen zu machen“, sagt er bewusst schauspielernd mit coolem Blick.

Naal, der es sich auf dem Sessel bequem gemacht hatte, schaut fasziniert zu Nedal auf.

„Hihi, da haben sich zwei gefunden“, denkt Neel, die die Szene belustigt beobachtet.

„Wenn ihr euch dann so weit in euren Zimmern umgeschaut habt, kommt bitte auf die Brücke, damit wir den Ablauf bis zum Start morgen besprechen können.“

„Ja, gut, wir kommen gleich“, sagt Naal mit bemüht tiefer Stimme.

„Ich hoffe, euch gefallen die Zimmer, die wir für euch haben herrichten lassen“, sagt Abendahl als Neel und Naal zu den Besatzungsmitgliedern auf der Brücke treten.

„Oh, das ist wirklich alles sehr hübsch geworden, vielen Dank“, meint Neel und schaut Abendahl freundlich mit dankbarem Blick an.

„Das wird heute eure erste Nacht hier, ich bin gespannt, was ihr morgen berichten werdet, wie ihr geschlafen habt.“ Während Abendahl redet, schaut Naal sich interessiert um.

Vor allem für Nedal, der neben seinem Platz, der Steuerungseinheit, steht, interessiert er sich. Nedal, der das registriert, gibt ihm ein Zeichen, herüberzukommen und Naal betrachtet all die Instrumente, Schalter und Kontrollleuchten, die zur Steuerung des Raumschiffes gebraucht werden.

„Derzeit laufen die Startvorbereitungen schon auf vollen Touren“, informiert Abendahl gerade. Alle Systeme werden geprüft, der Laderaum befüllt usw. Morgen früh trifft sich die ganze Besatzung zu einem gemeinsamen Frühstück im Hangar. In dem Hangar, wo unser Schiff bis gestern stand; ich werde dort auch noch eine Ansprache halten. Wenn wir danach wieder zum Schiff gehen, werden wir von vielen Gliesern, die den Start verfolgen möchten mit Musik verabschiedet. Nach dem Einsteigen geht es dann zügig los. Ihr beide, Neel und Naal, werdet beim Start, wie überhaupt auf der Reise, mit uns auf der Brücke sein. Hier ist für die Reise euer Zentrum, der Ort, wo ihr hin gehört. Aber natürlich könnt ihr euch auf dem ganzen Schiff frei bewegen, außer in den gekennzeichneten Bereichen, die nur in Begleitung von befugtem Personal zu betreten sind.“ So redet Abendahl noch eine Weile weiter, erklärt die verschiedensten Dinge. Nach einem späten Abendessen ziehen sich alle zur Nachtruhe zurück.

5.   Der Tag des Starts

Ein Klopfen weckt Naal aus seinen angenehmen Träumen.
Missmutig wälzt er sich auf die andere Seite. In seinem Traum
spielte er mit all seinen Freunden Ohrenschlag, die Kugeln fliegen
munter kreuz und quer durch die Gegend und er selbst ist so
geschickt an der Kugel, dass ihn alle für seine Künste bewundern.
Gefällig lächelnd genießt er die angemessene Bewunderung seiner
Mitspieler. Noch halb im Schlaf kommt ihm die Idee, dass man
vielleicht mal richtige Mannschaften bilden könnte, denn bislang
wird Ohrenschlag meist nur von zwei Personen gespielt. „Was für
ein grandioser Einfall", freut er sich schlaftrunken. Und er selbst
sucht sich dann seine eigene Mannschaft zusammen - ist der
Mannschaftskapitän. Vielleicht kann man später sogar mit den
Wesen auf dem Planeten wo das Geräusch her kommt,
Ohrenschlag spielen, das wäre doch was. Er reist dann mit seiner
Mannschaft dort hin zu einem ersten interplanetaren Wettstreit;
„denen werden wir es schon zeigen", denkt er grimmig. Das
Klopfen wird lauter und Naal öffnet verdrießlich die Augen.
„Naal, schläfst du noch?", hört er Neel von der anderen Seite der
Tür rufen.
„Nein, jetzt nicht mehr."
„Ich komme nicht rein", klagt sie ungeduldig.
„Das liegt daran, dass abgeschlossen ist", gibt Naal zurück.
„Dann mach auf, ich habe dir so viel zu erzählen", ruft Neel
ungeduldig.

„Das ist doch der Grund warum abgeschlossen ist", sagt Naal grinsend und springt aus dem Bett, um seine Seite für Neel zu öffnen.

„Wie hast du geschlafen?", fragt sie. „War deine Nacht auch so gut wie meine? Ich hatte ja Angst, ganz doll Heimweh zu bekommen, aber es ging wirklich gut", freut sie sich. „Mir war vorher gar nicht aufgefallen, dass im Hintergrund Musik läuft. So wie bei uns zu Hause. Das finde ich schön. Meinst du, dass auf dem ganzen Schiff Musik ist?"

„Komisch, jetzt, wo du es sagst, fällt es mir auch auf", sagt Naal. „Also, mich würde es freuen, wenn wir überall von Musik begleitet werden. Aber Naal, was machen wir, wenn es im Universum so laut ist, dass wir das dann gar nicht richtig hören können?"

„Ich glaube nicht, dass es im Universum laut ist, das wäre mir neu. Ich glaube eher, es ist ganz ruhig. Und das Raumschiff soll ja beim Fliegen auch kaum Krach machen, hat Abendahl mir mal erzählt, als wir uns damals das Schiff im Hangar angeschaut haben."

„Apropos Hangar", sagt Neel, „wir sollten uns fertig machen und rüber gehen, dann haben wir Zeit uns zu unterhalten. Wir haben doch gleich das Frühstück mit der Besatzung."

„Oh fein, daran hatte ich überhaupt nicht mehr gedacht", freut sich Naal und reibt sich hungrig den Bauch.

Als Neel und Naal in Gesellschaft von Navigator Soppi und dem Piloten Nedal im Hangar eintreffen, herrscht dort schon geschäftiges Frühstückstreiben. Manche Besatzungsmitglieder sitzen an langen Tischen, andere holen sich gerade ihr Frühstück vom Buffet; ein ovales Gebilde, um das herum sie stehen und sich bedienen.

In mehreren Etagen umlaufen die Speisen auf Bändern das Oval. Wenn etwas vorbeikommt, das einem gefällt, kann man es sich einfach herrunter nehmen. Naal und die anderen setzen sich erst einmal hin, um sich in Ruhe zu orientieren.

Kaum dass sie sitzen tritt Ranigo der Gärtner zu ihnen. „Hallo, darf ich mich zu euch setzen? Ich werde ja viel auf der Brücke sein; da kann ich euch gleich mal erzählen, was ich alles so mache", sagt Ranigo an Neel und Naal gewandt.

„Oh, das ist sehr aufmerksam von dir", schaltet Soppi sich ein und rutscht einladend etwas beiseite, damit Ranigo sich setzen kann. „Ich finde es übrigens ganz ausgezeichnet, dass du das alles so ordentlich bepflanzt hast." „Vielen Dank", freut sich Ranigo schüchtern. „Ich muss gestehen, die gleichförmige Anordnung der Pflanzen kommt daher, dass an den Wänden in exakten Abständen Rohre verlaufen und dort auch stufenförmige Einbuchtungen sind. Dadurch war quasi vorgegeben, welche Pflanzen an welche Stellen gepflanzt werden können. Mir hätte es auch gut gefallen, wenn alles etwas ungeordneter wäre, das sähe noch natürlicher aus."

„Was ist denn der Grund für die vielen Pflanzen? Ich finde das sehr schön. Ist es für die Reise auch wichtig?", möchte Neel interessiert wissen.

„Wir könnten natürlich auch ohne Pflanzen reisen. Aber von früheren Missionen, bei denen wir angefangen hatten Pflanzen mitzunehmen, wissen wir, dass man sich an Bord wohler fühlt und ausgeglichener ist, wenn Pflanzen dabei sind. Außerdem ist dann die Luft nicht mehr so „recycled". Mit Pflanzen muss die Luft weniger aufbereitet werden und ist angenehmer, natürlicher.

Lia, 11 Jahre

Daher wurde überlegt, den Anteil der Pflanzen so weit wie möglich zu erhöhen. Aber nicht alle sind gleich gut geeignet. Manche Pflanzen reagieren auf die Verhältnisse in einem Raumschiff sensibler als andere, kommen damit nicht so gut zurecht. Für die aktuelle Mission habe ich auf der Brücke einige Pflanzen gesetzt, mit denen wir bisher noch keine Erfahrungen haben. Wir möchten herausfinden, welche sich besonders gut eignen und welche wir für die Raumfahrt zukünftig nicht einsetzen werden. Ich habe sie auf der Brücke gepflanzt, weil Abendahl ja auch großer Liebhaber von Pflanzen ist und er sich sehr für das Experiment interessiert. So kann auch er täglich Beobachtungen anstellen und ich kann bei meinen Kontrollen immer direkt mit ihm über die Sache reden, sofern er Zeit hat.

Ich glaube, Abendahl würde mehr noch als viele andere darunter leiden, auf einem Planeten mit einer nur spärlichen Tier- und Pflanzenvielfalt zu leben. Auch deshalb wünsche ich mir, dass wir erfolgreich sind und einen noch geeigneteren Lebensort finden als den, den wir schon entdeckt hatten. Für wie wahrscheinlich haltet ihr es, dass das Geräusch zu dem wir Fliegen tatsächlich von anderen Lebewesen kommt, die hoch entwickelt und friedlich sind und die nichts dagegen haben, dass wir uns bei ihnen niederlassen? Das wäre ja die bestmögliche Situation, wenn ich das richtig sehe.“

„Das Einzige, was wir sicher wissen, ist, dass das Geräusch keinen natürlichen Ursprung hat. Weshalb wir ihm jetzt auf den Grund gehen und uns das mal in Ruhe anschauen“, beantwortet Nedal die Frage, während Ranigo aufmerksam zuhört.

„Na ja, es wäre schon ein ziemliches Wunder, wenn das Geräusch tatsächlich von einem anderen Volk kommt", meint Soppi dazu. „Auf der anderen Seite denke ich mir aber auch immer, von wem, wenn nicht von Lebewesen, welcher Art auch immer, soll das Geräusch denn sein, wenn es keinen natürlichen Ursprung hat, hm? Überlegt doch mal, wie es bei uns ist. Wir leben hier auf Gliese und haben in für uns erreichbarer Entfernung noch einen Planeten, auf dem Leben möglich ist. Nicht unter so guten Bedingungen wir hier, aber immerhin möglich. Derzeit kennen wir im Universum zwar noch keinen weiteren Ort, von dem wir wissen, dass man dort leben kann, aber vor dem Hintergrund, dass wir dieses Geräusch empfangen haben, bin ich doch, zumindest verhalten, optimistisch. Und eines ist noch bemerkenswert: Wenn das Geräusch, welches vielleicht ein technisches und kein natürliches ist, von anderen Lebewesen erzeugt wurde, so müssen sie im Prinzip recht hoch entwickelte Lebewesen sein. Lebewesen eben, die so intelligent sind, dass sie technische Geräte bauen können."

Das Gespräch geht noch eine Weile weiter. Neel und Naal hören aufmerksam zu und schielen gleichzeitig in Richtung Buffet, was den anderen nicht verborgen bleibt. So stehen sie dann gemeinsam auf und gehen der Quelle des verheißungsvollen Duftes entgegen. Kurze Zeit später zieht essendes Schweigen in die Runde ein. Einzig von Naal sind lautere Geräusche zu vernehmen, wofür er von Neel einen missbilligenden Blick erntet. Selig große Mengen eines goldfarbenen, mit kleinen roten Früchten gespickten Sirups in sich hineinschlürfend, ist er jedoch zu beschäftigt, als dass er es bemerken würde.

Erst als sie ihn mit ihrem langen Zeigefinger in die Seite stupst und ihn mahnend anschaut, blickt er schuldbewusst kurz auf, schlürft dann aber genüsslich weiter. Soppi, der die Szene amüsiert beobachtet, ist plötzlich erfüllt von einem warmen Gefühl der Freude und des Glücks. „Das Leben ist schön", denkt er. Und die Unbeschwertheit, mit der diese jungen Leute an das Leben herangehen, einzigartig. Wir werden alles dafür tun, ihnen und den folgenden Generationen eine Zukunft zu geben; wir werden alles dafür tun.

Einer nach dem anderen im Hangar beendet das Frühstück. Nachdem alle fertig sind, steht Abendahl, der neben Velt saß, von einem Tisch am vorderen Ende des Hangars auf, und erhebt mit ruhiger, klarer Stimme das Wort:

„Liebe Freunde! Heute ist ein großer Tag. Vielleicht ein Tag, der den Beginn einer neuen Ära einleitet. Zumindest jedoch beginnt heute eine Mission, an deren Ende unser Wissen um das uns umgebende Weltall wieder ein großes Stück erweitert sein wird.

In der Hoffnung darauf, einen geeigneten und freundlichen Ort zu finden, an dem wir uns in der Zukunft mit unserem gesamten Volk niederlassen können, machen wir uns heute auf den Weg. Für einige von uns ist es die erste Reise. Den Weltraum zu bereisen ist eine wahrlich große Herausforderung und heutzutage ist es noch sehr beschwerlich. Trotz unserer bereits Jahrhunderte währenden Raumfahrtgeschichte und des erreichten technologischen Niveaus, steckt unsere Raumfahrt noch immer in ihren Anfängen.

Erst wenn wir es irgendwann schaffen, die Materie zu überwinden, werden wir wirklich große Strecken in der schier unerschöpflichen Weite des Universums zurücklegen können. Lasst uns weiter daran arbeiten, ohne, dass wir uns von der bevorstehenden Katastrophe den Mut nehmen lassen. Dann werden wir eines Tages in der Lage sein, jeden beliebigen Ort des Universums zu erreichen. Wie auch immer es gehen mag; ich bin sicher, wir werden es schaffen."
Applaus brandet auf und auf den Gesichtern steht Begeisterung.
„Zunächst können wir vielleicht schon mit dem Beginn unserer heute startenden Mission einen Meilenstein in unserer Geschichte setzen. Wir werden ziemlich genau 6 Wochen brauchen, die wir mit unserem neuen Antrieb unter voller Geschwindigkeit unterwegs sein werden. Wenn wir das Ziel erreichen, müssen wir sehr vorsichtig sein, denn wir wissen nicht, was uns dort erwartet. Ich hoffe, wir werden alle gut mit der Situation umzugehen wissen. Für die nun stattfindende Reise wünsche ich mir vor allem, dass jeder Einzelne von uns unversehrt wieder nach Hause kommt! Und ich wünsche mir weiter, dass wir unserem Traum von einer neuen Heimat auf einem gesunden, fruchtbaren Planeten mit einer intakten, lebensfreundlichen Umgebung näher kommen!"
Wieder erschallt Applaus und Abendahl hält kurz inne.
„Die Verantwortung die auf unseren Schultern lastet ist groß. Wir müssen umsichtig und achtsam sein. Wenn wir tatsächlich eine andere Lebensform entdecken sollten, dann müssen wir sehr behutsam agieren. Dieses Ereignis könnte alles verändern. Für beide Seiten. Egal welcher Art das andere Leben ist, egal wie weit entwickelt. Hoffen wir das Beste, geben wir alles und nutzen wir unsere Chancen!

Nun, meine lieben Freunde und Weggefährten, lassen wir unser Verabschiedungskomitee nicht länger warten und machen wir uns auf den Weg. Lasst uns jetzt erheben und hinübergehen zu unserem Raumschiff, dass nun unsere Heimat sein wird."

Wieder ertönt lauter Applaus, während alle aufstehen und warten, dass Abendahl als Kapitän in Richtung Ausgang geht und sie sich ihm anschließen können.

Als sie den Hangar verlassen, schlägt der Mannschaft der Jubel der großen Zuschauermenge entgegen, die sie von der Besucherplattform aus verabschiedet. Die jüngeren Leute schwenken Fahnen, eine Kapelle spielt mit Blasinstrumenten stimmungsvolle, frohe Musik, es herrscht eine ausgelassene, hoffnungsvolle Stimmung. Stolz und Rührung erfüllt die Besatzungsmitglieder, als die Atmosphäre sie erfasst.

„Bemerkenswert", sagt Velt der Denker an Abendahl gewandt. „Ich hatte mir schon überlegt, wie es wohl sein wird, wenn wir diesen Weg gehen, und ich muss sagen, es ist beeindruckend diese Stimmung zu erfahren. Geht es dir auch so?"

„Oh ja, es ist sehr ergreifend, keine Frage. Ich bin jedes Mal überwältigt, wenn ich diesen Gang tue", antwortet Abendahl, während sie weiter gehen und er der Menge freundlich lächelnd zuwinkt.

Auch Neel und Naal, die nicht weit dahinter gehen, sind tief beeindruckt.

„Naal, schau doch, all unsere Freunde sind gekommen, um uns zu verabschieden! Sieh, wie sie uns zuwinken", wendet sich Neel ergriffen und mit Tränen in den Augen an Naal, der ebenfalls erregt ist, gleichzeitig aber etwas betrübt dreinschaut. „Was hast du?", fragt ihn Neel, die es sofort bemerkt.

„Die Kapelle dort, als ich sie sah ist mir eingefallen, dass ich mein Hocin vergessen habe“, sagt Naal (ein Hocin ist ein Blechblasinstrument, ähnlich einem Saxophon). „Wie blöd, jetzt kann ich die ganze Reise über keine Musik machen. Aber egal, es wird ja viele andere schöne Sachen geben.“

„Oh wie schade für Dich. Das ist wirklich Pech, aber ich glaube auch, wir werden so viel Neues zu tun haben, da würde sowieso nicht viel Zeit dafür bleiben“, tröstet Neel, die mit ihren Augen schon wieder bei ihren Klassenkameraden ist und ihnen freudig zurückwinkt.

Auch Naal gibt seinen Kameraden Zeichen, schaut unterdessen aber auch immer wieder zu den Musikern. Fasziniert beobachtet er, wie sie dort stehen und sich harmonisch zu ihrer Musik bewegen, in ihren feinen weißen Gewändern, die sich sanft im Wind wiegen. Abgelenkt durch das Geschehen merkt er nicht, dass sie am Schiff angekommen sind und die vor ihm Gehenden fast stehenbleiben. So läuft er verdutzt auf seinen Vordermann Nedal auf, der sich interessiert umdreht und zu ihm runter schaut. „Na, mein Junge, kannst es wohl kaum erwarten ins Schiff zu kommen, hm? So ist recht, deine Einstellung gefällt mir. Weiter so, weiter so. Und wenn wir unterwegs sind, dann kommst du auf der Brücke immer schön zu mir nach vorne zur Steuereinheit und ich erkläre dir alles. Wirst sehen, das ist kinderleicht“, sagt Nedal und klopft Naal dabei herzhaft auf die Schulter, dass er verdutzt einen kleinen Hüpfer macht. „Bleibt nun beide hier bei uns stehen. Die Türen öffnen sich gleich, dann gehen wir alle, die wir auf der Brücke zu tun haben, durch die mittlere Tür in das Schiff.

Die restlichen Besatzungsmitglieder gehen durch die beiden anderen Eingänge, abhängig davon, wo im Schiff sie arbeiten und ihre Quartiere haben.“

Kaum dass Nedal ausgeredet hat, beginnen sich die rechteckigen Eingänge zu öffnen. Ehe Neel und Naal sich versehen, setzen sie sich mit den anderen in Bewegung, drehen sich nur noch einmal schnell um, winken der jubelnden Menge zu und verschwinden im Bauch des Raumschiffs.

Je weiter sie in das Schiff vordringen, desto mehr verebben die Geräusche. Auf der Brücke angekommen, setzen sie sich in die großzügige, bequeme Sitzecke. Anwesend sind alle, die während der Reise viel auf der Brücke sein werden bzw. dort angrenzend ihre Quartiere haben:

Abendahl als Leiter der Mission, Velt der Denker, Nedal der 1. Pilot, Soppi der Navigator und 2. Pilot und Ranigo der Gärtner, sowie Neel und Naal. Neel und Naal folgen ihrem Beispiel und setzen sich schüchtern hin. Teils bedingt durch die bewegenden Eindrücke der letzten Minuten, teils dadurch, dass sich alle nun zusammensetzen und sie beide nicht wissen, was sie jetzt erwartet.

„Das ist eine Art Ritual von uns“, erklärt Abendahl, der die beiden beobachtet hat, verständnisvoll lächelnd. „Um nach der Aufregung des Abschiedes erst einmal wieder zu uns zu kommen, setzen wir uns gemeinsam hin, lassen die Eindrücke nachwirken und besprechen dann die verschiedenen Aufgaben der Startvorbereitung. Wenn wir nachher an unsere Plätze gehen, haben wir viel zu tun und müssen konzentriert arbeiten; denn bis zum Start ist noch allerhand zu erledigen“, sagt Abendahl weiter.

„Ich kann mich noch gut daran erinnern, wie ich mich gefühlt habe, als ich zum ersten Mal dabei war“, schaltet Soppi sich in das

Gespräch ein. „Mir war ganz mulmig zumute. Und das, obwohl ich vorher in der Ausbildung schon so viel Zeit mit Schulungen und Training verbracht hatte. Obwohl ich schon mehrfach mit kleineren Raumschiffen zur Analyse unserer Atmosphäre und verschiedenen Experimenten oben war, so war ich vor dem ersten Flug doch sehr aufgeregt. Ich erinnere mich noch gut. Die imposante Größe des Schiffes, die noch nicht so vertraute Umgebung und das alles haben mich ziemlich beeindruckt, ich habe mich ganz klein gefühlt, kann ich euch sagen. Aber wenn man dann erst unterwegs ist, legt sich alles sehr schnell und die Aufregung weicht der Begeisterung.“

„Wie läuft denn unser Start genau ab?“, möchte Naal, jetzt neugierig geworden, wissen.

„Ach, das ist eigentlich keine große Sache. Wenn wir unsere Startvorbereitungen mit der Technik koordiniert haben und wir fertig sind, fahren wir die Triebwerke hoch und heben ganz langsam ab. Das kann ein wenig vibrieren und wackeln, ist aber nicht schlimm, da braucht ihr keine Angst zu haben. Dann werden wir langsam aufsteigen und immer schneller werden, bis wir schließlich mit großer Geschwindigkeit unsere Atmosphäre verlassen. Das wird eine dolle Sache werden, darauf könnt ihr euch schon jetzt freuen. Wenn ihr dann vielleicht unsere Heimat von weit oben betrachten könnt, das ist ein herrlicher Anblick, wartet nur ab, ihr werdet schon sehen. Und schon geht es weiter, wir entfernen uns von Gliese und wählen den Kurs, um nach einer Weile auf den raumzeitverkürzenden Antrieb zu gehen, der uns auf volle Geschwindigkeit bringt. Von da an passiert nicht mehr viel, es wird eine ruhige Reise werden bis wir schließlich da sind und schauen, was uns so erwartet.“

So wird noch eine Weile weiter gesprochen, bis von der Technik, im hinteren Teil des Schiffes, ein Signal kommt, dass sie bereit sind, den Start einzuleiten. Alle gehen an ihren Platz auf der Brücke und Neel und Naal, die sehr genau fühlen, dass es angebracht ist, in dieser Phase nicht zu stören, beschäftigen sich unaufgefordert bis auf Weiteres in ihren schon lieb gewonnenen Zimmern.

Sie verstauen ihre Sachen, die sie für die Reise eingepackt haben und die sie am Vorabend nicht mehr einräumen konnten.
„Oh je, das ist ganz schön viel, was ich alles für die Reise mitgenommen habe", ruft Naal, durch die offene Verbindungstür, zwischen ihren Zimmern. „Ich weiß überhaupt nicht, wohin mit den ganzen Sachen."
„Ach, ich habe damit keine Probleme, ich habe meiner Mutter immer aufmerksam zugeschaut, wie sie so etwas macht." Mit gerader Körperhaltung und straffen Schultern sortiert Neel gewissenhaft ihre Sachen ein. „Jetzt habe ich alles schon fein säuberlich gefaltet und eingeräumt; ich habe mir den Platz nämlich wohlüberlegt aufgeteilt. Mir macht es auch Spaß, ganz genau zu überlegen, wie ich alles am besten verstauen kann und zu planen, wie ich es am geschicktesten mache. Dann freue ich mich immer, wenn es funktioniert." Naal indessen schaut mit gequältem Blick hinunter auf den Berg seiner schon ziemlich zerknitterten Sachen, zwischen denen sich in loser Unordnung auch einige Spiele und andere Utensilien finden, die er beim Packen für unverzichtbar hielt.

Spontan seinem Leiden ein Ende setzend hüpft er schwungvoll auf seinen Sessel und macht es sich gemütlich. Mit Freude erblickt er eine große Dose mit von seiner Mutter selbstgemachten Leckereien zum Naschen. Wohl wissend, dass Naal vor allem von den süßen Dingen des Lebens angetan ist, hat sie besonders viele der blauen, klebrigen Nektarkugeln für ihn gemacht, die er so gerne mag. Sie sind aus den würzigen Blumenköpfen der kleinen blauen Wiesenblumen hergestellt, gebunden mit dem wunderbaren Nektar der Duckelblume und vielen weiteren feinen Zutaten.
Diese Geschmackskombination ist für Naal ein Hochgenuss. Aber auch die leckeren kleinen knackigen Flocken aus den Früchten des Muckelbaumes sind reichlich vorhanden. Sich unbeobachtet fühlend greift er entzückt tief in die Dose hinein und schnippt sich mit Kennermiene in rascher Folge jeweils eine Nektarkugel und eine der Flocken in den Mund. Genüsslich essend kreisen seine Augen bei entspannt nach hinten geneigtem Kopf. Die Ohren wiegen sich sanft im Rhythmus des Kauens; seine Welt ist in Ordnung. In nahezu freudiger Erregung auf das bevorstehende Ereignis des Starts lässt er seinen Gedanken freien Lauf.

„Naal, was machst du da?", fragt Neel durch die Tür kommend mit strengem Blick. „Du hast doch deine ganzen Sachen noch gar nicht eingeräumt. So wirst du kein wertvolles Mitglied unserer Gesellschaft, kann ich dir sagen. Wenn wir starten muss alles ordentlich verstaut sein, das weißt du doch."
„Kannst Du das nicht für mich machen?", klagt Naal. „Ich bin gerade sehr beschäftigt." „Bist du wahnsinnig!", platzt es aus Neel heraus. Doch dann meint sie zögernd: „Ich könnte dir helfen.

Allerdings nur, wenn du mir versprichst, heute Nacht die Tür zwischen unseren Zimmern nicht abzuschließen. Ich weiß nämlich nicht, ob ich Angst bekomme, wenn wir dann im Weltraum unterwegs sind."

„Na gut, das scheint mir ein akzeptables Geschäft zu sein", seufzt Naal zufrieden und erhebt sich aus seinem Sessel. „Was muss ich tun?"

„Am besten nichts. Lässt mich einfach machen, pass für das nächste Mal gut auf wie ich es tue.", antwortet Neel, erstaunt und gleichzeitig erfreut von dem souveränen Klang ihrer Stimme. In häuslichen Angelegenheiten fühlt sie sich sicher.

Nachdem sie alles erledigt hat und Naal ihr großzügig noch eine von seinen Nektarkugeln geschenkt hat, strecken sie ihre Köpfe aus der Tür um zu schauen, was vorne los ist. Alle, die direkt zur Brücke gehören sitzen konzentriert an ihren Plätzen und arbeiten. Ranigo, der Gärtner, geht leise umher und prüft den festen Sitz der Pflanzen. Er bemerkt die beiden und geht vor zu Abendahl. Sie unterhalten sich kurz, dann dreht sich Abendahl zu ihnen um. „Ihr könnt gerne nach vorne kommen und euch setzen, es geht bald los."

Neel wird schlagartig blass, ihre Ohren beginnen wie wild zu zucken. Mit unsicherem Schritt geht sie neben Naal her. Sie begeben sich auf ihre Plätze, die hinter denen der Besatzung sind und schnallen sich an. Abendahl kommt zu ihr, nimmt ihre Hand.

„Kind, du brauchst doch keine Angst zu haben. Es ist alles gut. Die Vorbereitungen laufen bestens, es gibt keinerlei Probleme. Habt ihr all eure Sachen verstaut? Ich schicke zur Sicherheit gleich noch mal jemanden hin.“

„Oh ja, das haben wir! Alles ganz ordentlich und ich habe sogar auch die Sachen von Naal weggeräumt. Er ist doch so unbeholfen in solchen Dingen“, sagt Neel eifrig. „Siehst du, ich glaube ohne dich wäre er bestimmt ganz schön aufgeschmissen. Du solltest auch beim Start ein Auge auf ihn werfen, das kann nicht schaden.“

„Ja, das werde ich gerne tun“, sagt Neel.

Naal hat das Gespräch nur am Rande verfolgt. Er sitzt mit breitem Grinsen im Gesicht auf seinem Platz und beobachtet Nedal. Dieser hat eine Art Mütze auf, in der Kopfhörer eingebaut sind. Für die Ohren gibt es Aussparungen, so dass die Mütze über die Ohren gezogen wird und die Kopfhörermuscheln nur im unteren Drittel an den Ohren anliegen. Er sieht wirklich urkomisch damit aus, denk sich Naal, regelrecht wie ein Wesen von einem anderen Planeten; ja, wer weiß, so könnten sie vielleicht aussehen.

Auch Ranigo hat jetzt in der hinteren Reihe, neben den beiden Platz genommen. Wohl wissend, dass Neel sehr nervös ist, unterhält er sie mit lustigen Geschichten aus seinem Leben als Gärtner. Unterdessen setzt bei den anderen eine rege Kommunikation ein, die Startvorbereitungen laufen in der letzten Phase. Von den Triebwerken sind gedämpfte Geräusche zu vernehmen, auf den Steuerpulten blinken unzählige kleine Lichter, die Instrumente zeigen die verschiedensten Aktivitäten an. Nach einer Weile verstummen die Gespräche, alle schauen konzentriert auf ihre Schaltpulte. Abendahl dreht sich um und sagt mit ruhiger Stimme: „Es geht los Freunde.“

6.   Start

Neel umklammert mit starrem Blick die Armlehnen ihres Sitzes. Naal zückt unversehens einen kleinen Vorrat Nektarkugeln aus seiner Tasche, die er vorsorglich mit nach vorne genommen hat und beginnt aufgeregt zu kauen. Die Triebwerke werden lauter. „Uiuiui, uiuiui“, ist Neel zu vernehmen. „Wenn das bloß alles gut geht, ich habe kein gutes Gefühl, ich habe kein gutes Gefühl.“ Naal dreht seinen Kopf in ihre Richtung. „Ich glaube, alles ist gut, das ist normal“, sagt er heftig kauend und dabei weiche Nektarkugelteilchen in ihre Richtung spuckend. Das Raumschiff beginnt zu vibrieren, die Gegenstände an Bord wackeln, Blätter und Blüten der Pflanzen zittern.

Es ist regelrecht zu spüren, dass das Schiff jetzt abheben und fliegen will. Plötzlich lassen die Vibrationen nach und das Schiff löst sich sanft vom Boden. Erst ganz langsam, dann immer schneller werdend, steigt es. Es beschleunigt unaufhörlich, wird von Sekunde zu Sekunde schneller. Durch die enorme Geschwindigkeitszunahme werden alle hart nach hinten gedrückt. Während Neel klein und blass in ihrem Sitz hockt, versucht Naal sich so weit als möglich gegen den Druck nach oben zu recken, um durch das Panoramafenster einen Blick nach draußen erhaschen zu können.

Mit dicken Backen und weit geöffneten Augen beobachtet er fasziniert, wie das Schiff mit rasender Geschwindigkeit einer geschlossenen Wolkendecke entgegen eilt, die es bald erreichen wird. Sie kommt immer näher und dann plötzlich, in einem einzigen Augenblick, wird sie von dem Schiff durchstoßen und es taucht schlagartig ein in das reine, gleißende Licht über den Wolken. Naal ist wie im Rausch. Begeistert schmeißt er sich unkontrolliert eine Kugel nach der anderen in den Mund. Er kann die Geschwindigkeit schier spüren, so intensiv ist dieses sagenhafte Erlebnis.

Während das Schiff in die Weite des Universums eintaucht, erfüllt Naal das Gefühl, alles bisher in seinem Leben Gewesene hinter sich zu lassen. „Egal, denkt er, jetzt geht es voran, jetzt wird Geschichte geschrieben. Und ich mittendrin!"

„Wir verlassen gleich unsere Atmosphäre", ist Abendahl zu hören. „Erschreckt euch nicht, wir werden dann zunächst für wenige Augenblicke schwerelos sein, bevor wir umschalten können und eine mäßige Schwerkraft herstellen." Es ist nur noch das Rauschen der Triebwerke zu hören.

Naal spürt erstaunt, wie er immer leichter wird und er auf einmal in seinem Sitz zu schweben scheint. Er schaut an sich herunter und beobachtet verwundert, dass sich wie durch Geisterhand eine seiner Nektarkugeln aus der rechten Tasche erhebt und langsam zu ihm aufsteigt. „Ah ja, das ist die Schwerelosigkeit", wird ihm bewusst. Fast schon ist die Kugel an seinem Kopf vorbei gestiegen. Er stößt sich in seinem Sitz nach oben und öffnet blitzschnell seinen Mund um die Kugel einzufangen, trifft sie jedoch nur mit der Nase und die Kugel macht sich von dannen. Gleichzeitig rutscht ihm durch diesen Ruck der dicke Klumpen Nektarkugelmasse den er schon im Mund hatte, den Hals hinunter; er ist völlig verdutzt und bekommt große Augen vor Schreck. In dieser Sekunde aber, wird vorne umgeschaltet und es setzt wieder Schwerkraft ein.

Naal plumpst runter und der Klumpen hoch, landet unsanft in seinem Mund und er kaut automatisch weiter, hält sich aber vorsichtshalber eine Hand vor den Mund. „Man kann nicht vorsichtig genug sein", denkt er sich, „wer weiß, was noch alles passiert." Neel, die von den Ereignissen des gesamten Startvorgangs ziemlich mitgenommen ist, sitzt verschüchtert in ihrem Sitz und beobachtet unbeteiligt, wie Naal die ganze Zeit über irgendwie mit allem möglichen schwer beschäftigt zu sein scheint.

„Geht es euch gut?", dreht Velt sich zu ihnen um. Velt selbst ist von dem Start sehr bewegt und hält es für wichtig, sich nach dem Zustand seiner beiden jungen Begleiter zu erkundigen, mit denen gemeinsam er diese Erfahrung ja zum ersten Mal macht. Beide nicken, Naal mit einer Hand vor dem Mund. „Bist du sicher Naal? Warum hast du dann eine Hand vor dem Mund? Ist dir schlecht geworden?"

Naal schüttelt den Kopf und macht Zeichen, dass alles okay ist, er aber gerade nicht sprechen kann. „Aha. Na dann scheint ja alles in Ordnung zu sein. Und wie geht es dir Neel, du siehst etwas unglücklich aus."

„Ich fühle mich nur ein wenig schwach, aber es wird schon wieder. Hoffentlich!"

„Schaut doch mal raus, dann kommt ihr auf andere Gedanken", schaltet sich Abendahl in das Gespräch ein. „Wir müssen jetzt noch einige Dinge prüfen bevor wir auf den raumzeitverkürzenden Antrieb gehen." Neel und Naal schauen über die vor ihnen sitzende Reihe an Besatzungsmitgliedern hinweg durch das große Fenster. Gliese liegt schon weit hinter ihnen und sie haben freien Blick ins Universum.

Fasziniert betrachten beide das strahlende Funkeln unzähliger Sterne, die eingebettet sind in tiefes Schwarz.

„Wie herrlich das alles aussieht", sagt Neel ergriffen. „So rein und klar. Ganz anders als von Gliese aus."

„Das liegt wahrscheinlich daran, dass unsere Atmosphäre den freien Blick von unten trübt", erwidert Naal. „Ach, wie ist das schön", redet er weiter. „Mit diesem wunderbaren Raumschiff völlig frei und losgelöst von allem zu fliegen. Keine Eltern, die einem im Nacken sitzen, keine Schule, keine anderen Verpflichtungen. Und nur Leute um uns herum, die bemüht sind, dass es uns gut geht, so macht das Leben Spaß! Jetzt werden wir tief ins All fliegen Neel und vielleicht große Abenteuer erleben, was für ein toller Gedanke." Dann schauen sie, wieder ihren eigenen Überlegungen nachhängend, hinaus und staunen unablässig, ob des phantastischen Bildes. Um sie herum ist es ruhig geworden. Jeder ist mit seinen Arbeiten beschäftigt, die hauptsächlich darin bestehen, die Systeme zu prüfen und sicherzustellen, dass in der nächsten Phase alles reibungslos weiter gehen kann. Auch die Triebwerke sind jetzt nur noch leise zu hören. „Seltsam fühlt sich alles an", denkt Naal, während er weiter wie hypnotisiert hinausschaut. „Durch die verminderte Schwerkraft fühle ich mich so leicht. Auch das Schiff ist jetzt irgendwie anders als vorher. Es fliegt viel weicher, als ob es auf Watte gebettet wäre."

Kaum dass er diesen Gedanken zu Ende gedacht hat, wird er auch schon wieder fest in seinen Sitz gedrückt. Ohne vorherige Ankündigung spüren sie einen erneuten starken Druck und sehen urplötzlich alles mit enormer Geschwindigkeit an sich vorbei rauschen, so, als ob sie sich im Zentrum eines Lichtstrahls befinden würden. Kaum haben sie sich darauf eingestellt, lässt der Druck auf ihren Körper nach und das Bild, das sie durch das Fenster sehen, normalisiert sich. Schon ist alles wieder wie vorher, nur die Geschwindigkeit ist jetzt schier unvorstellbar hoch; aber das spürt man nicht.

„Was war das denn jetzt?", fragt Neel irritiert.

Abendahl dreht sich mit entschuldigendem Lächeln um: „Tut mir leid, dass ich euch nicht vorgewarnt habe. Aber ich dachte es sei besser, ohne Ankündigung in die Raumzeitverkürzung zu gehen, damit ihr euch nicht fürchtet. Zweifellos war es eine kleine Überraschung, aber schon ist es geschehen. Von nun an läuft für viele Tage das Standardprogramm, es wird keine dieser Überraschungen mehr geben, wir sind jetzt auf voller Geschwindigkeit und entwickeln hier an Bord unseren eigenen Lebensrhythmus. Wenn ihr möchtet, könnt ihr euch nun abschnallen und frei auf der Brücke bewegen. Wenn ihr in andere Bereiche des Schiffes möchtet, gebt uns bitte Bescheid. Es muss sich jetzt erst einmal alles einspielen. Anfangs müsst ihr natürlich mehr erfragen, aber nach einigen Tagen kennt ihr euch dann schon aus. Es gibt Bereiche, in die könnt ihr nach Absprache alleine gehen und es gibt Bereiche, da könnt ihr nur in Begleitung hin." Dann etwas ernster aber gleichzeitig mit großer Zuversicht: „Das ist ein bedeutender Moment für uns alle. Es könnte vielleicht der Beginn einer neuen Ära sein. Seid in froher Hoffnung darauf!", zwinkert Abendahl ihnen zu und dreht sich dann um.

7.   Auf dem Weg

Neel und Naal sind bewegt von diesen Worten und lassen das Gesagte nachwirken. Da sie sehen, dass die anderen weiter sehr beschäftigt sind und konzentriert arbeiten, bleiben sie noch lange ruhig sitzen, beobachten das Geschehen auf der Brücke und schauen immer wieder fasziniert hinaus in den Weltraum, der ihre Blicke magisch anzieht. Als sich später alles beruhigt und die Gespräche die die Mannschaft die ganze Zeit über mit anderen Teilen des Schiffes geführt hat, weniger werden, befreit sich Naal von seinem Anschnallgurt, stößt sich an den Armlehnen etwas ab und hüpft von seinem Sitz. Nach einem unerwartet großen Bogen kommt er kurz hinter Soppi wieder auf. „Hab ich mir doch gedacht, dass das passiert", sagt Soppi, der sich rechtzeitig umgedreht hat. „Das geht vielen so, die zum ersten Mal mit uns unterwegs sind. Daran muss man sich erst gewöhnen, auch für mich ist es immer eine Umstellung. Ich rate euch, in den ersten Stunden und vor allem auch morgens nach dem Aufstehen, besonders aufmerksam und vorsichtig zu sein. Am Anfang macht man immer wieder zu kräftige Bewegungen. Meist dann, wenn man gerade nicht daran denkt, dass wir hier weniger Schwerkraft erzeugen, als wir auf Gliese haben.
Bei einer meiner ersten Reisen im All bin ich mal alleine im Gewächsraum nebenan gewesen. Das war wenige Stunden nach dem Start. Heute gibt es das nicht mehr, weil wir ja jetzt überall Pflanzen haben. Wir mussten damals ein ungeplantes Manöver fliegen, bei dem es ziemlich ruppig zuging. Dadurch ist auf dem Schiff einiges durcheinander geraten. Unter anderem viele Pflanzen auf der Brücke. Nachdem dann die wichtigsten Dinge erledigt waren, bin ich in den Gewächsraum gegangen, um dort nach dem Rechten zu schauen.

Der Gärtner konnte sich nicht darum kümmern, weil er damit beschäftigt war, auf der Brücke das Wirrwarr zu richten, damit die anderen ungehindert ihrer Arbeit nachgehen konnten. Ich habe die Tür zum Gewächsraum aufgemacht und ein völliges Chaos vorgefunden, da war mein Staunen groß, kann ich dir sagen." Mit kreisrund geöffnetem Mund und weit geöffneten Augen verdeutlicht Soppi seinem Zuhörer das Staunen, welches er empfunden hatte.

„Alle Pflanzen, und wir hatten zu Forschungszwecken auch eine Reihe von Bäumen dabei die doppelt so groß waren wie ich, lagen kreuz und quer durcheinander. In der Mitte des Gewächsraumes war ein regelrechter Haufen von kleineren Pflanzen und Bäumen, der sich hoch auftürmte. Um die Situation genauer analysieren zu können, musste ich weiter in den Raum hinein. Quer vor mir lag aber ein anderer Baum. Also wollte ich mit etwas Schwung über den Stamm des Baumes hüpfen. Aber wie du wahrscheinlich schon vermutest, habe ich viel zu viel Schwung genommen. Mit einem riesengroßen Satz bin ich dann ungebremst in dem großen Pflanzenhaufen in der Mitte des Raumes gelandet. Unglücklicherweise mit dem Kopf zuerst, weil ich in der Luft noch versucht hatte die Richtung zu ändern, was aber leider völlig misslungen ist. Und du wirst es kaum für möglich halten, aber ich bin so unglücklich gelandet, dass ich mit dem Kopf zwischen Ästen eingeklemmt war und mich nicht alleine befreien konnte, meine Ohren haben mir im Leben noch nie so wehgetan. Wahrscheinlich habe ich mit allen Gliedmaßen wild gezappelt um raus zu kommen. Und ich habe so geflucht, dass es sich nicht schicken würde, das jetzt zu wiederholen. Aber genützt hat es nichts, da war guter Rat teuer. Uiuiui, habe ich gedacht, uiuiui, wie soll ich da bloß wieder raus kommen. Da siehst du, was alles passieren kann, wenn man sich anfangs nicht die Zeit gibt, sich in Ruhe auf die geänderte Situation einzustellen."

„Und wie ist es dann weiter gegangen?", will Naal wissen.

„Alle meine Versuche mich selber zu befreien sind kläglich gescheitert. Irgendwann hat man mich auf der Brücke vermisst und versucht, mich über die Bordanlage zu erreichen. Aber ich konnte ja nicht antworten. Also hat sich Nedal auf den Weg zu dem Gewächsraum gemacht um zu schauen, ob alles in Ordnung ist.

Du kannst dir nicht vorstellen, Naal, wie es ist, ausgerechnet von Nedal in dieser wenig würdevollen Haltung und misslichen Situation gefunden zu werden. Schon allein deshalb solltest du angemessen vorsichtig sein um nicht in eine solche Situation zu geraten", sagt Soppi mit einem glucksenden Unterton. „Nachdem Nedal nämlich sichergestellt hatte, dass ich im Großen und Ganzen wohlauf bin, hat er mich einfach stecken lassen und sich auf dem Flur, direkt um die Ecke, an einem der Wandautomaten etwas zu trinken geholt. Dann hat er sich gemächlich zu mir runter gebeugt und gefragt, ob ich mal trinken möchte; als ob ich nicht andere Probleme gehabt hätte. Ach ja, er hat seinen Spaß gehabt mit mir. Seinen Gesichtsausdruck werde ich nie vergessen. Geplatzt wäre er bald in dem Kampf, das Lachen zu unterdrücken. Ungefähr so wie jetzt, schau hin, wie er sich freut", grinst Soppi und deutet mit dem Kopf in Richtung Nedal, der links neben ihm sitzt, und während der Arbeit mit einem Ohr mitgehört hat.

„Ja, das war komisch", kommentiert Nedal, „so viel Spaß gibt es auf unseren Missionen selten. Aber jetzt seid ihr ja da." Von der Seite nähert sich Abendahl den dreien. „Velt hat sich jetzt zurückgezogen. Wir werden ihn phasenweise nicht oft zu sehen bekommen, er hält sich ja gerne für sich." Abendahl bleibt bei ihnen stehen.

„Werden wir schon auf dem Flug etwas sehen können, wenn wir dem Ort näher kommen zu dem wir fliegen?", fragt Naal an Soppi gewandt.

„Nein, das wird leider kaum möglich sein, weil wir in einer Art und Weise unterwegs sind, in der die Raumzeit verkürzt ist.

Wir haben natürlich Technologien an Bord, mit denen wir Analysen weit entfernter Orte machen können, so wie wir das bei unseren Missionen immer tun. Das funktioniert aber nur bei normaler Geschwindigkeit. Genauere Informationen bekommen wir also erst, wenn wir kurz vor dem Ziel wieder im normalen Flugmodus sind. Das Einzige was wir bis jetzt schon bestimmen konnten, ist die ungefähre Entfernung zum Zielort. Vielleicht können wir auf dem Flug noch einen Wert zu der Größe des Objektes, zu dem wir gerade reisen, errechnen, wer weiß."

„Und was können wir dann alles herausfinden, wenn wir wieder mit normaler Geschwindigkeit reisen, aber noch nicht da sind?", will Naal weiter wissen.

„Nun, da haben wir dann eine ganze Reihe an Möglichkeiten und auch eine Menge Erfahrung, weil wir das ja schon seit langem machen. Wonach wir immer gesucht haben, ist ein lebensfreundlicher Planet. Wir können die genaue Größe eines Planeten bestimmen, aber auch grob die Oberflächenbeschaffenheit und die Zusammensetzung der Atmosphäre, sowie den Abstand des Planeten zu seiner Sonne. Damit Leben auf einem Planeten überhaupt möglich ist, muss eine Reihe an Kriterien erfüllt sein. Und diese Kriterien prüfen wir, wenn wir Planeten analysieren."

„Aha, aber warum konnten wir das dann nicht schon alles vorher, von zu Hause aus, untersuchen?", fragt Naal mit schlauem Gesicht.

„Dafür ist das Objekt viel zu weit entfernt. Außerdem haben wir ja nicht einen Planeten entdeckt, sondern eine Art akustisches Signal empfangen. Das waren im Prinzip Radiowellen und die bewegen sich mit Lichtgeschwindigkeit. Wir haben aber nicht nur diese Wellen, von denen wir ziemlich sicher sind, dass sie etwas mit Kommunikation zu tun haben, empfangen, sondern gleichzeitig konnte auch die Richtung, aus der sie kommen bestimmt werden.

Das Objekt welches diese Wellen ausgesendet hat, ist aber so weit entfernt, dass wir es mit unserem herkömmlichen Antrieb niemals erreichen könnten. Wir hatten großes Glück, alles aufgezeichnet zu haben. Denn wir haben seitdem nichts mehr empfangen."

„Und woran kann das liegen?", fragt Naal, dessen Interesse für die Hintergründe geweckt ist.

Die Raumfahrtkommission hatte ihm und Neel natürlich alles erklärt, aber wohl nicht so detailliert wie Soppi es gerade macht. Und Naal hatte damals nur halb hingehört, weil er gedanklich mit anderen Dingen der Mission beschäftigt war: Mit seinen Bemühungen sich vorzustellen, wie sie aussehen, die Wesen auf dem weit entfernten Planeten, zum Beispiel. Also mehr mit den Aspekten des Abenteuers als den technischen Hintergründen.

„Woran das liegen kann ist unklar, da gibt es nur Vermutungen. Wir horchen mit unseren Geräten sehr, sehr tief in das Universum hinein und es ist uns durch einen ungeheuren Zufall geglückt zu erkennen, dass wir das empfangene Signal direkt an seinem Sender abgegriffen haben. Daher war es auch möglich, die Entfernung dorthin zu bestimmen. Es ist aber nicht gelungen, einen festen Ort auszumachen, wie es später mit großen Anstrengungen versucht wurde. Möglicherweise liegt es daran, dass die Konstellation der Planeten, Sonnen und Monde die zwischen uns und dem Ursprungsort des Geräusches liegen, nicht mehr günstig ist und den direkten Weg versperren. Wir müssen aber die Möglichkeit eines direkten Weges haben um unsere Geräte entsprechend ausrichten zu können."

Ein Signal aus dem Maschinenraum zieht plötzlich Abendahls Aufmerksamkeit auf sich und er entschuldigt sich.

„Ach, ich freue mich, wenn wir endlich da sind! So eine spannende Sache!

Ich kann es kaum erwarten zu erfahren was da so los ist", begeistert sich Naal in einem plötzlichen Gefühl der Freude und Spannung.

„So ist recht mein Junge, so ist recht, diese Einstellung gefällt mir", nickt Nedal anerkennend. „Als ich in deinem Alter war, war ich genauso. Und streng genommen habe ich mich bis heute wahrscheinlich nicht viel geändert. Nun denn, ein wenig gedulden müssen wir uns schon noch, sind ja gerade erst gestartet."

Während Naal sich unterhalten hat ist Neel derweil vorsichtig umher gegangen und hat versucht, sich an die geänderten Verhältnisse zu gewöhnen. Auch Ranigo bewegt sich in dem großen Raum und geht die Pflanzenwände ab, schaut, ob alles okay ist. Naal probiert jetzt aus sich zu bewegen und geht mit wattigen Schritten hinüber zu Neel.

„Hallo Naal, ich versuche, mich einzugewöhnen. Gehe die ganze Zeit hin und her, mal schneller, mal langsamer und probiere alles aus. Das ist lustig. Wenn man sich auf das Sofa fallen lässt, kommt man etwas später unten an, als man erwartet, das musst du unbedingt ausprobieren. Was hast du so lange vorne gemacht?"

„Ich habe mich unterhalten, über dies und das, war sehr interessant", antwortet Naal und hüpft dabei die ganze Zeit vor Neel herum und macht Drehungen, bis ihm schwindlig wird. Nachdem sie noch einige Zeit aktiv waren, neigt sich ein aufregender Tag seinem Ende zu.

Sie setzen sich alle noch einmal zu einem abendlichen Gespräch zusammen, dann ziehen sie sich in ihre Zimmer zurück, im Wechsel bleibt immer eine Person auf der Brücke, um den reibungslosen Ablauf des Fluges zu überwachen.

„Was für ein abenteuerlicher Tag", ruft Naal durch die offene Tür in Neels Zimmer. „Ganz nach meinem Geschmack. Wie hat er dir gefallen?"

„Mich haben die vielen Ereignissen heute etwas verwirrt. Die Abschiedszeremonie, der Start, aber auch das Gefühl, als wir kurz schwerelos waren, oder dieser atemberaubende Blick ins Universum und all diese Dinge. Ich habe noch nie an einem einzigen Tag so viel Aufregendes erlebt wie heute. Eigentlich war der Tag sogar zu aufregend für mich, weil ich ja auch oft Angst haben musste. Und nun fühle ich mich schwach.“

„Na das wird sich schon geben, jetzt geht es ja erst einmal ruhig weiter“, gibt Naal gedankenverloren zurück. Er räkelt sich matt auf dem großen Sessel in seinem Zimmer und schaut in Gedanken aus dem runden Fenster. „Ob ich mich wohl an diesen Anblick gewöhnen werde oder bleibt er immer so aufregend? Und wird das Leben anders werden, wenn wir bald wissen, weshalb genau wir diese Mission unternommen haben? Werde ich danach wirklich nicht mehr so sein, wie vorher?“ Das alles fragt er sich und findet es gleichzeitig komisch, Gedanken dieser Art zu haben, die sein Gemüt normalerweise nicht belasten.

„Naa-aal“, ruft Neel, die schon im Bett liegt, von nebenan. „Bitte nicht vergessen, dass du mir versprochen hast, die Tür zwischen unseren Zimmern von deiner Seite nicht abzuschließen. Du weißt doch, falls ich Angst bekomme, nicht wahr?“

„Keine Sorge, die Tür bleibt auf, so hatten wir es ja besprochen“, kommt die müde Antwort. Kaum schafft Naal es noch in sein Bett, schon fallen ihm die Augen zu und er sinkt in einen tiefen Schlaf.

Auf dem Schiff ist Ruhe eingekehrt. Alle Systeme sind geprüft und laufen zuverlässig. Bei jeder Mission ist die erste Flugphase für alle Beteiligten immer ganz besonders anspruchsvoll und aufregend; die Phase von der Startvorbereitung bis zu dem Zeitpunkt, wo das Schiff durch das All fliegt und alle Systeme einwandfrei funktionieren.

Mit einem Raumschiff abzuheben um die Atmosphäre des Heimatplaneten zu verlassen und ins Universum zu reisen stellt von jeher sehr hohe Anforderungen an die Technik und an diejenigen, die die Technik entwickelt haben und bedienen. Nachdem nun alles im Routinemodus läuft, lässt bei der Besatzung die Spannung nach und Müdigkeit greift um sich. In jeder Abteilung verbleibt nur eine Kernbelegschaft an ihren Plätzen. Alle anderen begeben sich zur Nachtruhe, während das Schiff mit voller Geschwindigkeit dem unbekannten Ziel mit jeder Sekunde näher kommt.

Die Tage vergehen wie im Fluge, könnte man sagen. Neel und Naal haben sich mit allem vertraut gemacht und fühlen sich in ihrem neuen Umfeld sehr wohl. Sie haben das ganze Schiff erkundet, sind gern gesehene Gäste in jeder Abteilung geworden. Der stets hungrige Naal besucht regelmäßig seinen neuen Freund Papuli, den Chefkoch, der Küche. Naal ist an allem was dort passiert höchst interessiert und überaus angetan von den Köstlichkeiten, die ihm dort neben den Mahlzeiten zugesteckt werden. Er verspeist, was man ihm anbietet mit Leidenschaft und in großen Mengen, der gemütliche Papuli hat seine rechte Freude an ihm.

So vertreiben sich Neel und Naal die Zeit mit allerlei verschiedenen Dingen. Interessanterweise wird ihnen auf der an sich ereignislosen Reise nie langweilig. Sie haben immer etwas zu tun, sind stets beschäftigt. Ranigo z. B. gibt ihnen regelmäßig Unterricht in Pflanzenkunde, erklärt ihnen, worauf es bei der Pflege von Pflanzen in einem Raumschiff ankommt und worauf man ganz besonders achten muss. Sie stellen auch fest, dass es nach einiger Zeit an Bord auf einmal anders riecht als zuvor. Oft sind sie schier überwältigt von dem intensiven süßen, aber teils auch würzigen Duft der Pflanzen, die sich gut entwickeln. Dadurch, dass die Luft in dem Raumschiff immer durchgeleitet wird und die Pflanzendichte viel höher ist als auf Gliese, ergibt sich ein sehr intensives, angenehmes Dufterlebnis, das jeder auf dem Schiff genießt.

Auch Ohrenschlag spielen sie hin und wieder, was ihnen jedoch nach einigen Missgeschicken nur noch in ihren Zimmern gestattet ist. Ohrenschlag ist an Bord mehr noch als auf Gliese ein Geschicklichkeitsspiel. Die Mooskugel sinkt an Bord sehr langsam. Da sie die Kugel auf Gliese immer um ein bestimmtes Maß nach oben beschleunigen und sie auf dem Weg zum Gegenüber wieder um ein bekanntes Stück absinkt, schoss sie an Bord anfangs oft über den Kopf hinaus und klatschte gegen die Pflanzenwände oder technischen Geräte auf der Brücke.
Einmal sogar dem armen Velt an den Kopf, was ihnen das Verbot eingebracht hat. Aber es kann gesagt werden, außer beim Ohrenschlag spielen, haben sie sich in allen Tagen nichts Erwähnenswertes zu Schulden kommen lassen, was vor allem für Naal eine durchaus anerkennenswerte Leistung ist.
Ganz besonderes Vergnügen bereitet es den beiden in der Schwerelosigkeit zu spielen. Unweit der Kommandozentrale befindet sich einer von den Räumen, in denen Schwerelosigkeit herrscht und wo sie ungestört spielen können, ohne Gefahr zu laufen, dass etwas kaputt geht, oder sie sich ernsthaft verletzen.
Der Raum ist rechteckig, ziemlich groß und hat hohe Decken. Die Wände sind mit weichem Material verkleidet, denn er dient den Besatzungsmitgliedern als Trainingsraum. Falls die Technik einmal versagen sollte und auf dem ganzen Schiff plötzlich Schwerelosigkeit herrscht, ist es wichtig, dass sich alle an Bord sicher bewegen können. Daher wird regelmäßig trainiert.

Luna, 12 Jahre

Und für diejenigen, die im Bedarfsfall Außeneinsätze durchführen müssen, ist es natürlich von ganz besonderer Bedeutung, dass sie sich souverän in der Schwerelosigkeit zu bewegen wissen. Neel und Naal nutzen den Raum so oft er für ihr Vergnügen frei ist. Wenn man noch ungeübt ist, ergibt sich das Problem, kaum Kontrolle über seine Bewegungen zu bekommen. Eine Drehung z. B., die einmal eingeleitet ist, geht unaufhörlich weiter, bis man sich irgendwo festhalten kann, oder von einem Gegenstand gestoppt wird. Beide haben sich aber schnell eingewöhnt und sind regelrechte Artisten der Schwerelosigkeit geworden. Richtiggehende Kunststücke und Figuren beherrschen sie.

Eine Figur z. B. besteht darin, dass beide voreinander schweben, und zwar in einer Körperhaltung, die dem aufrechten Sitzen auf einem Stuhl nahe kommt. Aber die Beine sind weiter gespreizt und die Arme, in Verlängerung zu den Schultern, gerade auseinander gestreckt. Naal fasst dann aus dieser Ausgangshaltung, mit einer Hand einen Griff an der Wand hinter sich, um sich festzuhalten. Mit der anderen Hand greift er Neels Fuß und zieht ihn sanft hoch, so dass sie nach hinten abkippt und einen Rückwärtssalto macht. Dann lässt er sie sich mehrmals langsam überschlagen, bevor er sie wieder anhält und beide die nächste Figur einleiten. So sind Neel und Naal viel damit beschäftigt, allerlei Figuren zu üben, oder auch nur wild herumzutoben oder mit dem Kopf nach unten durch den Raum zu schweben, alles, was ihnen einfällt und Spaß macht; das Leben ist schön. Ihre Freude an dem Spielen in der Schwerelosigkeit ist derart groß, dass sie manchmal vom Team gestoppt werden müssen, damit sie sich nicht völlig verausgaben.

Luna, 12 Jahre

Antonia

Während die Zeit vergeht und das Schiff dem Ziel stetig näher kommt, verändert sich auch die Atmosphäre an Bord. Eine gewisse Anspannung mischt sich unter die den Gliesern so eigene positive Grundstimmung und die Gemütszustände der Besatzungsmitglieder reichen von zurückhaltend abwartend bis freudig erregt. Allen ist anzumerken, dass sie öfter in ihre eigenen Gedanken versunken sind und sich fragen, was sie am Ziel wohl erwarten wird.

Müssen wir vorsichtig sein, dass nichts passiert? Finden wir tatsächlich Leben? Ist das, was uns dort erwartet gut? All das sind Fragen, die viele von der Mannschaft beschäftigen, während schon die Vorbereitungen laufen, um das Schiff aus dem raumzeitverkürzenden Modus wieder auf Normalbetrieb zurück zu setzen, um sich dem Zielort vorsichtig zu nähern.

„Ich spüre meine Lebenskraft weniger werden. Hoffentlich reicht meine Energie für die anstehenden Aufgaben aus?", denkt Velt müde, der in seinem Zimmer über das bevorstehende Ereignis nachdenkt. Er sitzt in einem voluminösen Sessel, der ihn klein und zerbrechlich aussehen lässt und schaut nachdenklich aus seinem runden Fenster in die Sternenwelt. Langsam streicht er sich mit den Fingern durch seinen Bart. In greifbarer Nähe um ihn herum schweben Kugeln, die aussehen wie Seifenblasen, in die weißblauer Rauch geblasen wurde. Die Kugeln sind Flüssigspeichermedien, die Daten zu verschiedenen Themen enthalten und sich durch Antippen zu einem virtuellen Display mit lesbaren Informationen formen. Diese Technologie ist schon veraltet, aber Velt nutzt sie immer noch gerne, weil es für ihn schön übersichtlich ist, dass jede Kugel ein Thema enthält und auch, weil er die schwebenden Kugeln so hübsch findet. „Es ist beruhigend zu beobachten, wie sie anmutig ihre Bahnen ziehen", denkt er gebannt. Jetzt berührt er eine Kugel, in der er Informationen dazu speichert, welche Möglichkeiten existieren, um mit einer intelligenten Spezies Kontakt aufzunehmen.

„Ach, wie ich mir wünsche, dass wir tatsächlich so weit kommen, bei diesen Dingen eine Entscheidung treffen zu müssen. Das rätselhafte Geräusch ist das Vielversprechendste, was wir seit Beginn unserer Suche nach einem neuen Lebensort verzeichnen konnten. Eine größere Chance wird sich uns wohl nicht mehr bieten. Wir haben uns durch eine verantwortungsvolle Führung unserer Gesellschaft über Generationen hinweg so achtsam und konzentriert entwickelt, dass wir im Universum viel Nützliches tun könnten. Ich denke, man kann sagen, wir haben uns zu ehrbaren Lebewesen entwickelt, die einen festen Platz im Universum haben sollten.

Vielleicht auch, damit die verantwortlichen Instanzen anderer Zivilisationen unsere Evolution betrachten können und sich davon etwas abschauen, wenn sie in ihren Prioritäten noch fehlgeleitet sein sollten.

Doch ich bin Realist. Was, wenn die Mission nicht so verläuft, wie wir es uns wünschen? Wie wahrscheinlich ist ein Erfolg unserer Mission tatsächlich? Alle sind guter Hoffnung, das spüre ich wohl. Und ich habe meine Bedenken stets zurück gehalten, nur mit Abendahl hin und wieder darüber gesprochen. Aber kann es tatsächlich sein, dass es noch weiteres Leben im Universum gibt? Andere friedliche Zivilisationen? Jetzt, wo wir dem Ziel so nahe sind, erwachen meine Zweifel wieder und ich bekomme ein wenig Angst um mein Volk. Ich weiß nicht, ob in unserem Volk irgendwann die Hoffnung umschlagen könnte in Verzweiflung. Wenn das passiert, nimmt es einen schrecklichen Verlauf. Welch eine Tragödie, wenn unsere Art aussterben sollte. Es wäre wahrlich ein Verlust, wenn unsere Zeit, auf dem Zenit unserer Entwicklung, abläuft", denkt Velt melancholisch und eine Träne vorweggenommener Trauer rinnt über sein Gesicht.

„Wir sind bald da“, kommt eine knappe Ansage über den Lautsprecher und holt Velt aus seinen schwermütigen Gedanken zurück in die Realität.

„Ich werde die anderen nicht mit meinen Gedanken belasten“, denkt er entschlossen, lässt mit einem kurzen Wink die Kugeln verschwinden, erhebt sich aus seinem Sessel und begibt sich zur Kommandozentrale.

Neel und Naal sitzen erwartungsvoll auf den Sofas im hinteren Teil der Kommandozentrale und unterhalten sich, während vorne alle ihrer Arbeit nachgehen. „Jetzt dauert es nicht mehr lange und wir sind da“, sagt Neel an Naal gewandt.

„Oh ja, das wird bestimmt aufregend. Mir kam die Reise überhaupt nicht lang vor. Ich finde, wir haben uns die Zeit gut vertrieben, nicht wahr?“

„Das stimmt, ich hatte befürchtet, dass wir uns oft langweilen werden. Jetzt sind wir schon so lange unterwegs und so weit von zu Hause weg, aber es war immer gut. Welches Gefühl hast du denn am meisten vermisst, seit wir von zu Hause fort sind?“, fragt Neel und schaut Naal einfühlsam an.

„Hä?“

„Na, welches Gefühl du am meisten vermisst hast.“

„Aha. Na ja, mein Hunger ist ja wie immer.“

„Das meine ich doch nicht. Vermisst du oft deine Freunde?“ Naal schüttelt den Kopf.

„Hast Du manchmal Heimweh?“ Naal schüttelt wieder mit dem Kopf.

„Sehnst du dich manchmal danach, in deinem eigenen Bett zu schlafen?“ Abermals verneint er andächtig.

„Fühlst du dich manchmal alleine, wenn du aus den Fenstern ins All schaust und diese unendliche Weite siehst?“ Jetzt regt sich etwas in Naals Gesicht, da er auf diese Frage eine Antwort hat.

„Oh ja, ich frage mich oft, ob ich diesen phantastischen Anblick wohl irgendwann normal finden werde, oder ob er immer etwas Besonderes für mich bleibt. Und ich glaube, ja ich fühle regelrecht, dass das immer etwas ganz Besonders bleiben wird", sagt er feierlich, freut sich und strahlt Neel mit nach Lob heischendem Blick an.

Doch Abendahl tritt zu ihnen und unterbricht die Szene, bevor Neel ansetzen kann ihn zu loben und ihm dann ausführlich von ihren eigenen Gefühlen zu berichten. Er bittet sie nach vorne zu kommen, damit sie sich bereit machen für den Rückeintritt in den normalen Geschwindigkeitsmodus. Aufgeregt springen sie vom Sofa, folgen ihm auf dem Fuße und nehmen ihre Plätze ein. Während Neel sich anschnallt, schaut sie sich um und stellt erstaunt fest, dass die anderen schon bereit sind. Unmittelbar danach werden sie in ihrem Sitz nach vorne gezogen und es ist deutlich zu spüren, wie das Schiff langsamer wird. Interessiert bemerkt Naal, dass, wie schon bei der Beschleunigung kurz nach dem Start, alles an ihnen vorbeirauscht, aber diesmal anders herum, so, als ob sie von allem überholt würden.

Dann normalisiert sich die Situation und es ist wie vorher, nur die Geschwindigkeit viel langsamer. Verdutzt von der sofort nach dem Platznehmen durchgeführten Maßnahme, schauen sich Neel und Naal an.

„Das ging jetzt aber schnell", sagt Neel verwundert.

„Ja, ganz schön überraschend. Und weißt du, Neel, was das jetzt bedeutet?"

„Was meinst du?", fragt sie mit unsicherem Blick.

„Wir sind am Ziel!"

8.   Am Ziel?

Schlagartig fährt ein harter Ruck durch das Schiff. „Notfall!", schallt es sogleich aus der Bordanlage. „Notfall!" Eine Menge Warnleuchten beginnen zu blinken und eine Sirene macht fürchterlichen Lärm. Neel und Naal sitzen entsetzt auf ihren Plätzen. „Uiuiui, uiuiui!" Das Schiff vibriert stark; Abendahl, der schon wieder gestanden hatte, wird unsanft gegen die Bordinstrumente geschleudert, stöhnt auf und ist im Begriff vornüber zu kippen. Schnell greift Nedal zu und schützt den alternden Mann vor dem Sturz. Entsetzt beobachtet Neel die Szene und hält sich mit aufgerissenen Augen die Hand vor den Mund. Panik macht sich breit.

„Ich kann das Schiff kaum mehr steuern", ruft Nedal, der verzweifelt versucht, das Schiff auf Kurs zu halten, aber es trudelt immer stärker. Neel klammert sich an ihren Sitz und beginnt laut zu schreien. Naals Blick ist apathisch. Seine oft gespielte Männlichkeit vergessend stimmt er in ihr Gejammer ein; Neel schmeißt sich daraufhin in seine Richtung und klammert sich an seinem Arm fest. So verharren sie erstarrt in der Bewegung. Ranigo hängt ohnmächtig in seinen Gurten, Velt schaut mit leerem Blick hilflos auf die blinkenden Lichter.

„Kann es sein, dass jetzt alles vorbei ist?", fragt er sich erstaunt aber völlig ruhig, „so plötzlich? Das hätte ich nun wirklich nicht erwartet."

Nedal und Soppi beginnen eine fieberhafte Ursachenanalyse, während das Schiff weiter schlingert und hin und her gerüttelt wird, als wäre es von einer mächtigen, zornigen Hand erfasst. „Was ist da passiert?", ruft Soppi an Nedal gewandt. „Keine Ahnung. Vielleicht werden wir angegriffen. Vielleicht wurde auf uns geschossen? Es fühlte sich an, wie sich ein Schuss anfühlen muss. Als ob ein Geschoss die Wand des Raumschiffes durchschlagen hat. Möglicherweise hat man nur auf uns gewartet – und wir haben nichts gemerkt. Verdammt!"

„Verdammt darf man nicht sagen", flüstert Neel abwesend. „Druckabfall im Laderaum!", dröhnt jetzt eine harte Stimme aus dem Lautsprecher. „Ich wiederhole: Druckabfall im Laderaum! Wir verlieren das Schiff!"
Diese Mitteilung entzieht ihrem Leben für Sekunden die Energie. Es verebbt jegliche Aktivität auf der Brücke und es hat den Anschein, dass durch diese unerwartet aufgetretene Notsituation die Mannschaft in eine Handlungsblockade verfällt, sie unfähig wird, etwas zu tun. Kollektiv richten sich ihre Blicke gesenkten Hauptes demütig ins Leere.

Außer den ungewohnten mechanischen Lauten der Zerstörung ist alles verstummt; Gedanken an ihre Familien und ihr Leben ziehen an ihnen vorbei.
Die Geräusche werden zunehmend lauter und reißen Abendahl aus seiner Lethargie. Er nimmt wahr, dass der Geruch von brennendem Moos die Brücke erreicht, feine Rauchfäden schweben herein, er steht auf, schaut sich um und betrachtet die anderen. „Sie geben sich auf."

Doch Abendahl will sich nicht, von was auch immer, tatenlos geschlagen geben. „Wir werden bis zur letzten Sekunde alles versuchen", denkt er grimmig während er hin und her geschleudert wird. Mit festem Griff suchen seine Hände Halt an den Armlehnen. Er ist der Erste der das dumpfe Gefühl der Lähmung abzuschütteln vermag. Mit emotionslosen Augen blickt Velt ihn an. Entschlossen erhebt Abendahl die Stimme: „Es ist nicht zu spät! Wir haben noch eine Chance!" Velt und die anderen schauen zu ihm auf. Dann erteilt er, noch kurzatmig von dem harten Aufprall in knapper Folge Befehle:

„Nedal, du prüfst den Schaden. Soppi, du versuchst herauszufinden, was uns den Schaden zugefügt hat. Die Sicherheitstechnik leitet alles in die Wege, uns vor weiteren Schäden zu schützen. Ihr anderen bleibt angeschnallt sitzen und verhaltet euch ruhig, der Rauch wird gleich abgesaugt. Der Laderaum muss schnellstens wieder abgedichtet werden, sonst ist es vorbei; die automatische Verriegelung ist durch den wuchtigen Einschlag beschädigt. Es wird sofort jemanden hingeschickt. Ich werde nicht zulassen, dass wir uns ohnmächtig der Situation ergeben", sagt er laut und selbstbewusst. „Wir sind nicht so weit gereist um jetzt kampflos unter zu gehen." Seine Stimme hört sich, durch das starke Vibrieren des Schiffes, stockend an. „Los jetzt!"

Seine Worte zeigen Wirkung. „Verdammt!", entfährt es Nedal. Er ist schon beinahe fasziniert davon, in welch wirrer Folge alle möglichen Instrumente ausschlagen. Soppi betrachtet die Monitore und schüttelt ratlos den Kopf. „Ich sehe da draußen nichts, da ist nichts. Wir müssen uns schützen, Nedal. Was können wir tun?"

„Leider nicht viel." Nedal schaut Soppi in die Augen. „Wir können aktuell nicht in die Raumzeitverkürzung um uns aus dem Staub zu machen. Und Waffen um uns zur Wehr zu setzen besitzen wir nicht", sagt er holprig.

„Vielleicht hätten wir uns da mal was bauen sollen", murmelt Soppi.

„Wir suchen Frieden, nicht Krieg", gibt Nedal zurück, „aber wir haben ja auch keinen Gegner ausgemacht." „Die einzige Möglichkeit ist es, in den Tarnflug zu gehen, in dem wir nicht erkannt werden können. Aber dazu ist das Schiff vielleicht zu instabil, ich weiß es nicht."

„Versuch es", sagt Abendahl, der das Gespräch verfolgt hat.

„Gut. Zu verlieren haben wir ja nicht mehr viel", gibt Nedal zurück, während das Schiff weiter schlingert und langsam über die Seite weg zu rollen droht. Sekunden später verliert Nedal auch schon die Hoheit über das Schiff und es beginnt unkontrolliert zu trudeln.

Direkten Einfluss auf das Geschehen haben sie auf der Brücke nicht mehr. Es hängt jetzt alles davon ab, dass das Leck im Laderaum geschlossen wird. Nach einiger Zeit wird das Trudeln und Vibrieren des Schiffes derart stark, dass die erzeugte Schwerkraft vorübergehend aufgegeben wird. In der Schwerelosigkeit ist zumindest das Überschlagen nicht mehr aktiv wahrzunehmen, da es Oben und Unten als Referenzen nicht mehr gibt.

Aber das Gefühlt des totalen Kontrollverlustes ignorierend wird einfach weiter gearbeitet; wohl wissend, dass der Zeitpunkt der Zerstörung rasch näher kommt. Nedal und Soppi tun alles, um den Schaden am Schiff zu bemessen und die Art des Einschlages zu untersuchen.

Nach einer halben Ewigkeit dann verhält sich dass Schiff etwas ruhiger. Augenblicke später kommt die erlösende Ansage: „Wir haben die Situation im Laderaum unter Kontrolle. Auch die automatische Verriegelung wird bald wieder funktionieren, wir werden sie reparieren können. Übrigens: es war ein kleiner Meteorit, der in das Schiff eingeschlagen ist, wir haben Fragmente davon gefunden. Sieht so aus, dass es doch noch weiter geht mit uns", kommt der letzte Satz nüchtern, bevor ein Signal anzeigt, dass die Ansage beendet ist.

Es ist geradezu körperlich zu spüren, wie sich Erleichterung breit macht. Das vorahnende, beklemmende Gefühl des nahenden Todes unverhofft abgelöst zu sehen von der frohen Botschaft des Lebens, erzeugt einen Zustand des Glücks, den jeder für sich still wirken lässt.

„So ein wahnsinniger Zufall, dass uns etwas Derartiges erwischt hat!", schüttelt Nedal den Kopf. „Ein ganz ordinärer Meteorit. Wäre er größer gewesen, wären wir jetzt tot. Und, für uns besonders wichtig: Wir sind nicht angegriffen worden!"

„Ja!", strahlt Soppi ihn an, „Oh ja!"

„Aber das Schönste", jubelt Naal, „wir leben! Jawohl, wir leben! Wir sind gerettet", ruft er voller Lebenslust, „wir sind gerettet!"

„Na, gerettet ist wohl nicht ganz das richtige Wort", wird er von Velt korrigiert, „aber wir wissen ja, was du meinst und es scheint tatsächlich weiter zu gehen mit unserer Mission." „Man sollte niemals die Macht der Natur unterschätzen oder gar den Respekt vor ihr verlieren", spricht Velt mehr zu sich selbst und nickt bedächtig mit dem Kopf.

„Das ist völlig meine Meinung", pflichtet Naal ihm bei. „Aber wie dem auch sei", sprudelt er ausgelassen weiter, „wo sind sie denn nun, unsere außergliesischen Freunde? Wir sind doch längst da!", ruft er und fuchtelt mit dem Finger in Richtung Soppi. Augenblicklich scheint allen wieder bewusst zu werden wo sie sich befinden und es entsteht ein Gefühl gespannter Erwartung, gewürzt mit einer kleinen Portion neuer Anspannung.

Nach all den Aufregungen und der Gefahr kann ich außergliesische Freunde heute nicht mehr verkraften", meldet sich Ranigo mit brüchiger Stimme zum ersten Mal wieder zu Wort. „Ich auch nicht", pflichtet Neel ihm matt bei.

Abendahl schaut besorgt zu Ranigo und Neel. „Ihr beiden solltet euch ausruhen. Und zwar so schnell wie möglich. Sobald wir gleich die Schwerkraft wieder hergestellt haben, solltet ihr euch auf eure Zimmer zurückziehen, um zur Ruhe zu kommen. Ich schicke euch dann noch jemanden von der Krankenstation, der noch einmal bei euch vorbei schaut.

Naal nimmt aus den Augenwinkeln etwas wahr, dass seine Aufmerksamkeit erregt. Er visiert mit seinen Augen einen der vielen Monitore an. „Da draußen scheint sich etwas zu bewegen." Interessiert schaut er genauer hin. Es ist sehr klein, bzw. noch sehr weit weg, aber da ist etwas.

Und zwar etwas, das er so noch nie gesehen hat. „Was ist es?“ Es scheint im Raum zu schweben, doch gut zu erkennen ist es nicht. Das Schiff beginnt wieder leicht zu vibrieren, das macht es ihm schwerer, etwas zu sehen. Gleichzeitig lenkt ihn das unangenehme Gefühl des vibrierenden Raumschiffes ab und verunsichert ihn. Seine Füße drücken sich fest auf das Moos. Automatisch greift eine Hand in die Tasche und sucht zur Beruhigung nach einer Nektarkugel, aber es ist keine mehr da. Naal kratzt sich am Kopf, zupft sich am Ohr und schaut wieder in Richtung Monitor. Das nicht mehr gewohnte Gefühl der Schwerelosigkeit verändert seine Art sich zu bewegen. Er hält sich an den Armlehnen fest und richtet seinen Oberkörper zu dem Monitor aus.

„Es ist immer noch da. Kann so ein Ort aussehen, an dem andere Wesen leben? Hmm. Warum eigentlich nicht?“ Wieder kratzt er sich nachdenklich am Kopf und stiert auf den Monitor. Ranigo beobachtet ihn beeindruckt. „Ah, das Ding sieht aber irgendwie überhaupt nicht so aus wie Orte aussehen. Vielleicht weiß Soppi Rat?“

„Duuhu Soppi, was ist eigentlich das komische Ding da vorne auf dem Monitor?“ Bitte was?“ Soppi war in seine Arbeit versunken und hebt jetzt fragend den Kopf.

„Na das Ding da vorne auf dem Monitor.“

„Ich weiß nicht, worauf sich die Kamera da ausgerichtet hat“, antwortet Soppi. Mit zusammengekniffenen Augen schaut er hinüber. „Jetzt sehe ich es auch. Ui, was ist denn das?“ Neugierig geworden beugt er sich in seinem Sitz weit vor, die anderen tun es ihm gleich. Ihre Blicke sind fragend auf den besagten Monitor gerichtet. Das Bild flackert etwas. Auch Ranigo und Neel scheinen ein gewisses Interesse an der Sache zu haben und sind bemüht, dem Geschehen zu folgen. „Seltsam, seltsam“, murmelt Nedal beeindruckt.

Während auf der Brücke Staunen herrscht, wird an anderer Stelle daran gearbeitet, den durch den Meteoriten entstandenen Schaden zu beheben. Die Reparaturarbeiten brauchen Zeit, der Meteorit hat eine schlimme Verwüstung angerichtet, die erst restlos behoben sein muss, bevor man sich der automatischen Außenverriegelung des Laderaumes widmen kann. Nur, wenn dies geschehen ist, ist das Schiff wieder in der Lage, alle Manöver und Geschwindigkeiten zu fliegen, was bei einer solchen Mission für den Erfolg unverzichtbar ist.

„Ich kann nicht viel erkennen“, sagt Velt ungewohnt erregt. Liegt es an meinen Augen?“

„Nein, nicht nur“, antwortet Soppi, „es ist noch sehr weit weg. Wir sind schon auf maximalem Zoomfaktor, weiter heran geht nicht.“

„Ich will aber wissen, was das ist“, ruft Naal.

„Ja, mein Freund, das wollen wir wohl alle“, knurrt Nedal. Dann an Soppi gewandt: „Wir fliegen auf einem ungünstigen Kurs, nicht wahr?“

„Hm, wenn wir den Kurs halten, wird die Entfernung zum Objekt gleich größer werden. Ich kann die Richtung korrigieren und wenn wir die Geschwindigkeit erhöhen, dann kannst du auch näher heran fliegen. Wir sind im Tarnflug unterwegs, gesehen werden können wir nicht. Sollen wir die Geschwindigkeit anpassen, Abendahl?“

„Ja.“

„Habt ihr so etwas schon gesehen? Ich weiß nicht was es ist, aber es sieht auf jeden Fall anders aus, als alles, was ich jemals gesehen habe", sagt Nedal.

„Das hatte ich auch schon gedacht", denkt Naal.

„Schaut, wie klein es ist", sagt Abendahl und fixiert mit konzentriertem Blick den Monitor, auf dem das Objekt langsam näher kommt. „Sehr klein scheint es zu sein", raunt er.

Schweigen erfüllt für einige Augenblicke den Raum.

„Geht Aktivität davon aus?", bricht Abendahl die Stille. „Bewegt sich etwas?"

„Beim Barte des Velt, was ist das?", ruft Naal mit hoher Stimme.

„Ich kann es gleich genauer sagen, einen Augenblick noch", sagt Nedal, während seine Finger mit schnellen Bewegungen das Bedienpult bearbeiten.

Naal hüpft plötzlich von seinem Sitz, eilt nach vorne und drängelt sich zwischen die Erwachsenen, um noch besser sehen zu können. Unverzüglich packt Nedal ihn am Nacken und zieht ihn kompromisslos zurück.

Alle schauen gebannt auf den Monitor, können es kaum mehr erwarten, endlich das Ziel der Reise zu sehen, auf das sie sich so lange zu bewegt haben. Dann ist es so weit. Das Bild klart auf und wird gestochen scharf, auch die wahre Größe des Objektes ist jetzt gut zu erkennen.

„Wie, das ist jetzt alles?", platzt Naal heraus, „für das komische Ding da haben wir das alles gemacht?" Allen steht eine gewisse Enttäuschung ins Gesicht geschrieben. „Jetzt sagt mir bitte nicht, dass es hier wirklich nichts Besseres zu sehen gibt als dieses olle Ding da."

„Naal bitte, jetzt sei doch endlich einmal ruhig“, tadelt Neel gestresst.

Deutlich zu sehen ist ein satellitenartiger Gegenstand. Ein kompaktes goldfarbenes Gebilde mit wenigen Metern Durchmesser, auf dem vorne eine große, weiße Schüssel sitzt. Nach oben erhebt sich ein Arm, an dem allerlei Technik angebracht ist. Weit nach unten zeigen drei lange Antennen, die wie Fühler eines Insektes aussehen.

Naal hatte die ganze Reise über davon geträumt, wie er vor seinen Freunden prahlen kann, was für ein seltsamer Planet das ist, den sie da gefunden haben und so unterentwickelte Wesen, die nicht einmal wissen, wie man ordentlich Ohrenschlag spielt. Und jetzt das, was für eine Niederlage! Wie soll er das bloß erklären? Schon spielen seine Gedanken verrückt.

Nachdem nun auch Naal schweigt, ist es auf der Brücke mucksmäuschen still. Auch die anderen sind immer noch irritiert und versuchen einzuordnen, was das jetzt bedeutet. Nach einer langen Weile ist es Soppi, der zuerst das Wort ergreift:

„Wir hätten vielleicht auch früher schon darüber nachdenken können, dass es sich bei dem Objekt, von dem wir das Geräusch empfangen haben, um ein Raumschiff, eine Sonde oder dergleichen handelt. Denn so etwas scheint das hier zu sein. Auf die Idee sind wir nicht gekommen“, sagt Soppi mit einem Ton der Erkenntnis in der Stimme.„ Unglaublich. Wer hätte das gedacht“, meldet sich Velt fasziniert zu Wort.

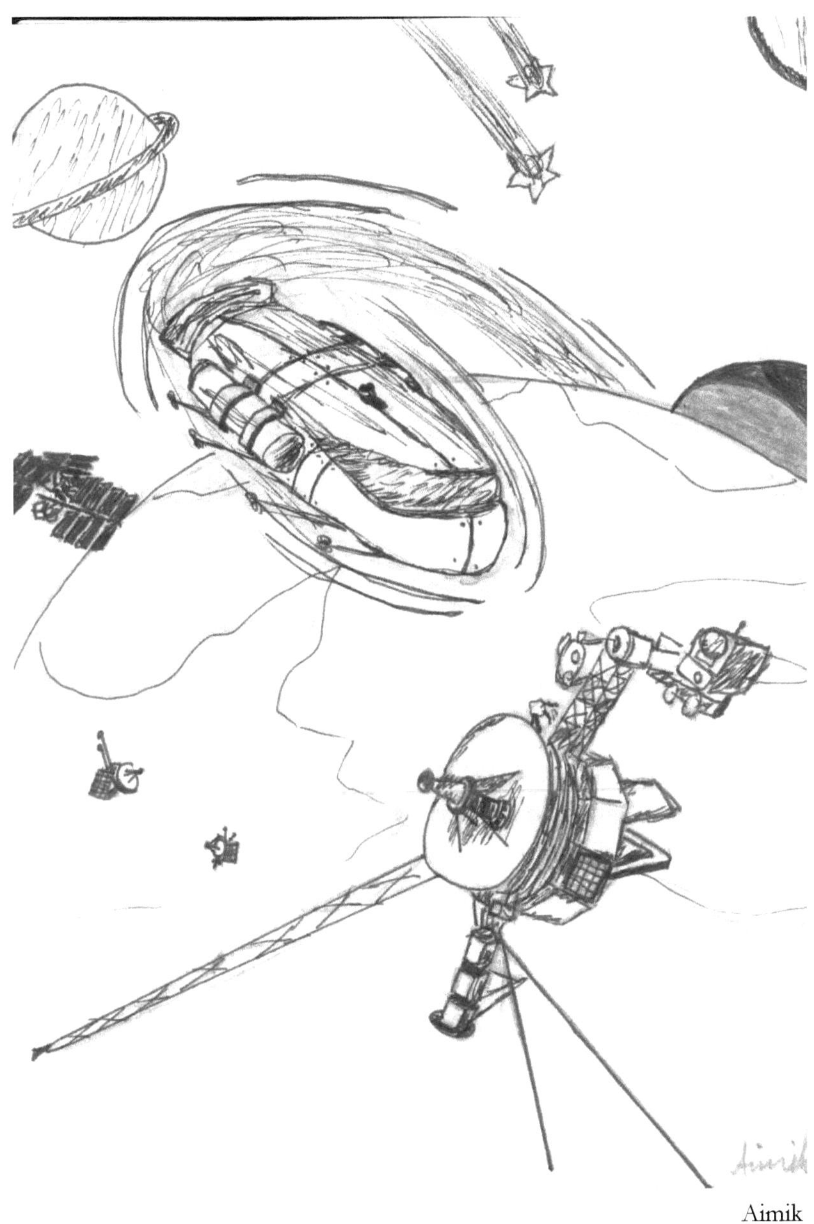

Aimik

„Wir finden ein technisches Gerät, eine Raumsonde wird es wohl sein, entwickelt von einer anderen, uns unbekannten Lebensform, das ganz langsam seinen Weg durch den Weltraum zieht. Wo es bloß her kommt? Und wo will es hin?"

„Ist das jetzt alles gut oder schlecht?", will Naal wissen.

„Es gibt überhaupt keinen Grund zur Enttäuschung ihr beiden, überhaupt keinen Grund, ganz im Gegenteil!", so Velt weiter.

„Uiuiui, ist das aufregend! Denkt doch, was das alles heißen kann! Dieses „komische Ding" wie du es nennst, ist im Prinzip der erste Berührungspunkt mit einer anderen Lebensform. Denn das Gerät ist ganz offensichtlich von Lebewesen hergestellt, keine Frage. Versteht ihr was das heißt? Es kann nur von anderen Lebewesen gemacht sein, eine andere Möglichkeit existiert nicht! Wie auch immer sie geartet sein mögen. Das Gebilde ist der Beweis dafür, dass es tatsächlich weiteres Leben im Universum gibt! Intelligentes Leben! Wir sind nicht alleine!"

„Ja! Es gibt anderes Leben", ruft Nedal auf einmal laut aus und strahlt mit wackelnden Ohrenspitzen über das ganze Gesicht. Sich plötzlich der Tragweite des Ereignisses vollends bewusst werdend löst sich die angestaute Spannung jäh auf und blitzartig bricht unbändige Freude aus ihm heraus.

„Oh, so hatte ich das überhaupt noch nicht gesehen", sagt Naal, dessen Stimmung sich sofort bessert, entzückt. Auch Neel sieht erleichtert aus. Sie betrachten das Objekt jetzt mit verändertem Interesse.

„Können wir endlich mal ganz nah heran fliegen?", ereifert sich Naal sogleich. „Ich möchte es mir gerne genauer anschauen, wer weiß, vielleicht entdecke ich wichtige Hinweise, ich bin sehr gut im Auffinden bedeutender Details."

„Hab Geduld meine Junge, wir fliegen langsam näher heran", sagt Nedal, der sanft in Richtung des Objekts lenkt.

„Wir haben tatsächlich einen ersten Beweis für andere Lebewesen", sagt Abendahl. Alle schauen bewegt auf das im Grunde unspektakuläre Objekt und es tritt andächtiges Schweigen ein, während sie sich immer weiter annähern. „Interessant ist auch die Art des ersten Kontaktes. Denn es ist ein indirekter, einseitiger Kontakt und kein plötzliches, beidseitiges Kennenlernen im selben Augenblick, was theoretisch auch möglich wäre; je nachdem wie hoch entwickelt die andere Kultur ist. Während wir jetzt schon wissen, dass es irgendwo im Universum weiteres Leben gibt, sind die Lebewesen, die dieses Gerät gebaut haben vielleicht noch der Meinung, sie seien alleine. Sie wissen ja nicht, dass wir gerade hier sind."

„Vielleicht sind sie aber auch schon viel weiter entwickelt als wir. Könnte das möglich sein?", fragt Nedal.

„Ich glaube nicht", antwortet Soppi ihm. „Das Gerät sieht nach einfacher Technik aus und scheint gleichzeitig noch nicht lange unterwegs zu sein, sonst wäre es nicht mehr so gut in Schuss. So weit bis jetzt beurteilbar, ist das etwa die Technologie, die wir früher benutzt haben. Mein erster Eindruck ist, dass die Technik die wir hier vorfinden, bei denen die sie entwickelt haben, noch mehr oder weniger aktuell ist, aber wir werden sehen. Aktivitäten der technischen Ausstattung sind momentan nicht zu verzeichnen, wenngleich es eine schwache Energiequelle an Bord hat." „Ja, aber wo sind sie denn, die Leute die dieses Ding gebaut haben? Sind sie weit weg?", fragt Naal ungeduldig und zappelt nervös mit Armen und Beinen.

„Nur keine übertriebene Eile, das finden wir schon noch heraus, wir haben jetzt ja alle Möglichkeiten. Nun schauen wir es uns erst einmal in aller Ruhe an."

Während das Schiff im Endanflug auf das Objekt ist, treten alle, die auf der Brücke sind, so nah wie möglich an das große Panoramafenster vor den Arbeitsplätzen.

Langsam und vorsichtig nähert sich das Schiff der Sonde, bald schon ist sie mit bloßem Auge zu erblicken. Gespannt und konzentriert starrt jeder Einzelne nach vorne, versucht, so viel wie möglich von der immer näher kommenden Sonde zu erfassen.

„Es ist doch immer noch etwas anderes, eine Sache im Original zu sehen, als auf einem Monitor", denkt Ranigo aufgeregt, während er ohne es zu merken, an den gelben Blättern einer Blume knabbert, die er eigentlich gepflückt hatte, um sie im Labor untersuchen zu lassen.

Nach spannenden Minuten ist der Abstand bis auf wenige Meter geschrumpft. Das Schiff bewegt sich im Zeitlupentempo nur noch Zentimeter vor und stoppt dann im Angesicht der Sonde. So schweben sie voreinander und es scheint, als ob Raumschiff und Sonde sich neugierig beäugen. Wie ein freundliches Insekt hängt die Sonde dort mitten im Universum, ein von unbekannter Hand gefertigtes Objekt, Auge in Auge mit der Lebensform der Glieser.

„Als ob es lebt", geht es Velt durch den Kopf und es baut sich eine gewisse Spannung in ihm auf. Er erwartet auf einmal geradezu, dass die Geräte an der Sonde beginnen sich zu bewegen und sich auf sie ausrichten. Aber es passiert nichts, alles bleibt ruhig.

Naal schaut sich die Sonde ganz genau an: „Habe ich doch geahnt, dass unser erster Kontakt so aussehen könnte", bekräftigt Naal sich selber und nickt klug mit dem Kopf. „Was meine Freunde wohl dazu sagen werden?"

Belustigt schaut Soppi zu ihm rüber und meint freundlich grinsend: „Guck, wie die Sonde gefertigt ist. Diejenigen, die sie gebaut haben, sind offensichtlich sehr gewissenhaft gewesen, es scheint noch alles in bester Ordnung zu sein."

„Wie geht es denn jetzt weiter?", möchte Naal wissen.

„Das müssen wir Abendahl fragen", antwortet Nedal und schaut Abendahl fragend an, der schon betriebsam mit anderen Abteilungen im Schiff kommuniziert und sich auf einem vor ihm schwebenden Display Notizen macht.

„Wir sind bereits damit beschäftigt, die Sonde zu scannen. So können wir zunächst einmal bestimmen, was für Geräte sie dabei hat. Allein dadurch erhalten wir wichtige Informationen zu den Erbauern, ihrem technischen know-how, ihrem Anliegen und ihren vorrangigen Zielen. Danach werden wir jedes einzelne Gerät für sich analysieren."

„Holen wir sie dann zu uns rein, damit wir alles auseinanderbauen und uns in Ruhe anschauen können?", fragt Naal.

„Nein, das wohl nicht. Wir haben viele Möglichkeiten, um von hier aus zu analysieren." „Aber warum holen wir sie nicht rein? Das wäre doch einfacher und spannender und ich könnte sie anfassen".

„Na ja", schaltet sich nun auch Velt in das Gespräch ein, während die anderen schon wieder an ihre Plätze gegangen sind. „Die Sonde gehört uns nicht.

Und das Wichtigste ist, sie nicht zu beschädigen. Sie nicht zu beschädigen und ihr gleichzeitig alle Informationen zu entlocken, das ist das Ziel." Auch Neel beteiligt sich jetzt an dem Gespräch: „Ich finde es sehr aufregend, was alles passiert und wie wir versuchen, so viel wie möglich herauszufinden."

„Oh ja", antwortet Velt, „es ist auch erstaunlich, wie wenig Informationen es manchmal nur benötigt, um etwas herauszufinden, wenn man nur aufmerksam hinschaut und schlau kombiniert. So wissen wir allein schon jetzt, bevor überhaupt die ersten Analysen gestartet wurden, aufgrund des Aussehens der Geräte und dem einwandfreien Zustand, dass wir in unserer Entwicklung weiter sind als die Lebewesen, die die Sonde gebaut haben und, dass sie noch nicht sehr lange unterwegs ist."

„Ist das gut oder schlecht?", will Naal wissen.

„Weder noch. Es ist einfach wie es ist. Wenn es an verschiedenen Orten im Universum Leben gibt, ist weder zu erwarten, dass die Lebensformen ähnlich aussehen, noch dass sie gleich weit entwickelt sind."

„Und wie viele Lebensformen, denkst du, gibt es überhaupt im Universum?", bohrt Naal weiter. „Nun, darüber habe ich natürlich viel nachgedacht und diese Frage kann man nicht pauschal beantworten. Es können nur Vermutungen angestellt werden. Ich persönlich finde es schon sehr bemerkenswert, dass wir jetzt wohl tatsächlich eine andere Lebensform gefunden haben. Man muss bedenken, dass Planeten zum Teil viele Milliarden Jahre existieren. Und es kann sein, dass auf einem bestimmten Planeten nur zwischendurch, sagen wir für 500 Millionen Jahre, Bedingungen herrschten, unter denen Leben möglich ist. Leben kommt und Leben vergeht.

Mehr oder weniger schnell. So kann es also z. B. sein, dass zu der Zeit, in der wir existieren, auf einem anderen Planeten ebenfalls Leben existiert, jetzt einmal unabhängig davon in welcher Form oder wie hoch entwickelt. Genauso gut kann es aber auch sein, dass auf diesem Planeten früher Leben existiert hat, und zu unserer Zeit schon lange wieder vergangen ist. Auch ist es möglich, dass sich Leben erst in einer fernen Zukunft entwickeln wird, wenn wir schon lange nicht mehr existieren. Vor diesem Hintergrund finde ich es sehr berührend, was wir hier und heute erleben dürfen."

Ein erregtes Kribbeln durchläuft Neel und Naal. „Oh, wie ich mich freue, dass wir dabei sind, nicht wahr Neel? Was für ein Abenteuer! Und ich verspreche euch allen, dass ich ganz nett sein werde zu den unterentwickelten Wesen, nichts werde ich ihnen tun, jawohl, ich werde nett sein. Und vielleicht lasse ich sie das erste Spiel Ohrenschlag gewinnen; mal sehen." „Das ist sehr freundlich von dir Naal," lächelt Velt milde, „sie werden es sicher zu schätzen wissen."

„Um so weit zu kommen sollten wir zunächst einmal in Erfahrung bringen, wo wir suchen müssen", schaltet sich Abendahl, für alle auf der Brücke vernehmlich, in das Gespräch ein. „Sonst kommen wir nicht weiter, aber wir sind auf dem richtigen Weg. Das Scannen ist abgeschlossen und die Analyse der einzelnen Geräte läuft bereits. Auf dem Objekt befinden sich insgesamt 11 Instrumente, wie z. B. Teilchendetektoren und Kameras. Es sieht so aus, als ob die Sonde in gewisser Weise dazu genutzt wird, den Weltraum zu erforschen und den Erbauern entsprechende Informationen zu übermitteln, die ihr Verständnis vom Universum erweitern. Derzeit ist kein Instrument aktiv.

Wir haben den Eindruck, dass sie quasi schlummern und bei Bedarf aktiviert werden können. Die Übermittlung der Informationen erfolgt mittels Radiowellen, die ja mit Lichtgeschwindigkeit reisen. Vermutlich ist der letzte Kontakt schon eine Weile her, hat aber nach der Aktivität stattgefunden, die wir damals wahrgenommen haben und die uns hier her geleitet hat.

Wenn die Erbauer der Sonde einzelne Instrumente nur gelegentlich aktivieren, dann wird ersichtlich, welch unsagbares Glück wir hatten, genau in dem Augenblick die richtige Ausrichtung gehabt zu haben! Aber das nur nebenbei. Während ich hier rede, laufen aus der Technik permanent Informationen in mein Display, ich komme kaum hinterher, sie aufzunehmen und weiter zu geben."

Alle hängen wie gebannt an Abendahls Lippen und sind gefesselt von der Spannung des Augenblicks. „Der Antrieb und die Steuereinheiten sind schon sehr lange nicht mehr aktiviert worden, viele Jahre nicht. Dies ist für uns eine äußerst wichtige Information. Denn so bekommen wir einen Anhaltspunkt, in welche Richtung wir fliegen müssen, wenn wir zu den Erbauern gelangen möchten. Also einfach entgegen der Richtung, in die sie aktuell fliegt."

„Aber sie fliegt doch gar nicht", meldet sich Naal. „Seht doch, sie steht bewegungslos vor uns", sagt er und zeigt auf die Sonde vor dem Fenster."

„Uiuiui", kommt es freundlich von verschiedenen Seiten.

„Hehe", meldet sich Nedal zu Wort. „Jetzt bist du aber ganz schön reingefallen, mein Junge.

Das sieht nur so aus, als ob sie sich nicht bewegt und kommt daher, dass wir uns exakt so schnell und in dieselbe Richtung bewegen. Und weil wir die identische Geschwindigkeit haben, sieht man also die Bewegung nicht", erklärt er und wackelt belustigt mit den Ohren.

„Wusste ich ja eigentlich, meinte halt nur mal so", murmelt Naal und schaut bemüht nicht zu Neel, die ihn mit dem Grinsen wohlwollender Genugtuung anstrahlt.

„Wie dem auch sei", schaltet sich Abendahl wieder ein. „Wir können also mehr oder weniger davon ausgehen, dass wir schon auf einem guten Weg sind, wenn wir später entgegen der aktuellen Richtung der Sonde fliegen, weil sie vermutlich bereits recht kurze Zeit nach ihrem Start die letzte Richtungsänderung erfahren hat; aber das klären wir noch im Detail. Der Antrieb der Instrumente erfolgt im Wesentlichen mittels einer Batterie. Einer Batterie, die schon einiges an Leistung verloren hat und sich nicht wieder auflädt. Eine abenteuerliche Technik und daher ein kühnes Unterfangen, das muss man sagen. Vermutlich wurden aufgrund der nachlassenden Leistung nach und nach immer mehr Instrumente außer Betrieb genommen, so dass jetzt nur noch die wichtigsten aktiviert sind. Eine Sache gibt uns Rätsel auf:
Da ist eine Art Scheibe in der Sonde, die wir nicht erklären können, wir wissen nicht, welchen Zweck sie hat. Aber den muss es geben, sonst wäre sie wohl nicht dabei. Diese kreisrunde, flache Platte, ist kein technisches Gerät, so viel steht fest." „Was können wir tun?", fragt Velt.

„Hm, mit Ausnahme dieser Platte gibt es im Prinzip keinen Grund dafür raus zu gehen und etwas an der Sonde zu machen. Wir können alles von hier aus regeln.

Nur die Bestimmung der Funktion dieser Platte funktioniert nicht, weil es sich dabei eben nicht um ein technisches Gerät handelt. Wenn wir da nicht weiter kommen, müssen wir doch überlegen, ob zwei Mann rausgehen und sich das mal näher anschauen. Wir sollten schon versuchen in Erfahrung zu bringen, was es damit auf sich hat. Wenn wir an die Platte herankommen können, ohne etwas zu beschädigen. Dazu müssen dann eventuell noch entsprechende Werkzeuge angefertigt werden, um das Gehäuse zu öffnen, was aber kein Problem sein sollte. Wir werden sehen.

Ja, liebe Freunde, das ist der aktuelle Stand der Dinge nach einem aufregenden Tag, der uns Gewissheit darüber gebracht hat, dass wir im Universum nicht alleine sind. Ich bin deshalb sehr aufgeregt und bewegt. So richtig fassen kann ich das alles noch nicht. Das Ereignis ist einfach zu groß, als dass es so schnell in seiner vollen Tragweite zu erfassen wäre. Es ist spät geworden und wir sollten nun zusehen, dass wir etwas zur Ruhe kommen. Den Kurs der Sonde werden wir beibehalten und wir machen morgen dort weiter, wo wir heute aufhören. Die Kameras von dem Objekt sind ja nicht aktiv. Und selbst wenn sie zufällig gerade jetzt aktiviert werden sollten, empfangen wir das Signal zeitig genug um Abstand zu gewinnen. Wir wollen ja keine Verwirrung stiften und einen möglichen ersten Kontakt behutsam und mit Bedacht planen.“

„Naal“, ruft Neel aus ihrem Zimmer durch die offene Verbindungstür. Naal liegt, wie meist abends vor dem Schlafengehen, in seinem großen Sessel, schaut aus dem Fenster, hängt seinen Gedanken nach und verspeist einige Nektarkugeln, deren Bestand bedenklich geschmolzen ist.

Neels Ruf nur am Rande wahrnehmend, beschäftigt er sich müde weiter mit seinem Problem. „Muss mal mit Papuli in der Küche reden, ob er eine Idee hat, was man da tun kann“, überlegt er sich. „Wäre nicht schön, wenn ich bald auf dem Trockenen sitze. Ja, das werde ich morgen tun, eine gute Idee. Gerade jetzt wo es spannend wird, muss ich gut versorgt sein.“

„Naa-aal“, wird Neel etwas nachdrücklicher. „Jetzt hör doch endlich!“

„Hm?“

„Komm bitte mal rüber, ich will mit dir reden.“

„Worüber?“

„Über heute.“

„Heute ist doch schon fast vorbei.“

„Naal, jetzt komm endlich rüber, oder ich erinnere mich, dass unser Schiff und die Sonde mit der gleichen Geschwindigkeit fliegen.“

„Das ist überhaupt nicht lustig!“, motzt Naal mit säuerlichem Gesichtsausdruck und erhebt sich widerwillig aus seinem Sessel.

„Findest du nicht? Ich finde es ganz amüsant, muss ich sagen“, kichert Neel und räkelt sich mit Wonne in ihrem Bett.

„Worum geht es?“, fragt Naal, der mit schmollendem Blick kauend in der Tür steht.

„Habe ich doch schon gesagt, um den Tag heute. Ich kann das alles gar nicht fassen, was heute passiert ist, ich bin so ergriffen davon. Aber auch ein bisschen ängstlich. Wir haben sie zwar noch nicht gefunden, die Fremden, aber wir wissen jetzt, dass es sie gibt. Oh, wie romantisch!“

„Guck mal da, Naal, neben meinem Sessel steht eine Dose mit allerlei Leckereien, die werden dir sicher schmecken.“

Mit einigermaßen trotzigem Blick schaut Naal zu der Dose. „Jetzt sei doch nicht so verdrießlich, Naal, und setzt dich schön da auf den Sessel.“

Naal lässt sich widerwillig auf den Sessel plumpsen.

„So ist brav. Ich habe es doch nicht so gemeint; ich brauchte nur etwas, um dich zu motivieren, noch einmal herüber zu kommen.“

„Warum?“ Ergeben lümmelt sich Naal jetzt auf dem Sessel, verschmäht aber die Dose; „ich habe schließlich auch meinen Stolz“, denkt er tapfer.

„Deine Meinung ist mir immer besonders wichtig. Glaubst du, dass mit der Sonde bringt uns weiter? Ich war am Anfang sehr enttäuscht, als klar war, dass wir nur so ein komisches Ding gefunden hatten.“

Geschmeichelt entspannt er sich etwas. „Das ging mir ähnlich. Aber jetzt glaube ich, das ist nicht schlimm, wir werden die Unterentwickelten schon noch finden, es dauert halt nur länger als geplant.“

„Meinst du, dass die Reise dorthin noch sehr lange dauern wird?“

„Ich denke nicht. Wir können ja schnell fliegen, viel schneller als diese Sonde im All unterwegs ist“, sagt er und zuckt im selben Augenblick etwas zusammen.

Neel schaut respektvoll beiseite und fragt schnell: „Was denkst du denn, wie es jetzt genau weiter geht?“

„Erst einmal werden sie morgen diese Platte holen, wenn sie nicht von Bord aus zu analysieren ist. Ich weiß überhaupt nicht, was daran so toll sein soll. Ich würde die Platte sein lassen und direkt zu ihnen fliegen, was soll's? Aber na ja, es ist, wie es ist.

Auf jeden Fall werden wir dann noch die genaue Richtung zu ihnen bestimmen und dann geht es los, wie soll es auch anders sein?"

„Ich weiß nicht", antwortet Neel mit schläfriger Stimme, „ich habe so ein komisches Gefühl." „Ein komisches Gefühl? Wo soll das denn her kommen? Ist doch alles normal", fragt Naal interessiert, weil er schon öfter festgestellt hat, dass auf das Gefühl von Neel meist Verlass ist.

„Ich weiß nicht", antwortet Neel, deren Augen schon fast zufallen. „Irgendetwas stimmt nicht mit der Platte. Wenn sie keine Funktion oder keine Bedeutung hätte, dann wäre sie nicht da. Auch Velt und Abendahl war anzumerken, dass sie etwas irritiert sind. Ich glaube, morgen wird ein Tag, der mindestens so aufregend sein wird, wie heute. Du passt immer schön auf, dass nichts passiert, ja?", fragt Neel und sinkt schon während ihrer letzten Worte in einen erschöpften Schlaf.

„Na klar, mach ich", sagt Naal. Nachdenklich geworden steht er auf, schnappt sich die Dose und schlurft in sein Zimmer.

9.   Die goldene Platte

Am nächsten Morgen sind beide ganz besonders zeitig auf den Beinen. In der Nacht hatten sie wilde Träume, die ihnen schon früh den Schlaf genommen haben. Träume von der Sonde, von unbekannten Wesen und dem ersten Kontakt. Zwar noch müde, ist aber die Aufregung größer und treibt sie aus dem Bett. Rasch machen sie sich fertig und rennen hinaus auf die Brücke um zu sehen, ob es noch da ist, dieses rätselhafte Ding. Erstaunt stellen sie fest, dass auf der Brücke schon Hochbetrieb herrscht und die Mannschaft rege arbeitet. Nedal gibt auf seinen Displays in schneller Folge Befehle ein, Soppi prüft Statistiken des Annäherungsvorgangs an die Sonde, Abendahl kommuniziert konzentriert mit anderen Abteilungen. Es scheint, als ob jeder für sich alleine arbeitet und nichts mit den anderen zu tun hat. In Wirklichkeit aber läuft an diesem Morgen alles auf eine einzige gemeinsame Aktion hinaus, das Sichern der goldenen Platte.

Neel und Naal eilen grüßend durch den Raum ans Panoramafenster und stellen erleichtert fest, dass die Sonde noch da ist. „Oh Naal, wie aufregend, es war also kein Traum, sie ist wirklich da", freut sich Neel. „Dann wird es wieder ein spannender Tag werden! Ich kann es kaum erwarten zu erfahren, was als nächstes geplant ist", freut sie sich weiter. „Da brauchen wir nicht lange zu warten", ruft Naal und starrt fasziniert hinaus, wo sich etwas bewegt. Neel bemerkt, dass es auf der Brücke ruhig wird. Der arbeitsame Lärm ist gespannter Aufmerksamkeit gewichen und alle schauen in Richtung Sonde.

„Liii! Was ist das?“, schreit Neel erschrocken auf und hüpft einen Schritt zurück. Den Blicken der anderen folgend hat sie zwei Wesen in weißen Raumanzügen erspäht, die langsam zur Sonde schweben. An den Anzügen sind Taschen, in denen Werkzeuge verstaut sind. „Was ist das?“, ruft sie noch einmal.

„Keine Angst, mein Kind, das sind nicht die Unbekannten, auch wenn sie vielleicht so aussehen“, antwortet Abendahl. „Zu denen machen wir uns erst später auf den Weg. Die beiden da draußen sind von uns, das sind Sori und Pajouli, ihr kennt sie ja aus dem Trainingsraum für Schwerelosigkeit. Seht, wie souverän sie sich bewegen. So kann es gehen, wenn man begabt ist und viel trainiert. Sie wollen die Platte lösen und sie rein holen. Während wir letzte Nacht geschlafen haben, war unsere Technik-Abteilung nicht untätig und hat Werkzeuge gefertigt, um an die Platte heranzukommen.

Sieht es nicht atemberaubend aus, wie die beiden da elegant zwischen uns und der Sonde schweben, hm? Ich kann mich kaum satt sehen“, schwärmt Abendahl nahezu.

„Ich weiß nicht“, antwortet Neel besorgt und wippt unruhig auf den Füßen. „Was passiert denn, wenn sie plötzlich weggeweht werden? Können wir sie dann retten?“

„Ha! Jetzt du auch“, brüllt Naal, dass alle erschrocken zusammenzucken, wobei er Sori und Pajouli nicht aus den Augen lässt. „Da draußen gibt es keinen Wind, weil es nämlich überhaupt keine Luft gibt, ich weiß es ganz genau!“

Aber Neel, das muss man sagen, verliert die Fassung nicht. „Ach ja, jetzt fällt es mir auch wieder ein“, sagt sie gelassen. „Kann denn sonst nichts passieren?“, fragt sie an Nedal gewandt.

„Nein, da kann im Grunde nicht viel passieren“, lächelt er. „Die beiden haben enorme Erfahrung mit Außeneinsätzen, da brauchen wir uns kaum Sorgen zu machen. Außerdem könnten wir ihnen ja auch helfen, falls doch mal etwas schief laufen sollte. Schau, wie geschickt sie die Sonde anfliegen.“
Und tatsächlich. Vorsichtig schweben Sori und Pajouli die letzten Meter. Majestätisch mutet es an, wie sie ihre Arme ausstrecken und sich sicher an der Sonde festhalten. Auf der Brücke ist es wieder ganz still.

Wie hypnotisiert beobachten alle das Geschehen und sind von Sori und Pajouli in den Bann gezogen. Nachdem sich die beiden Außeneinsätzler behutsam an der empfindlichen Sonde gesichert haben, beginnen sie mit ihrer Arbeit. Vorsichtig entnehmen sie ihren Taschen einzelne Werkzeuge, die mit Bändern an den Anzügen befestigt sind, damit sie sich nicht aus Versehen von dannen machen können. Sorgfältig darauf bedacht, die Sonde so wenig wie möglich zu berühren, entfernen sie eine Schutzverkleidung welche die Platte umgibt und arbeiten sich sachte weiter vor. Pajouli gibt die einzelnen Teile weiter an Sori, der sie für ihn festhält.

Zu gerne möchten alle wissen, welche Bedeutung die Platte hat, welches Geheimnis sie in sich birgt. Ewigkeiten scheinen zu vergehen. Bei Soppi und Ranigo ist die Nervosität am deutlichsten zu spüren. Ranigo sitzt verkrampft auf seinem Stuhl und schleckt und knabbert an einer Pflanze, als sei sie ein Eis am Stiel. Soppi murmelt beruhigende Worte vor sich hin und zuckt unkontrolliert mit den Ohren.

Abendahl und Velt haben sich erhoben, stehen aufrecht nebeneinander und verfolgen mit höchst konzentriertem Blick das Geschehen. Neel und Naal sind soweit nach vorne gegangen wie nur irgend möglich und drücken sich neugierig an der Scheibe die Nasen platt.

Nedal sitzt aufmerksam an seiner Steuereinheit und beobachtet das Geschehen wie ein interessantes Unterhaltungsprogramm.

„Ich weiß überhaupt nicht, warum die Atmosphäre hier plötzlich so besonders ist", fällt es Abendahl auf, der das große Schweigen bricht. „Explodieren kann diese rätselhafte Platte nicht und ihre Bedeutung werden wir wohl auch erst später bestimmen können."

„Nun ja, ich habe auch gerade darüber nachgedacht", sagt Velt. „Ich glaube, es kommt wohl daher, dass wir gleich zum ersten Mal einen Gegenstand aus einer anderen Welt in Händen halten werden und man vielleicht das Gefühl hat, es könnte sich dadurch etwas verändern.

Unser erster möglicher Kontakt wird immer konkreter. Ich bin froh, wenn die beiden zurück sind und die Platte im Schiff ist."

„Uiuiui, ich sehe etwas! Ich sehe etwas, dass Pajouli aus der Sonde zieht", ruft Neel aus.

„Ich sehe es auch", bestätigt Naal.

„Lass die Platte bloß nicht fallen, Pajouli", ist Ranigo zu vernehmen.

Nedal schaut sich verständnislos zu Ranigo um: „Ja, wo soll sie denn hinfallen?"

„Weiß ich nicht, Hauptsache, sie geht nicht kaputt."

„Schaut doch, jetzt hat Pajouli sie ganz raus."

Bedächtig schaut Pajouli durch sein Visier, herunter zu der Platte in seinen Händen. Er scheint kurz zu überlegen, löst seine Sicherung und schwebt mit vor gestreckten Armen herüber zum Schiff, bis er sich zwei Meter vor der Scheibe der Kommandozentrale befindet. Dann ist es das Werk eines Augenblicks, die Platte einfach loszulassen.

Atemlos beobachten sie diese reine, strahlend goldene Scheibe. Auf dem Punkt schwebt sie vor ihnen und dreht sich beinahe anmutig um die eigene Achse. So, als wolle sie sich ihren Zuschauern stolz von allen Seiten präsentieren.

„Wunderbar", flüstert Velt, „einfach wunderbar, ein Eindruck für die Ewigkeit! Was auch immer es ist, es ist herrlich anzuschauen!"

„Pajouli ist wohl nicht recht bei Sinnen", braust Abendahl plötzlich auf und geht mit erhobenem Zeigefinger zur Scheibe. Schnell greift Pajouli die Platte und sieht zu, dass er zurück ins Schiff kommt. Er bringt sie direkt ins Labor zur Analyse. Eine gewisse Erleichterung darüber, dass die Operation geglückt ist, ist allen anzumerken. Es wird laut durcheinander geredet. Überlegungen welche Bedeutung die Platte hat, stehen natürlich im Vordergrund der Gespräche.

Da es jetzt einige Zeit dauern kann bis erste Informationen vorliegen, kehrt nach und nach wieder Ruhe ein und nach einer Weile scheint alles wieder seinen normalen Lauf zu nehmen.

Dennoch liegt Spannung in der Luft, die noch dadurch erhöht wird, dass Abendahl persönlich ins Labor geht, um den Analysen beizuwohnen.

Später am Tag fordert Soppi Neel und Naal auf, aus dem Trainingsraum für Schwerelosigkeit, in dem sie gespielt hatten um sich die Zeit zu vertreiben, auf die Brücke zu kommen.

„Seht mal raus, jetzt geht es weiter“, sagt Soppi. Und tatsächlich, da sind sie wieder, Sori und Pajouli im Außeneinsatz.

„Ja was machen sie denn jetzt?“, fragen beide wie aus einem Mund.

„Sie bringen die Platte zurück“, antwortet Soppi. „Sie wurde analysiert und wir konnten feststellen, dass wir sie reproduzieren können. Es wurde also eine Kopie angefertigt. Abendahl hat uns allerdings noch nichts gesagt, ist aber so aufgeregt, wie ich ihn noch nie gesehen habe. Er war vorhin kurz hier und ist dann gleich wieder ins Labor gegangen. Nachher wird die komplette Besatzung des Schiffes in den großen Transporterraum gerufen und Abendahl wird uns alle gemeinsam darüber informieren, was das Labor herausgefunden hat. Aber jetzt wird erst einmal die Originalplatte wieder zurück an ihren ursprünglichen Platz gebracht.“

„Warum ist das so wichtig“, will Naal wissen und kratzt sich nachdenklich am Kopf. „Eigentlich könnten wir sie doch behalten, hier ist ja sonst niemand der sie brauchen kann.“ Ruhig schaut Soppi die beiden an. „Das stimmt natürlich Naal, ich kann dich schon verstehen. Aber es ist halt so, dass die Platte uns nicht gehört und wir sie deshalb zurückgeben. Auch wenn es vielleicht niemand kontrollieren kann. Und dann hat Abendahl vorhin auch noch etwas dazu gesagt, was ich allerdings selber noch nicht recht verstehe. Er sagte, die Platte müsse auch zurück gelegt werden, damit anderen Zivilisationen die Möglichkeit haben, sie irgendwann zu finden, das sei sehr wichtig.“

Neel und Naal flackern aufgeregt mit den Augen, während sie ehrfurchtsvoll beobachten, wie Sori die Platte an Pajouli reicht, der sie feierlich wieder an ihren ursprünglichen Platz legt und sie behutsam in ihre Position gleiten lässt. Sie versuchen zu verstehen, was Abendahl wohl damit gemeint haben könnte.

„Spektakulär", flüstert Naal. „Was für ein sagenhaftes Abenteuer!"

„Ich habe ein wenig Angst", meldet sich Neel kleinlaut zu Wort.

„Warum denn?" Naal schaut sie verständnislos an. „Es kann doch überhaupt nicht besser laufen."

„Ach, ich weiß nicht. Ich hatte doch gestern Abend schon so ein Gefühl, dass es mit der Platte etwas Geheimnisvolles auf sich hat. Und das scheint sich immer mehr zu bewahrheiten. Das ist mir nicht ganz geheuer, hoffentlich ist es nichts Schlimmes, was uns da erwartet."

„Ach was, wird schon alles gut werden", sagt Naal und steckt sich mit genüsslicher Miene ein Nektarplätzchen in den Mund.

„Darf ich bitte auch eins haben?", fragt Neel, die die Plätzchen sehr an die so leckeren Nektarplätzchen ihrer Mutter erinnern.

„Leider nein, ich teile doch nicht gerne." Naal hüpft auf seinen Platz und macht es sich schmatzend gemütlich. Gefolgt von Nedals staunendem Blick.

„So viele Plätzchen und Kugeln gibt es nicht mehr, da muss man sehr sparsam sein."

„Na, du bist ja ein rechter Kavalier", tadelt Nedal. Dann greift er in das schwebende Fach an seinem Arbeitsplatz und zieht zwei Goldhornringe heraus, von denen er einen an Neel reicht und einen selber isst.

Goldhornringe sind eine süße Spezialität, die ausschließlich aus feinsten Zutaten bereitet wird und deren Zubereitung eine hohe Kunst ist, die nur wenige ausgebildete Glieser beherrschen. Naal beobachtet sie mit großen Augen, seine Plätzchen haben gerade deutlich an Wert verloren.

„Nichts für ungut Naal, ich kenne dich ja nicht anders", sagt Neel ohne Groll und beißt herzhaft in ihren Goldhornring. „Köstlich, Nedal, vielen Dank."

„Gerne. Diese feinen Goldhornringe gönne ich mir ab und zu. Mach dir ein gutes Leben, das ist mein Motto."

Stunden später. Es hat eine allgemeine Information gegeben, dass sich die gesamte Besatzung des Schiffes im Transporterraum einfinden möge. Abendahl wird die Analyseergebnisse der Platte bekannt geben. Von allen Seiten kommen Glieser in den Transporterraum im Herzen des Schiffes geeilt. Geredet wird wenig, alle sind gespannt und mit sich selbst beschäftigt. Überall wo Platz ist, verteilen sich die Besatzungsmitglieder zwischen den Gerätschaften, der große Raum ist schnell gut gefüllt. Am Kopfende befindet sich eine Empore, auf der alles für die Ansprache von Abendahl hergerichtet ist. Dieser lässt nicht lange auf sich warten, die Stimmen verstummen. Manche wagen kaum mehr zu atmen, so nervös sind sie ob der Informationen, die sie in den nächsten Minuten erhalten werden.

„Liebe Weggefährten“, erhebt Abendahl die Stimme, „ein Traum ist wahr geworden.“ Er legt eine kurze Pause ein. Es ist so still im Raum, dass Naal mit dem leisen Knacken eines Plätzchens strafende Blicke auf sich zieht. „Zunächst lange Zeit auf die Quelle des unbekannten Geräusches zureisend, waren wir nach dem Überleben des Meteoriteneinschlages im ersten Augenblick schon fast enttäuscht, keinen Planeten, sondern „nur“ diese Sonde am Zielort gefunden zu haben. Aus jetziger Sicht ist das wahrscheinlich sogar besser, als direkt an einem belebten Planeten anzukommen.

Die Sonde ist in unserer Geschichte der erste echte Beweis dafür, dass es weiteres Leben im Universum gibt. Und die goldene Platte gibt uns dazu vielfältigste Informationen, wie ich euch versichern kann.“ Ein teils erfreutes, teils unsicheres Raunen durchläuft den Raum.

„Wir haben die Platte entschlüsseln können. Sie enthält viele, viele Informationen, zu denen wir nun Zugang haben. Auf ihr sind Botschaften eingeprägt, die wir in unsere Sprache übersetzen konnten, sodass wir sie verstehen. Die erste echte Information zu den Wesen, die auch die Sonde gebaut haben, ist ihr Name.

Sie nennen sich „Mensch.“

„Ui“, denken alle und nicken andächtig mit rollenden Augen. „Mensch heißen sie also.“

„Menschen sind eine organische Lebensform wie wir selbst, sehen uns sogar entfernt ähnlich. Der Begriff Mensch ist für uns der Begriff, mit dem wir sie fortan bezeichnen werden. Ihren Planeten nennen sie Erde. Auf der Platte sind viele Botschaften von denen ich gleich berichten werde. Vorab jedoch noch etwas zu der Sonde, die die Menschen „Voyager“ getauft haben.

Sie haben sie aus zwei Gründen gebaut. Erstens wollten sie damit die Planeten ihres eigenen Sonnensystems erforschen, zweitens haben sie die Voyager nach Erfüllen dieser Mission in die Tiefen des Universums geschickt. Zugegeben, weit ist sie noch nicht gekommen, obwohl sie schon seit einigen Jahrzehnten menschlicher Zeitrechnung unterwegs ist; die Technologie der Menschen hat noch deutliches Potenzial für Weiterentwicklungen. Warum aber haben sie die Voyager auf den Weg in die Unendlichkeit geschickt?"

Alle im Saal blicken mit größter Spannung zu Abendahl auf.

„Die Menschen sind wahrscheinlich noch nicht so weit, dass sie selber den Weltraum aktiv bereisen können. Um aber eventuell existierenden Lebewesen im Universum, eine Botschaft zu übermitteln und sie auf sich aufmerksam zu machen, haben sie die Voyager auf den Weg in die Unendlichkeit geschickt und ihr eine Platte beigelegt, auf der sie zahlreiche Informationen über sich selbst und das Leben auf ihrem Planeten gespeichert haben.

Extra für andere Lebewesen, die die Platte vielleicht irgendwann finden werden. Eine phantastische Idee!"

Ungläubig schauen sich alle gegenseitig an, sprachlos über das, was Abendahl berichtet.

„Die Menschen müssen sich gedacht haben, wenn sie selbst noch nicht zu anderen reisen können, vielleicht können andere dann sie besuchen kommen, wenn sie die goldene Platte finden.

Die Menschen scheinen ein überaus friedliches und gastfreundliches Volk zu sein. Jetzt ist das Wunder wahr geworden und wir haben die Platte gefunden. Sie enthält zu Beginn eine Botschaft von einem Menschen, von dem wir annehmen, dass er auf der Erde sehr wichtig ist; ich lese vor:

„Dies ist ein Geschenk einer kleinen, weit entfernten Welt, eine Probe unserer Geräusche, unserer Wissenschaft, unserer Bilder, unserer Musik, unserer Gedanken und unserer Gefühle. Wir versuchen, unser Zeitalter zu überleben, um so bis in eure Zeit hinein leben zu dürfen.“

Abendahl hält inne, damit die Worte wirken können und blickt in fassungslose Gesichter. „Kann das alles Wirklichkeit sein“, fragen sie sich? „Kein Traum? Es ist doch wohl nicht tatsächlich möglich, dass wir in dieser unendlichen Weite Leben gefunden haben, recht hoch entwickeltes Leben? Sicher, es war eine tolle Sache, weit ins Universum hinein zur Quelle des unbekannten Geräuschs zu reisen. Und die Vorstellung von anderem Leben, hat der Mission einen zusätzlichen Reiz verliehen. Aber jetzt soll es eine Tatsache sein, dass wir Leben gefunden haben?“

Abendahl spürt, dass etliche Besatzungsmitglieder an mentale Grenzen stoßen, er kann es ja selbst kaum fassen.

„Liebe Freunde, auch ich bin tief berührt von alledem und kann es selber kaum glauben. Das sichere Wissen darum, nicht alleine im Universum zu sein verändert vieles. Lasst uns eine kleine Pause einlegen, reden wir miteinander, bevor ich später weiter berichten werde. Und seid versichert, es ist alles positiv, niemand braucht Angst zu haben, niemand.“

Aufgeregte Gespräche beginnen. Ein jeder hat das Gefühl, seine Gedanken und Gefühle mitteilen zu müssen, das Bedürfnis zu reden und nicht mit dieser Erkenntnis alleine zu sein. Manch einer ist nach kurzer Zeit schon voller Freude und gespannter Erwartung auf das, was Abendahl noch erzählen wird, andere sind eher verhalten optimistisch. Velt bildet zusammen mit Neel und Naal eine Gruppe und er beobachtet aufmerksam, wie die beiden Kinder mit der Situation umgehen.

„Neel wirkt etwas verstört“, denkt er, „auf Neel sollten wir in den nächsten Tagen ein Auge werfen.“ Bei Naal hingegen scheint die Freude zu dominieren. Es ist ihm förmlich anzusehen, dass er es kaum erwarten kann, die Menschen kennenzulernen und er überlegt schon, ihnen vielleicht als Gastgeschenk eine Nektarkugel zu übergeben, um sie freundlich zu stimmen.

Nachdem jeder von der Mannschaft alles mindestens einmal besprochen hat und die Gespräche anfangen sich zu wiederholen, hält Abendahl es für an der Zeit fortzufahren. „Es scheint eine gute Entscheidung gewesen zu sein, erst einmal für eine Weile zu unterbrechen, damit im gemeinsamen Austausch Spannung abgebaut werden kann“, denkt er sich. Mit erhobenen Händen richtet er sich wieder an die Belegschaft:

„Liebe Freunde, lasst uns bitte weiter machen, es gibt noch so viel zu berichten.“

Die Gespräche verstummen, die Blicke konzentrieren sich auf ihn: „Wie schon angedeutet befinden sich auf der Platte Töne und Bilder. Im Gegensatz zu unserer Kultur, leben die Menschen auf der Erde offensichtlich nicht als ein einziges großes, geschlossenes Volk, sondern es existieren viele verschiedene Völkergemeinschaften, die ihre eigenen Sprachen entwickelt haben.“

Die Zuhörer kleben förmlich an Abendahls Lippen.

„Es gibt auf der Platte Grußworte in 55 verschiedenen Sprachen, die ich euch jetzt vorspielen werde. Genießt es, die Menschen ein erstes Mal zu hören, es finden sich reichhaltige Unterschiede im Klang der Sprachen, einfach großartig, welche Vielfalt auf der Erde existiert.“

Gebannt wird den Grüßen gelauscht. Die Stimmen beruhigen sie etwas, weil sie wissen, dass ihnen mit jeder der verschiedenen Stimmen ein freundlicher Gruß entgegen gebracht wird und weil ihnen diese Stimmen, die sich sehr positiv anhörenden Menschen etwas näher bringen, wodurch die Situation realer wird. Als nach einer ganzen Weile die Grußworte beendet sind, erhebt Abendahl wieder das Wort:

„Nachdem wir die Grüße gehört haben, werden wir uns jetzt Bilder von der Erde anschauen. Die Erde ist ein Planet, dessen Reichhaltigkeit an Leben kaum zu übertreffen ist. Als ich im Labor die Bilder zum ersten Mal sah, wollte ich meinen Augen kaum trauen. Wir sehen zunächst Bilder von den Menschen, die uns auch Hinweise darauf geben, dass sie eine vergleichbare Widerstandfähigkeit gegen Hitze und Kälte aufweisen wie wir.

Es handelt sich bei den Bildern um Menschen, die wohl aus verschiedenen Regionen der Erde stammen. Im Anschluss daran sehen wir Bilder von Tieren und Pflanzen. Ihr werdet sehen, die Erde ist ein regelrechtes Kleinod im Universum. Ein Juwel, dessen Schönheit die kühnste Vorstellungskraft übersteigt. Ich denke, Menschen sind überaus glückliche Wesen und leben in respektvoller Harmonie mit ihrer Umwelt.“

Es folgt eine Präsentation von Bildern, die Menschen in verschiedenen Lebenssituationen zeigen. Später dann Tiere wie Wale und Elefanten, Landschaften und einzelne Pflanzen, aber auch Wolkenbilder sowie Kunstgegenstände. Die Präsentation dauert lange, da es sich um weit über 100 Bilder handelt und jedem einzelnen Bild eine angemessene Verweildauer gegeben wird. Als die Präsentation schließlich beendet ist, scheint sich niemand zu trauen das Wort zu erheben.

Ausnahmslos alle verharren reglos an ihrem Platz. Manche haben Tränen in den Augen, andere sind verstört, so, als wollten sie nicht glauben, was sie sahen, sich nicht vorstellen, dass es solche natürliche Schönheit geben kann.

„Ich kann eure Reaktion verstehen", bricht Abendahl schließlich das Schweigen. „Ihr fragt euch, wie so etwas möglich ist. Ich selbst hatte ja schon etwas mehr Zeit darüber nachzudenken und ich muss sagen, ich verstehe es auch noch nicht. Dass sich auf einem zunächst toten Planeten Leben entwickeln kann, ist eine Sache. Das es aber in solch einer phantastischen Vielfalt geschieht, übersteigt fast die Vorstellungskraft. Solch reichhaltiges Leben kann auf Dauer wahrscheinlich auch nur dadurch bewahrt werden, dass die Menschen, als die am weitesten entwickelten Lebewesen auf dem Planeten Erde, sehr respektvoll und sorgsam mit der Natur umgehen und sie vor negativen Einflüssen zu schützen suchen.

Nachdem was wir auf der goldenen Platte gesehen haben bin ich mir sicher, sie werden dafür ihre ganze Kraft und ihr Wissen einsetzen und sie werden bemüht sein, im Einklang mit ihrer Umwelt zu leben, so, wie auch wir es tun. Durch diesen Umstand bin ich optimistisch, dass die Menschen, die ja durch die Platte zeigen, dass sie den Kontakt zu anderen Lebensformen suchen, freundlich und zuvorkommend zu uns sein werden, wenn wir uns entschließen Kontakt aufzunehmen."

Abendahl schaut voller Erleichterung und mit Freude strahlenden Augen in die Runde.

Plötzlich löst sich bei Ranigo, der zuvor stumm dastand, der Druck und er springt auf. Befreit von der lange währenden Spannung im Vorfeld reißt er, überwältigt von einem grenzenlosen Gefühl des Glücks, die Arme hoch und bricht in lauten, unkontrollierten Jubel aus. Andere folgen seinem Beispiel auf dem Fuße und es entsteht ein Szenario kollektiven Freudentaumels. Das Glücksgefühl scheint keine Grenzen mehr zu kennen. Sie liegen sich in den Armen, Tanzen, beglückwünschen sich gegenseitig und danken den Menschen für ihre Idee mit der goldenen Platte. Was für eine Euphorie! Erst nach einer ganzen Weile weicht dem Freudentaumel eine müde, leere Erschöpfung. Fragende Blicke richten sich an Abendahl, der wieder das Wort erhebt:

„Wer hätte gedacht, dass dieser Tag zu einem der bedeutendsten in unserer Geschichte wird. Nachdem wir jetzt wissen, dass wir nichts zu fürchten haben, können wir frohen Mutes an die weiteren Aufgaben gehen."
„Wie sehen denn die nächsten Schritte genau aus?", möchte ein Mitarbeiter aus der Abteilung der Antriebstechnik wissen.
„Nun, auf der goldenen Platte ist auch Musik aufgezeichnet. Musik, die den Menschen wichtig ist und die sie gerne hören. Da es spät geworden ist und wir erschöpft sind, möchte ich unsere Versammlung aufheben, damit wir uns zurückziehen können und wieder zu uns kommen. Die Musik der Menschen ist schon in unser Bordsystem eingespeist, sodass jeder für sich entscheiden kann, wann er sie sich anhören möchte. Ich werde es noch heute vor dem Schlafengehen tun und freue mich schon darauf!"

„So viel zum heutigen Tag. Auf der Oberseite der goldenen Platte befindet sich auch eine grafische Erklärung zu der Position der Erde. Wir müssen noch überlegen, wie wir sie am besten anfliegen. Außerdem möchten wir schon jetzt versuchen, erste Informationen über die Beschaffenheit der Erdatmosphäre und anderer wichtiger Merkmale zu erhalten. Nachdem, was wir auf der Platte gesehen haben, können wir guter Hoffnung sein, dass die Atmosphäre derart ist, dass auch wir uns auf der Erde aufhalten könnten. Die Menschen erwecken den Eindruck, dass sie sehr ähnliche oder gar identische Verhältnisse zum Leben benötigen wie wir. Mit diesen Dingen befassen wir uns morgen, für heute ist es genug. Ich hebe die Versammlung hiermit auf und wünsche euch allen eine geruhsame Nacht!"

„Naa-aal", tönt es aus Neels Zimmer. „Komm bitte kurz rüber."
„Ich liege aber schon im Bett."
„Ich doch auch Naal, aber ich war zuerst im Bett."
Also steht Naal wieder auf, tapert müde rüber und lässt sich auf Neels Sessel fallen. „Na ja", sagt er, „ich kann heute wahrscheinlich eh nicht gut schlafen."
„Ich auch nicht, ich bin noch ganz aufgeregt. Ich habe gerade schon in die Musik reingehört, oh die ist so schön! Ein Musiker heißt Mozart. Was für ein hübscher Name, findest du nicht auch?"
„Weiß nicht. Ich war mit den Menschen beschäftigt. He, he, wie lustig sie aussehen, diese Menschen. Aber es waren so viele verschiedene von ihnen, die muss ich mir alle noch mal in Ruhe anschauen.

Also im Ohrenschlag haben sie wohl keine Chance gegen mich, mit ihren mickrigen Öhrchen. Aber immerhin haben sie welche, das ist ja schon mal was."

„Ich finde, die Menschen sehen sehr nett aus, besonders die dunklen mit den kurzen Röcken die sonst nichts anhaben und die im Gesicht so bunt angemalt sind und lange Stöcke in den Händen halten. Aber am besten gefallen haben mir die schönen Blumen. Hast du gesehen, wie Ranigo geguckt hat, als die Bilder von den Blumen kamen? Ganz große Augen hatte er und seine Ohren haben geflattert, er hat richtig Wind damit gemacht. Ich glaube, für Ranigo ist das alles noch aufregender als für uns. Auf jeden Fall haben mir, neben den Blumen, die Wale noch besonders gut gefallen. Wenn wir mal auf die Erde runter gehen, dann möchte ich auf einem Wal durchs Wasser reiten.

Antonia

Aber jetzt mal etwas anderes, Naal! Hast du vielleicht meine Dose mit den Plätzchen gesehen?", ereifert Neel sich plötzlich und ohne Ankündigung. „Sie stand da drüben", Neel zeigt mit ihrem langen, feinen Zeigefinger genau neben den Sessel, auf dem Naal gerade sitzt. „Plätzchen? Welche Plätzchen?", stottert Naal und wird rot wie eine Duckelblume. „Du schwindelst mich an, Naal! Ich spüre es ganz genau! Und das du noch nicht einmal meine eigenen Plätzchen, die du mir gestohlen hast, mit mir teilen willst, das ist ganz besonders scheußlich von dir! Jawohl, ganz besonders scheußlich! Aber na ja, du bist halt wie du bist. Wir müssen eben alle etwas nachsichtig mit dir sein. Daher wünsche ich dir jetzt eine gute Nacht."

„Bitte was?", stammelt Naal irritiert.

„Das heißt, du darfst jetzt gehen, ich möchte in Ruhe Musik hören, gute Nacht und träum schön. Am besten davon, wie du den Menschen alles weg frisst, was du von ihnen in die Finger bekommst."

Das hat gesessen. Naal steht mit schlechtem Gewissen auf und trottet überrascht von dem plötzlichen Stimmungswechsel mit hängenden Ohren rasch in sein Zimmer.

„Und vergiss nicht die Tür zu zumachen", giftet Neel hinter ihm her. „Aber leise, wenn ich bitten darf."

Am nächsten Morgen ist Neel schon auf der Brücke, als Naal sein Zimmer verlässt. Abendahl, Velt, Nedal, Soppi und Ranigo befinden sich in der Sitzecke und unterhalten sich; besprechen die weitere Vorgehensweise. Neel schaut sich etwas abseits einige von Ranigos neuesten Blumenzüchtungen an, die ihm so sehr am Herzen liegen.

„Du warst gestern Abend ganz schön ungehalten", sagt Naal. „Das ist einfach so passiert. Die Plätzchen standen da rum, ich hatte Hunger und da dachte ich mir, ich probiere sie mal. Dann habe ich wohl vergessen, dir die Dose zurückzugeben. Und du hattest mir ja schließlich selber welche angeboten! Ich muss sagen, du warst gestern regelrecht garstig zu mir, so kenne ich dich überhaupt nicht. Und das nach dem aufregenden Abend. Aber ich verzeih dir."

Bei diesen Worten schießt Neel Röte ins Gesicht. Sie stellt sich groß auf, mit den Händen in den Hüften und holt tief Luft, um ihm ordentlich den Marsch zu blasen, besinnt sich aber im letzten Augenblick eines Besseren, da sie sieht, dass alle Augen auf Sie und Naal gerichtet sind.

„Ich glaube, wir gehen jetzt besser zu den anderen und setzen uns", sagt Naal, dem es ebenfalls nicht entgangen ist, dass sie beobachtet werden.

Nedal grinst den beiden entgegen. „Hehe, kleine Streitigkeiten binden die Freundschaft. Neel ist etwas ungehalten dieser Tage, aber das ist sicher der Aufregung der sich überschlagenden Ereignisse zu schulden."

„Das hat damit überhaupt nichts zu tun", empört sich Neel, „Naal frisst mir immer alles weg und jetzt bin ich noch schuld."

„Nur die Ruhe, nur die Ruhe", schaltet sich Abendahl in die Auseinandersetzung ein. „Offensichtlich gibt es derzeit Unstimmigkeiten zwischen euch, das kommt vor, wenn man lange Zeit auf so engem Raum zusammen ist. Wenn Naal wirklich von deinen Plätzchen gegessen hat, …"

„Hat er!"

„Dann ist das nicht nett von ihm.“
Naal schaut jetzt schuldbewusst auf den grünen Moosboden.
„Aber du kannst ihm eins auswischen, wenn du fleißig bist.“
„Sehr gut, was muss ich tun?“

„Nun ja“, übernimmt Velt das Wort von Abendahl, „ihr wisst ja, dass die Menschen verschiedene Sprachen sprechen. Es gibt aber eine Hauptsprache, wie wir festgestellt haben, die Menschen nennen sie Englisch. Englisch wird im Prinzip auf der ganzen Welt gesprochen. Viele, die in anderen Sprachen sprechen, lernen wohl auch Englisch. Das ist sehr interessant, was die Menschen sich alles so einfallen lassen. Jedes Volk hat, bedingt durch die eigene Entwicklung, seine individuelle Sprache. Damit sich jedoch alle Menschen miteinander verständigen können, sprechen sie eben noch eine gemeinsame Sprache. So ungefähr wird es sein. Wenn wir uns mit den Menschen in Verbindung setzen wollen, müssen wir ihre Sprache können. Daher ist es sinnvoll, diese eine Sprache zu lernen, das sollten wir ganz gut hinbekommen. Und wer von euch beiden bis zu dem Zeitpunkt, zu dem wir die Erde erreichen, die Sprache besser beherrscht, der darf den Kontakt zu den Menschen aufnehmen und als Erster mit einem echten Menschen sprechen. Das ist doch was, oder?“
Neel beginnt sanft zu lächeln. Naal schaut mit gemischten Gefühlen auf den Boden. „Und wenn wir wieder zu Hause sind, könnt ihr euren Eltern, Freunden und Klassenkameraden erzählen, dass ihr der erste Glieser ward, der so richtig mit einem Menschen gesprochen hat.“ Velt schaut die beiden gutmütig an.

„Ein historisches Ereignis, welches für immer einen festen Platz sowohl in unserer Geschichte, wie auch in der der Menschen haben wird. Dadurch wird man unsterblich.“

Naal ist elektrisiert. „Warum grinst du so?“, blafft er Neel an.

„Ach, nur so.“

„Dir werde ich es zeigen, wart’s nur ab, wirst schon sehen“, schimpft er.

„Ich bin gespannt“, antwortet Neel, die entspannt auf ihrem Sessel sitzt, die Arme hinter dem Kopf verschränkt. „Wenn du Schwierigkeiten hast, frage mich ruhig, ich helfe gern. Dann wird der Abstand zu mir nicht zu groß“, grinst sie liebenswürdig.

„Also gut ihr beiden, ihr seid beschäftigt, lasst uns jetzt wieder über andere Dinge sprechen, es gibt viel zu tun“, beendet Abendahl den kleinen Disput. „Und streitet euch nicht, sondern helft euch gegenseitig, das macht mehr Sinn. Wie lange wir zur Erde brauchen werden, ist die letzte Frage, die es noch zu klären gilt.“ Abendahl wendet sich in Richtung Nedal.

„Ja, das war für mich die große Frage. Die Position der Erde ist auf der goldenen Platte in Relation zu 14 Pulsaren und dem Zentrum ihrer Milchstraße angegeben, das haben die Menschen sehr schön gemacht. Da die Sonde nicht schnell fliegt, haben wir sie am äußersten Rande ihres Sonnensystems gefunden. Übrigens ist mir in diesem Zusammenhang bewusst geworden, dass sich das Leben auf der Erde seitdem wohl etwas verändert, weiter entwickelt haben wird. Aber das nur so am Rande. Die Entfernung zur Erde ist also nicht wirklich groß. Daraus ergibt sich für uns folgende Situation:

Gehen wir auf den raumzeitverkürzenden Antrieb schießen wir noch während der Beschleunigungsphase voll an der Erde vorbei, wenn ich das mal so sagen darf. Fliegen wir mit unserer konventionellen Reisegeschwindigkeit zur Erde, brauchen wir einige Wochen. Ich denke, es wird nicht anders gehen als mit normaler Geschwindigkeit zu fliegen. So haben wir, und vor allem unsere beiden jungen Freunde hier, genügend Zeit zum Lernen", sagt er und zwinkert ihnen zu. „Außerdem müssen wir uns ja auch vorbereiten und können zudem schon erste Analysen der Erde anstellen."

„Nun denn", übernimmt Abendahl das Wort, „so soll es sein. Ich werde es der Besatzung bekannt geben; machen wir uns auf den Weg."

10. Am Ziel

Nachdem sich die Besatzung mit etwas Wehmut von der Voyager verabschiedet hat, nimmt das Raumschiff Kurs auf die Erde. Frohen Mutes eilen sie ihr entgegen; nicht mehr lange und sie sind am Ziel. Das Gefühl, welches seit dem Verlassen der Voyager die Stimmung an Bord dominant prägt, ist Vorfreude. Kribbelnde Vorfreude darauf, noch mehr von der Erde zu erfahren und hoffentlich einen ersten Kontakt zu den Menschen herzustellen – was für eine atemberaubende Aussicht!

Neel und Naal waren so sehr mit der goldenen Platte und dem Lernen beschäftigt, das selbst das Spielen in der Schwerelosigkeit nebensächlich geworden ist. Mittlerweile verstehen sie sich wieder; Neel hat Naal verkündet, ihr sei es nicht so wichtig die Erste zu sein, die mit einem Menschen spricht, weil sie ja weiß, dass es Naal viel mehr bedeutet. So hat sie ihm freimütig den Vortritt versprochen. Sogar beim Lernen durfte Naal ihre Hilfe immer wieder in Anspruch nehmen.
Aber nicht nur die beiden haben sich intensiv auf die Zeit bei der Erde vorbereitet. Jeder Einzelne auf dem Schiff hat seine freie Zeit genutzt, um alle zur Verfügung stehenden Informationen aufzusaugen. Immer und immer wieder haben sie sich mit den herrlichen Bildern und Tonaufzeichnungen der goldenen Platte beschäftigt. Alle versuchen, sich so gut wie irgend möglich mit den vielen Botschaften vertraut zu machen. Erst im Laufe der ersten Tage nach Entdeckung der Goldenen Platte ist den meisten Besatzungsmitgliedern die volle Bedeutung ihrer Auffindung ins

Bewusstsein geträpfelt. Jetzt träumen und reden sie schon kühn davon, mit ihren Familien ein Leben auf der Erde zu führen. Sie malen sich das Leben in den schillerndsten Farben aus, mit allem erdenklich Angenehmen und mit rauschenden Geselligkeiten.

Ferner bieten die Gewissheit, nicht allein im Universum zu sein und die Freude auf das gegenseitige Kennenlernen der Fantasie jede Menge Nahrung. Der erste Kontakt zwischen Individuen aus unterschiedlichen Sonnensystemen, mit allen vorstellbaren Möglichkeiten, die sich für die Zukunft daraus ergeben ist beeindruckend. Aber vor allem auch der Austausch beider Kulturen über die Evolution des Lebens auf ihren Planeten, bietet enorm viel Stoff, der wohl Jahre füllen kann. Es ist eine fesselnde Vorstellung, gemeinsam mit den Menschen zu vergleichen, wie das Leben auf Gliese und der Erde entstanden ist und wie es sich dann bis heute weiter entwickelt hat!

Das „Wunder Leben", welches an zwei Orten im Universum unabhängig voneinander geschehen ist. Und das offensichtlich in einer im Großen und Ganzen vergleichbaren Art und Weise. Erde und Gliese sind Planeten mit einer wahrscheinlich nur geringfügig unterschiedlichen Schwerkraft und einer ähnlichen Atmosphäre, unter der sich Luft atmende Lebewesen in großer Reichhaltigkeit und Schönheit entwickelt haben. Und dies alles ungefähr zur selben Zeit. Das ist höchst erstaunlich wenn man bedenkt, in welch wahrhaftig großen Einheiten Zeit im Universum vergeben ist. Ein Zufall? Kann so etwas wirklich Zufall sein? Je mehr sie darüber nachdenken desto fantastischer erscheint alles.

Abendahl und Velt sind aus ihren Positionen heraus etwas distanzierter und beschäftigen sich auch mit anderen Fragen. Auf Gliese wurde seit vielen Generationen aktive Forschung in Bezug auf den Weltraum betrieben und das Wissen permanent erweitert. Es kann schon als fester Bestandteil der Kultur von Gliese beschrieben werden davon zu träumen, anderes Leben zu entdecken und kennen zu lernen. Jetzt, wo dieser Tag naht, sind Abendahl und Velt erstaunt festzustellen, dass sie diese Situation kaum verarbeiten können und es fällt ihnen schwer, souverän mit der sicheren Erkenntnis umzugehen, dass es noch weiteres Leben im Universum gibt. Sie überlegen sich, wie es wohl für die Menschen sein wird, wenn sie die Gewissheit haben, dass im Universum neben ihnen noch anderes zivilisiertes Leben existiert. Es ist auch ein Unterschied, ob man zu der Erkenntnis gelangt, dass andernorts Leben ist, oder dass andernorts hochentwickeltes, zivilisiertes Leben ist. Eine solche Erkenntnis könnte Angst bereiten und vielleicht auch zu unüberlegten Handlungen führen. Sollte man den Menschen nicht erst einmal einige Anhaltspunkte geben, damit sie sich in kleinen Schritten, nach und nach, mit dem Gedanken vertraut machen können?
„Wir auf dem Schiff haben etliche Wochen Zeit uns auf einen ersten Kontakt einzustellen", spricht Abendahl zu Velt. „Aber brauchen die Menschen nicht mindestens ebenso viel Zeit? Oder gar noch viel mehr? Wer weiß, wie sie sonst reagieren. Vielleicht empfinden sie uns als Bedrohung. Ja, das ist wahr und wichtig", bestätigt Abendahl sich selbst und zupft nachdenklich seinen Bart.

„Jetzt wird nicht mehr nur von Leben auf einem anderen Planeten geträumt, wie es seit Gliesergedenken der Fall ist“, sinniert er weiter, „jetzt ist es Realität! Das ist ein großer Unterschied. Und es ist intelligentes Leben, das wir entdeckt haben.“

„Velt, es ist so unfassbar schön und gleichzeitig so kompliziert. Wir haben eine große Verantwortung zu tragen und müssen uns sehr wohl überlegen was wir tun, wenn wir bei der Erde angekommen sind. Wir dürfen uns über die weiter entfernten Schritte nicht zu viele Gedanken machen. So, wie wir es uns schon überlegt hatten, sind wir auf dem richtigen Weg. Wenn wir bei der Erde sind, ist es erst einmal das Wichtigste dafür zu sorgen, dass wir nicht auffallen, dass uns niemand von der Erde aus orten kann. Und dann verschaffen wir uns in aller Ruhe einen Überblick, so viel Zeit muss sein. Danach erst entscheiden wir, ob, bzw. wie wir Kontakt aufnehmen.“

Velt, der die ganze Zeit aufmerksam zugehört hat, nickt zustimmend und wiegt bedächtig eine schöne, zarte Mooskugel in seiner Hand.

In seinem Bestreben alle Informationen von der goldenen Platte zu verinnerlichen, hat sich Naal etwas ganz Besonderes einfallen lassen; ein Lernspiel, das er mit Neel gemeinsam spielen kann. Es handelt sich dabei um eine Art virtuelles Memory, das er für verschiedene Themen der Platte programmiert hat. Dabei schweben dreidimensionale Karten um sie herum. Zunächst sind die Motive für einige Zeit sichtbar, dann verschwinden sie automatisch. Mit einem Fingerzeig können einzelne Karten dazu veranlasst werden, die Bilder wieder sichtbar zu machen.

„Komisch, manche Menschenrassen sehen sehr ähnlich aus, andere hingegen ganz verschieden. Irgendwie lustig. Das denke ich jedes Mal, wenn ich mir die Menschen so anschaue." Naal tippt eine neue Karte an und betrachtet entzückt einen Inuit, der ihn mit breitem Mund und schiefen Zähnen anlacht. Aber Neel, noch wenig vertraut mit den Feinheiten der Spielbedienung, öffnet aus Versehen schon die nächste Karte.

So sitzen sie gemütlich in der Sitzecke im hinteren Teil der Brücke und spielen Menschen-Memory.

„Oh Naal, schau mal, hier ist er wieder. Diesen Menschen fand ich vorher schon beeindruckend. Das ist einer von denen, deren Sprache wir lernen. Ein männlicher Mensch, der ganz viele Sachen an hat. Er sieht so förmlich aus, wie ich finde. Da fühle ich mich ganz klein, wenn ich ihn so sehe. Schwarze, glänzende Dinger an den Füßen, schwarze Beinkleider, ein weißes Hemd und darüber einen schwarzen Umhang den man vorne zu machen kann."

„Den finde ich auch gut, aber ich frage mich immer, warum der so einen Strick um den Hals hat. Vielleicht hat er etwas Böses gemacht?"

„Ach Naal, das glaube ich nicht. Ich glaube eher, das ist so etwas wie Schmuck."

„Meinst du wirklich? Das wäre aber seltsam von den Menschen, wenn sie sich mit Stricken den Hals zuknoten und das schön finden. Aber vielleicht hast du ja recht. Sie scheinen ja schon etwas komisch zu sein. Sieht so aus, als ob sich die Menschen überhaupt gerne schmücken."

Ungeduldig zuckt Naal mit seinem Kopf in Richtung der Karten.

„Mach doch mal weiter, es gibt noch so viele andere lustige Exemplare."

„Das sind keine Exemplare, Naal, das sind Menschen. Menschen, die nun einmal abhängig von dem Ort, an dem sie auf der Erde leben, unterschiedlich aussehen“, tadelt Neel.

„So meinte ich es“, nickt Naal zustimmend und wedelt mit der Hand in Richtung der Karten, dass sie weiter macht. Neel tippt nun mit ihrem Zeigefinger auf eines der Bilder. Das vorherige schließt sich, das angezeigte öffnet sich.

„Ui, da ist er, das ist er wieder“, ruft Naal aufgeregt aus und fuchtelt jetzt mit einer Hand heftig vor dem Bild herum. „Den habe ich mir schon lange nicht mehr angesehen.“ Zu sehen ist ein kleiner, drahtiger Buschmann mit farbiger Bemalung an Körper und Gesicht. In der Hand hält er einen langen, dünnen Speer. Er ist nahezu nackt. „Schau doch Neel, er hat fast nichts an; was für ein Anblick! Ein nackter, angemalter Mensch; wunderbar, einfach wunderbar! Ach, wie ist das schön!“ Naal kreischt fast vor Vergnügen und klatscht sich begeistert auf die Schenkel, dass die Ohren wackeln. Selbst auf der Brücke ist seine Freude nicht zu überhören und Nedal und die anderen drehen sich amüsiert um.

„Den will ich kennenlernen, Neel, unbedingt. Was für ein herrliches Exemplar – herrlicher Mensch, meinte ich natürlich.“ Neel schaut Naal mit dem Blick eines Erwachsenen an, der ein Kind vor sich hat, dass gerade etwas Törichtes gesagt oder getan hat. „Ja, was ist an diesem Menschen denn Komisches?“, will sie wissen.

„Alles. Außerdem interessiert es mich, was genau er unter diesem kleinen Ding da versteckt.“ Schelmisch beugt er sich nach vorne, um sich das Bild ganz genau anzuschauen. „Wenn ich ihn mal treffe, ziehe ich ihm das Ding mit einer schnellen Bewegung weg, kannst du mir glauben.“

„Und wenn ich dabei bin, dann halte ich mir die Augen zu." Neel hält sich die Hand vors Gesicht und späht gleichzeitig neugierig durch einen kleinen Spalt, den sie zwischen zwei Fingern frei gelassen hat. „Ich weiß gar nicht, ob ich das alles so genau wissen will", ist sie gedämpft zu vernehmen. „Mach doch jetzt bitte mal das Spiel mit den Tieren rein, mal schauen, ob das genau so gut funktioniert", lenkt sie dann vom Thema ab. Naal steht grinsend auf um ein weiteres Spiel einzulegen. „Aber neugierig bist du schon, habe ich mir doch gedacht."

„Unsere Kleinen haben mal wieder mächtig viel Spaß", sagt Nedal an Soppi gewandt. Beeindruckend, wie sie völlig im Jetzt und Hier leben, immer nur im aktuellen Augenblick. Sie denken noch nicht viel darüber nach, was war und auch nicht darüber, was kommen wird. Das ist der Wert der Jugend. Sie prägen mit ihren kindlichen, unbeschwerten Persönlichkeiten die gesamte Atmosphäre auf der Brücke, besonders Naal. Und Neel hat es nicht immer leicht mit ihm, nicht wahr?"

Soppi blickt mit verständnisvollem Blick über die Schulter in Richtung Neel, die mit der Hand vor dem Gesicht entspannt auf dem Sofa sitzt und durch die Finger Naal zuschaut, wie er geschäftig an der Anlage rumfummelt. „Absolut", bestätigt Soppi. „Naal wird mal ein fideler Edelmann wie ich, so viel ist sicher."

Nedal bekräftigt sich selbst, indem er zustimmend nickt. „Ihr seid euch vom Wesen her wirklich mehr als ähnlich", stellt Soppi nüchtern fest. „Würde mich auch nicht wundern, wenn er wie du Pilot von einem großen Raumschiff wird, so interessiert wie er an allem ist, was du hier tust. Sofern er neben all seiner Leichtigkeit auch die Fähigkeit besitzt, verantwortungsvoll zu handeln; ich bin gespannt."

Während des Gespräches hat sich Abendahl zu ihnen gesellt, der von einer durchscheinenden hellblauen virtuellen Tafel begleitet wird, die neben ihm her schwebt. Auf der Tafel sind unzählige Zahlenkolonnen aufgeführt, die mit Kommentaren versehen sind und die wichtigsten Informationen erklären. „Wir sind der Erde mittlerweile so nahe, dass wir nun zum ersten Mal einige wirklich zuverlässige Zahlen haben. Nach den Analysen sind alle Kriterien, die für das Existieren von Leben gegeben sein müssen, bei der Erde erfüllt. So können wir davon ausgehen, dass die Menschen unter sehr guten Bedingungen auf ihrem Planeten leben. Um nur einige zu nennen: Der Abstand der Erde zur Sonne ist im nahezu idealen Bereich, die Erde hat einen Mond und der Mond befindet sich in einer günstigen Entfernung zur Erde. So ist sein Einfluss auf die Erde nicht zu stark und nicht zu schwach, was für gemäßigt ausgeprägte Gezeiten auf der Erde spricht. Wir müssen allerdings davon ausgehen, dass die Schwerkraft der Erde viel stärker ist als die von Gliese.“

Mittlerweile haben sich auch Velt und Ranigo der Gärtner zu den anderen gesellt, während Nedal das Wort ergreift.

„Mit anderen Worten wir werden uns ganz schön schwer fühlen und werden gehörig zusammengestaucht, wenn wir auf die Erde gehen. Wir werden also kleiner und runder, wenn ich so sagen darf“, er zwinkert Ranigo dabei zu, der sogleich etwas nervös wird. „Nun ja, ich esse halt gerne, was soll ich machen.“

„Hast auch Recht, Ranigo, es ist gut, wie es ist“. Abendahl legt ihm fürsorglich eine Hand auf die Schulter und ergreift wieder das Wort. „Wo wir gerade bei den Lebensbedingungen sind, können wir direkt die Atmosphäre der Erde besprechen.

Natürlich besitzt sie eine starke und schützende Atmosphäre, sonst wäre ja kein Leben möglich. Es ist uns gelungen ihre grobe Zusammensetzung in Bezug auf ihre Hauptbestandteile zu bestimmen. Hier haben wir die bisher größte Überraschung erlebt. Die Atmosphäre der Erde und die Atmosphäre von Gliese sind in ihren Grundbeschaffenheiten beinahe deckungsgleich, es gibt nur marginale Unterschiede." Plötzlich ist zu spüren, dass sich bei allen eine gewisse Erleichterung ausbreitet. „Bemerkenswert! Diese für uns wichtigste aller Fragen hatte offensichtlich kaum jemand mehr so recht im Bewusstsein", fällt es Velt auf. „Vermutlich, weil durch all die Informationen auf der goldenen Platte von vornherein sehr naheliegend war, dass die Bedingungen vergleichbar sein müssen. Aber wissen konnten wir es natürlich nicht. Eigentlich müssten wir jetzt in größten Jubel ausbrechen. Denn erst jetzt sind wir sicher, dass wir uns auf der Erde auf natürliche Weise werden aufhalten können."

„Wie es scheint, ist das Glück ganz auf unserer Seite", übernimmt Abendahl wieder das Gespräch. „Wir müssen uns das einmal bildlich vorstellen. Nicht nur, dass wir durch einen großen Zufall auf einen Planeten aufmerksam werden, auf dem Leben existiert. Der Planet hat auch noch ein bunteres Leben hervorgebracht als Gliese. Mit den friedlichen, freundlichen Menschen als höchst entwickelte Lebensform. Und des Guten nicht genug ist die Atmosphäre der Erde derart beschaffen, dass wir uns aller Voraussicht nach ohne auf technische Hilfe angewiesen zu sein, in ihr aufhalten können. Morgen sind wir am Ziel, dann haben wir es geschafft. Und ich habe ein gutes Gefühl, wahrlich, ich habe ein gutes Gefühl!"

Der Tag der Ankunft ist gekommen. Die Luft knistert förmlich vor Spannung, die ganze Besatzung ist nervös und aufgeregt. „Wie wird die Erde wohl genau aussehen?“, fragen sich viele. Auch Neel und Naal sind erfüllt von solchen Gedanken. Sie stehen mal wieder ganz vorne auf der Brücke und schauen durch das Fenster. „Spektakulär sieht anders aus“, meint Naal gerade. „Ich kann überhaupt noch nichts von der Erde sehen.“

„Bei unserer Geschwindigkeit und der uns umgebenden Schutzhülle ist ein Objekt wie die Erde auch nicht zu sehen“, erklärt Soppi von hinten. „Erst wenn wir komplett runtergebremst haben, sehen wir sie. Aber das wird dann epochal werden, kann ich euch sagen.“ „Was auch immer er mit epochal meint“, brummt Naal. „Wahrscheinlich meint er damit einfach, dass es spektakulär wird“, murmelt Neel mit konzentrierter Stimme, während sie angestrengt in die dunkle Unendlichkeit starrt.

„Ach so. Verstehe.“

Über Lautsprecher macht Abendahl eine Ansage, in der er über die kurz bevorstehende Ankunft bei der Erde informiert. Alle, die noch mit etwas beschäftigt sind, was nicht direkt mit der Ankunft zu tun hat, sollen ihre Arbeit beenden und sich in Position begeben. „Es dauert nicht mehr lange, dann geht es los. Habt ihr gehört, ihr beiden? Wenn ihr noch etwas zu erledigen habt, beeilt euch, gleich wird es ernst“, ruft Nedal ihnen zu. „Wenn ihr schon bereit seid, könnt ihr ruhig da vorne bleiben, dort ist eh der beste Platz. Dieser Abbremsvorgang heute wird ruhig vonstatten gehen, ihr braucht euch nicht zu setzen. Bis auf meine Person kommen die anderen auch gleich nach vorne, ich muss ja den Bremsvorgang kontrollieren.“

Dervisa, 15 Jahre

Neel bemerkt, dass Naal auf einmal unruhig wird. „Was ist los, Naal? Was hast du? Geht es dir nicht gut?“

„Geht so. Mir ist gerade eingefallen, dass ich nichts mehr zu Essen habe. Keine Nektarkugeln, nichts. Ich muss doch immer etwas essen, wenn es spannend wird. Hast du noch was?“

Mit strengem Blick schaut Neel ihn schweigend an.

„Tschuldigung, ich vergaß. Aber was mache ich denn jetzt?“

„Da kann ich dir leider auch nicht helfen.“

„Ah ich weiß, ich laufe noch schnell zu Papuli in die Küche. Papuli lässt mich nicht hängen, bin gleich wieder da“, spricht er und trollt sich eilig davon. Neel schaut hinter ihm her, wie er sich auf den Weg zur Küche macht.

Kurze Zeit später ist Naal rechtzeitig zurück. Gerüstet mit kleinen Naschereien für sich und Neel kann er nun ihrer Ankunft beruhigt entgegen blicken. Rechts neben ihnen stehen Abendahl, Soppi, Ranigo und Velt. Aufrecht stehen sie da vor der großen, nach außen geschwungenen Panoramascheibe, in Reih und Glied, mit stramm gespitzten Ohren und gespanntem Blick.

Ihre Hände ruhen auf dem niedrigen Sims, in den die Scheibe eingelassen ist, die Füße wiegen sanft auf dem warmen, weichen Moosboden, den Ranigo extra zur Ankunft noch gestutzt hat.

Nedal atmet einmal tief ein und beginnt den Abbremsvorgang. Zuvor war das dunkle, sternenfunkelnde Universum zu sehen, jetzt plötzlich nichts mehr. Es wirkt, als ob das Schiff durch einen hellen Nebel fliegt. Es wackelt und rüttelt leicht, aber das ist normal. Nedal sitzt fest an seinem Platz und befehligt das Schiff. Seine Augen blicken wach auf die zahlreichen Instrumente, registrieren jede noch so kleine Veränderung.

„Alles verläuft nach Plan, wir sind exakt auf Kurs", spricht er leise zu sich selbst. Nun erhöht er den Bremsdruck noch ein wenig, das Vibrieren nimmt zu; Nedal schaut nach vorne, ob es seinen Leuten gut geht, sie sicher stehen. „Alles in Ordnung." Von hinten betrachtet sind von ihnen vor allem ihre geraden Schultern und die erhobenen Köpfe auffällig. Ihre Körpersprache drückt einen natürlichen Stolz aus. „Ein Stolz, der uns Gliesern so eigen ist", denkt Nedal, „ob die Menschen auch so sind? Einen kurzen Augenblicke noch, dann stoppen wir direkt an der Heimat der Menschen, nur einige hundert Kilometer von der Erde entfernt. Los geht's."

Ohne Ankündigung wird das Schiff plötzlich ruhig, alles scheint auf einmal in Zeitlupe abzulaufen. Langsam beginnt sich der Nebel zu lichten. Erwartungsvoll klammern sich sechs Händepaare an einen Sims an der Unterkante der Scheibe. Die Atmosphäre ist zum Zerreißen gespannt, man könnte ein Atom fallen hören. Die Blicke sind jetzt starr nach vorne gerichtet.
So schnell, dass man kaum realisieren kann was passiert, reißt es auf und die letzten Nebelfetzen schießen in langen Schleiern an der Scheibe vorbei. Naal vergisst komplett das Kauen und verharrt mit offenem Mund und weit aufgerissenen Augen verblüfft in der Bewegung. Und dann: Mit einem kurzen Ruck befinden sie sich schlagartig im Angesicht der Erde.

11.   Bei der Erde

Voluminös und satt schwebt der blaue Planet majestätisch vor ihnen; füllt nahezu das gesamte Blickfeld aus. Sein klarer, reiner Schein durchdringt die Brücke mit warmem Licht. Es hat den Anschein, als ob sich die Erde in einer Umarmung an das Raumschiff schmiegen und sagen wolle, „Herzlich willkommen, da seid ihr ja endlich, wir haben auf euch gewartet."
Klein und zierlich stehen sie da und schauen ehrfurchtsvoll hinüber auf den blauen Planeten; ohrenbetäubende Stille erfüllt den Raum; niemand spricht, jeder ist gefangen in sich selbst.

Nach einer langen Weile ist es Velt, von dem als Erster eine Reaktion kommt. „Uiuiui. Welch Kleinod im Universum", flüstert er ergriffen. Eine große Träne der Freude läuft über sein Gesicht. Auch Abendahl ist zu bewegt, als dass er die Tränen unterdrücken könnte. Ranigo ist derart überfordert, dass er plötzlich eilig zu einem Stuhl rennt, sich setzt und kurzzeitig ohnmächtig wird. Soppi betrachtet die Erde mit wissenschaftlichem Interesse und fragt sich, ob es tatsächlich exakt diese eine Umlaufbahn der Erde um die Sonne sein muss, damit sich ein Planet so wunderbar entwickeln kann. Nedal sitzt noch, mit einem Gesichtsausdruck von Zufriedenheit und Bestätigung an seinem Platz. Naal kommt aus dem Staunen nicht heraus. „Spektakulär", entfährt es ihm. Über das ganze Gesicht strahlend schaut er sich zu Nedal um. „Definitiv", antwortet dieser und erhebt sich langsam aus seinem Sitz um an die Scheibe neben Neel zu treten.

„Da ist sie. Die Erde! Ich finde sie einfach zu schön“, ruft sie mit feuchten Augen verzückt aus. „Und was für eine hübsche Farbe sie hat“, begeistert sie sich weiter, „einfach zauberhaft!“

Nachdem die ersten Worte in der neuen Ära gesprochen sind, löst sich die Spannung. Neel schluchzt so laut und heftig auf, dass alle zu ihr schauen. Dann schmeißt sie sich unverhofft auf Naal, der fast zu Boden geht und drückt ihn fest an sich. „Ich bin so glücklich Naal! Ach, ich bin so glücklich!“ Zunächst überrumpelt und irritiert, schließt er sie dann ebenfalls in die Arme, drückt sie selig an sich und wiegt freudentrunken mit ihr hin und her. Mit einem Mal folgen die anderen ihrem Beispiel, gratulieren sich zu dem unfassbaren Glück und wünschen sich alles erdenklich Gute für das neue Zeitalter.
Auf dem ganzen Schiff wird ausgelassen gefeiert. In Gruppen sitzen Glieser vor den mit Blumen feierlich bunt geschmückten Fenstern und schauen essend, trinkend und schwatzend auf die Erde. Immer wieder stoßen sie mit dem besten Nektarlikör, den die Vorratskammer zu bieten hat, auf die Erde, die Menschen und sich selbst an. „Wir haben es geschafft. Wir sind am Ziel unserer Träume, hier können wir unseren gesunden Fortbestand sichern“, denken sie. Das mit diesen Gedanken einhergehende Gefühl ist das bestimmende Gefühl dieser Phase. Lange dauert es, bis sich die erste Aufregung gelegt hat.

Erneut macht Abendahl eine zentrale Ansage zur aktuellen Situation. Er bedankt sich bei der Besatzung für die ausdauernd zuverlässige Arbeit, die auf der Reise von allen geleistet wurde. Nachdem ihr kühner Traum nun Wirklichkeit ist, soll die Besatzung ihre Eindrücke erst einmal verarbeiten und wieder zu sich kommen. Es müssen lediglich die wichtigsten Arbeiten erledigt werden, etwas Ruhe hat sich jeder verdient. Nur auf der Brücke soll es ohne Pause normal weiter gehen. Es ist dafür gesorgt, dass das Schiff nicht geortet werden kann, niemand braucht sich Sorgen zu machen. Da sie ihr erstes großes Ziel erreichen konnten, gibt Abendahl nun als finales Ziel vor, dass sie die Menschen persönlich kennen lernen, also der Kontakt hergestellt werden soll. Im Laufe der nächsten Zeit geht es darum zu erforschen, ob es von Menschenhand gemachte Anlagen gibt, die sich im orbitalen Umfeld der Erde befinden, die es zu beachten gilt. Des Weiteren soll möglichst schnell geklärt werden, welche Möglichkeiten existieren, um Informationen von der Erde und den Menschen zu beziehen, um so viel wie möglich in Erfahrung zu bringen.

Auf der Brücke hat sich die Sitzecke bereits gefüllt, als Abendahl sich nach seiner Ansprache dazu gesellt. „Velt und ich hatten uns schon Gedanken zu der weiteren Vorgehensweise gemacht." Er setzt sich bedächtig hin. „Wir Glieser haben seit der Goldenen Platte genügend Zeit gehabt, uns auf einen möglichen ersten Kontakt mit den Menschen vorzubereiten. Wenn wir Kontakt aufnehmen möchten, dann sind wir den Menschen somit weit voraus, sofern der Kontakt für sie unverhofft kommt. Und wir wissen nicht, wie sie reagieren werden."

Naal beugt sich mit angespanntem Gesicht höchst konzentriert nach vorne und zerknüllt dabei abwesend eine Mooskugel, mit der er vorab gespielt hatte. Er hat das Gefühl, alles was gesagt wird, ist für ihn von besonderer Bedeutung, da er es ja ist, der den ersten Kontakt haben wird.

„Vielleicht sollten wir, wenn wir bald besser verstehen wie das Leben auf der Erde funktioniert, den Menschen zunächst einen Hinweis auf uns geben, mit dem sie sich beschäftigen können. Und im Verlauf ihrer Untersuchungen lassen wir sie dann langsam darauf kommen, dass wir da sind und dass wir beste Absichten haben.
Und dann werden wir den ersten echten Kontakt herstellen", sagt Abendahl weiter. „Ich", korrigiert Naal sofort.
„Richtig, du", bestätigt Abendahl. „Wenn alles so verläuft, wie wir es uns vorstellen, werden sodann Gespräche mit den Menschen zum Kennenlernen folgen und wir werden ein Treffen verabreden. Ein Treffen mit denjenigen, zu denen wir vorher Kontakt hatten. Die müssen wir natürlich gut aussuchen. Möglicherweise ist es aber auch sinnvoll erst einmal alleine die Erde zu besuchen, um uns an den Aufenthalt auf der Erde mit ihrer stärkeren Schwerkraft zu gewöhnen. Das sind die Entscheidungen, die wir noch treffen müssen. Wie wir das alles genau machen, werden wir dann im Detail überlegen, wir brauchen zunächst weitere Informationen".
„Wir benötigen in der Tat viele Informationen", schaltet sich Velt in das Gespräch ein.
Soppi nickt zustimmend und sagt: „An diesem Punkt möchte ich bemerken, dass wir uns möglichst bald damit befassen sollten,

wie wir die Menschen besser kennen- und verstehen lernen. Kommunikationsmedien der Menschen ausfindig machen, was auch immer sie eben für ihre Kommunikation nutzen“, regt Navigator Soppi an. „Wir brauchen einen Zugang zu der Informationswelt der Menschen. Je eher wir damit beginnen, desto schneller können wir am Ende ein Zeichen setzen.“

„Der Meinung bin ich auch“, nickt Velt zustimmend und führt dann weiter aus: „Für den Moment ist es aber besonders wichtig kurz zu besprechen, was wir noch alles angehen müssen und in welcher Reihenfolge wir vorgehen. Dazu habe ich mir auch schon Gedanken gemacht und eine Prioritätenliste für uns angefertigt. In einem ersten Schritt analysieren wir, was die Menschen alles um die Erde herum stationiert haben. Da sie die Sonde Voyager bauen und ins All schicken konnten ist zu vermuten, dass sie auch noch andere Technologien nutzen, um dass All zu erforschen. Wir sollten das in kürzester Zeit geklärt haben. Alsdann schauen wir, wie Soppi bereits erwähnte, welche Kommunikationssysteme sie nutzen und ob wir uns dort einklinken können um weitere Informationen zu beziehen“.

„Ja, dürfen wir so etwas überhaupt tun, uns einfach in die Systeme der Menschen einloggen und sie ausspionieren?“, zweifelt Neel mit einer tiefen Stirnfalte an, die sich bei diesem Gedanken sichtlich unwohl fühlt. Die anderen schauen fragend zu Velt.

„Das ist eine wichtige ethische Frage und ich habe sehr lange darüber nachgedacht. Wir müssen es tun, es geht nicht anders. So etwas muss aber mit großem Bedacht geschehen. Wenn wir so abgesichert wie möglich die Entscheidung treffen wollen, ob und wie wir Kontakt mit den Menschen aufnehmen, dann müssen wir sie besser kennen und besser verstehen. Ansonsten ist der Unsicherheitsfaktor zu groß. Wir werden uns später dafür entschuldigen. Sie werden es uns sicher nachsehen".

„Und wann landen wir dann endlich auf der Erde?", will Naal aufgeregt wissen. „Ja, das werden wir dann sehen. Wir arbeiten einen Punkt nach dem anderen ab. Wenn alles wunschgemäß verläuft, dann kommt es zur Landung, oder einer Kontaktaufnahme von hier oben aus". Etwas enttäuscht lässt Naals Aufmerksamkeit nach und er beschäftigt sich wieder mit seiner zerknautschten Mooskugel.

Schließlich ergreift Nedal, der bis dahin dem Gespräch schweigend gefolgt ist, das Wort. „Mir scheint, wir haben alles Wichtige besprochen. Dein Einverständnis vorausgesetzt, Abendahl, würde ich jetzt gerne wieder an meinen Platz gehen und mit der Analyse der äußeren Sphären der Erde beginnen. Ich will wissen, was da so rumschwirrt".

Auch die anderen Mitglieder der Brücke drängt es nun, wieder ihren Arbeiten nachgehen zu können. Sei es aus Neugier um mehr zu erfahren, oder, wie bei Ranigo, zur Ablenkung, weil er immer noch von den Ereignissen eingeschüchtert ist. Velt zieht sich in seine Räume zurück.

„Was haben wir denn da Nettes", ruft Soppi plötzlich laut aus. „Uiuiui!" Fragende Blicke richten sich an ihn und Ranigo, Neel und Naal eilen geschwind herbei um nur ja nichts Aufregendes zu verpassen. Auch Nedal hat es gesehen und blickt interessiert auf seinen Monitor.

„Neben vielen einfachen Satelliten, Teleskopen und dergleichen befindet sich da noch ein weitaus größeres Objekt. Es ist auf einer erdnahen Umlaufbahn und sieht belebt aus", sagt Soppi, jetzt wieder ganz ruhig.

„Belebt?", wundert sich Abendahl?" „Was heißt belebt? Und außerhalb der Atmosphäre?" Mit zweifelndem Blick schaut er Nedal an. „Meinst du die Menschen haben so eine Art extraterrestrischen Posten um Ausschau zu halten, oder so etwas in der Art? Das ist ja lustig". Neel und Naal halten die Luft an.
„Schwer zu sagen. Was sollte das nützen? Weit draußen sind Sie jedenfalls nicht. Sie sind schon noch sehr nah an der äußersten Schicht der Erdatmosphäre."
„Woran erkennst du, dass dort Leben sein kann, bzw. Menschen sind?"
„Ich konnte scannen, dass sie Lebenserhaltungssysteme haben", antwortet Soppi knapp. „Außerdem wird punktuell Wärme abgestrahlt." Langsam zoomt das Gebilde heran, wird immer besser erkennbar.
Naal bekommt große Augen. „Sensationell."
„Ich wusste, dass du das jetzt sagst", wispert Neel, während sie gebannt auf das immer größer werdende Objekt starrt.
„Ach wie schön", ruft Soppi. „Schaut doch nur, was die Menschen da gebaut haben. So ein herrliches Objekt. Ganz alleine haben sie das gemacht, eine tolle Sache!

Da bauen sie so ein Ding, wie es aussieht, ist es aus einzelnen Modulen zusammengesetzt, und schleppen es hoch. Würde mich übrigens interessieren wie sie das gemacht haben. Dann setzen sie sich da rein und schauen sich die Gegend an. Das gefällt mir, die Idee könnte von mir sein", freut er sich.

„Ich verstehe nicht ganz, warum du das so fantastisch findest, aber gut. Auf jeden Fall scheinen sie engagiert und interessiert zu sein, sie möchten erfahren, was um sie herum so passiert. Im Prinzip ist das einfach eine kleine Raumstation, wenn man so will. Wird vielleicht auch für Experimente oder dergleichen genutzt", stellt Nedal nüchtern fest. „Was sind das für komische Dinger da, die so weit abstehen", erkundigt sich Naal neugierig.

„Damit werden sie wohl Sonnenlicht einfangen und in Energie umwandeln. Sonnenlicht gibt es hier ja jede Menge. Interessant zu sehen, was sich die Menschen da so zusammenbasteln. Sie scheinen recht kreativ zu sein".

„Schaut doch mal, die haben da sogar Fenster drin", ruft Naal und fuchtelt aufgeregt mit seinem Finger in Richtung Monitor. „Geh doch näher ran, Soppi, vielleicht können wir einen Blick ins Innere werfen!"

„Näher geht leider nicht."

„Nicht?"

„Nein".

„Warum nicht?", fragt Naal ungläubig.

„Wir sind auf dem größten Zoomfaktor, mehr ist nicht drin".

„Na dann fliegen wir bitte näher ran, ist doch kein Problem", ereifert er sich ungeduldig.

„Schön mein Junge, dass du so engagiert das Kommando übernimmst", lächelt Abendahl freundlich.

„Aber es wird wohl noch eine Weile dauern, bis es so weit ist, dass wir einen ersten Menschen in der Realität zu Gesicht bekommen".

„Ach schade, ich hatte mich doch gerade schon so gefreut", gibt Naal klein bei. „Ich wollte so gerne einen richtigen Menschen sehen. Am besten ein Männchen, die finde ich nämlich besonders gut". Betrübt schaut er hinaus.

„Das kann ich verstehen, wir sind ja alle ungeduldig, aber manchmal muss man die Vernunft siegen lassen". Verständnisvoll blickt er Naal in die Augen und registriert dabei sehr wohl, dass dieser doch noch überlegt, ob es wohl noch eine Möglichkeit gibt. Und ein Aufhellen seiner Gesichtszüge offenbart, dass eine Lösung nahe ist.

„Gut, dass Neel und ich, auf euer Anraten hin, so viel in der Schwerelosigkeit geübt haben. Das könnte uns jetzt zu Nutzen kommen", gibt er altklug von sich. „Und wer weiß, vielleicht hilft es uns ja auch bei den Vorbereitungen für die spätere Landung auf der Erde, wenn ich mich da bei dieser Raumstation mal ein wenig umschaue".

„Und deine Nase am Fenster platt drückst und damit die armen Menschen zu Tode erschreckst, wenn sie deine neugierigen Grimassen am Fenster sehen", lacht Nedal.

„Nein, nein, mein Junge, das wird wohl nichts. Wir lassen den Menschen in ihrer kleinen Raumstation ihren Frieden und konzentrieren uns auf die eigentlichen Aufgaben. Damit haben wir mehr als genug zu tun", beendet Abendahl das Thema. „Nun denn, machen wir da weiter, wo wir vorher aufgehört hatten."

In der folgenden Zeit steht die Erde unter genauester Analyse. Vor allem wird intensiv daran gearbeitet, durch die Untersuchung aller Informationen, die in die Satelliten ein- und ausgehen, die Kommunikation der Menschen technisch zu verstehen und die verschiedenen Kommunikationssysteme zu unterscheiden. Ebenso werden Signale, welche direkt innerhalb der Atmosphäre ausgetauscht werden, geprüft. Aber auch die Lebensumstände auf der Erde noch weiter zu bestimmen, wird später wichtiger Teil der Arbeit sein. Abendahl unterhält sich mit Velt über die Fortschritte.

„Naal würde zu der Situation auf der Erde wahrscheinlich sagen, *es ist ganz schön was los da unten.*" Lächelnd nimmt er sich zufrieden eine Wasserkugel zur Erfrischung aus einem bauchigen Gefäß, bevor er fortfährt. „Anders kann man es aber auch nicht bezeichnen. Das hilft uns natürlich, weil wir in beliebiger Menge Signale einfangen können. Andererseits wird es schwer fallen, die Dinge richtig zu interpretieren. Menschen scheinen ununterbrochen zu kommunizieren. Jeder Mensch mit vielen anderen Menschen und über den ganzen Globus verteilt. So kommt es einem jedenfalls vor. Und das mit unterschiedlichen Technologien, die den meisten Menschen zugänglich sind."

„Das habe ich mir vorhin auch in der Zusammenfassung schon kurz angesehen", nickt Velt verstehend. Sein schwerer Bart schwankt sanft vor und zurück. „Wobei es mir so vorkommt, als ob es große Unterschiede zwischen Menschen in einigen verschiedenen Erdteilen gibt", so Abendahl weiter.

„Wie genau meinst du das?", fragt Velt, der Abendahl mit wachem Interesse zuhört.

„Im Detail können wir das noch nicht beantworten. Aber es scheint so zu sein, dass Menschen in manchen Teilen der Erde im Prinzip Zugang zu allen Technologien haben und Menschen in anderen Teilen der Erde so gut wie keinen Zugang. Aber das werden wir noch genauer klären.“

Velt runzelt die Stirn und zupft sich nachdenklich am Bart. „Ist eines der Medien für uns ganz besonders gut geeignet? Besonders gut geeignet, um uns über die Menschen zu informieren?“

„Na ja, da gibt es eigentlich mehrere. Sie haben unterschiedliche Technologien, über die sie sehend, hörend, oder schreibend kommunizieren. Erwähnenswert sind zum Beispiel ihre Telefone, die sie stets bei sich tragen, aber auch ihr Fernsehen ist eine Form von Kommunikation und ihr Internet. Das Internet hat den Vorteil, dass wir Zugang zu allen erdenklichen Themen in Schriftform erhalten. Zusätzlich kann man sich viele Dinge anhören und anschauen. Das Internet präsentiert uns die Menschen sozusagen auf dem Moostablett. Wohl bemerkt, das Problem ist die richtige Deutung von Informationen. Die Frage ist nun, wie wir weiter vorgehen“, reibt sich Abendahl nachdenklich die Nase. „So oft haben wir schließlich nicht mit einer neuen Lebensform zu tun. Wir wissen jetzt, welche Formen von Kommunikation zur Verfügung stehen und wie sie zu bedienen sind. Aber wir haben noch viel andere Arbeit, die besser erledigt sein sollte, bevor wir uns mit den Menschen näher beschäftigen, wer weiß, wie das alles weiter geht.“

„Das denke ich auch! Eines nach dem anderen. Es ist gut zu wissen, dass wir Zugang zu der Informationswelt der Menschen haben. Aber die Wartung und Pflege unseres Raumschiffes nach der langen Reise ist aufwändiger als angenommen und hat oberste

Priorität. Deshalb passen wir die Strategie etwas an und kümmern uns zunächst darum." „Nur Neel und Naal werden wir nicht mehr lange bremsen können", lacht Abendahl. „Die beiden sind schon ganz unruhig, wollen unbedingt mehr erfahren."

„Meinst du, sie können das Internet bedienen um sich ihren eigenen Eindruck von den Menschen zu verschaffen?", schaut Velt etwas zweifelnd.

„Ich denke schon und wir sollten ihnen das Internet bald erklären", entgegnet Abendahl. „So sind sie beschäftigt und wir Erwachsene bekommen die Eindrücke ihrer speziellen kindlichen Perspektive."

Während Abendahl spricht, richtet er seine Gedanken auf Nedal. Dieser nickt verstehend und drückt auf einen Knopf an seinem Pult, um zu Neel und Naal zu sprechen, die sich gerade in ihren Zimmern befinden.

„Neel, Naal, jetzt wird es spannend für euch. Wenn ihr möchtet, kann ich euch erklären, wie ihr euch alles, was auf der Erde geschieht ganz genau anschauen könnt. Falls ihr also Zeit haben solltet, kommt einfach kurz zu mir nach vorne."

Noch während Nedal redet, fegt Naal mit wenigen großen Sprüngen durch den Raum und kommt zielgenau neben dem Sitz von Nedal zum Stehen.

„Ich bin so weit! Was muss ich tun?", fragt Naal mit erwartungsvollem Druck in der Stimme. „Warten bis Neel hier ist."

„Bin schon da", kommt es in diesem Augenblick von Neel, die sich ebenfalls gesputet hat. Böse schaut Naal sie an. „Wo warst du so lange?"

Doch Neel antwortet nicht, sondern streckt ihm belustigt die Zunge raus, rollt mit den Augen und wackelt neckisch mit ihren Ohren.

„Na gut, ihr beiden, los geht's. Setzt euch auf eure Plätze und startet eure Displays. Aber nehmt zuerst die Blütenkugeln von euren Sitzen."

Ranigo hat im Gewächsraum lilafarbene Blütenkugeln aus Geflecht gezüchtet, die keinen festen Platz brauchen und sich von der Feuchtigkeit in der Luft ernähren. Diese Blütenkugeln legt er jetzt überall aus, weil er meint, das würde hübsch aussehen. Kopfschüttelnd nimmt Nedal eine der Kugeln von seinem Arbeitspult und wirft sie sanft in leichtem Bogen Richtung Naal, der sie mit einem Ohr geschickt annimmt und lässig nach hinten weiter spielt, wo sie Blätter verlierend in der Tiefe des Raumes verschwindet.

12.   Die Erdatmosphäre

Velt und Abendahl haben staunend beobachtet, wie erst Naal und dann Neel im Eiltempo an ihnen vorbeigesaust sind. Velt zieht die Brauen hoch.

„Jetzt scheinen sie tatsächlich für längere Zeit beschäftigt zu sein.“

„Sieht ganz so aus. Ich bin gespannt, was sie uns von ihren Abenteuern im Internet berichten werden. Aber kommen wir zurück zu den Technologien der Menschen.“ Abendahl will einen neuen Satz beginnen, als Soyf von der chemischen Analyse mit weiten Schritten zu ihnen tritt und ihn innehalten lässt. Soyf ist noch recht jung aber schon sehr groß gewachsen und hat für Glieser Verhältnisse vergleichsweise kleine Ohren. Seine Bewegungen sehen irgendwie elastisch aus und seine Arme schaukeln ausladend beim Gehen, was fälschlicherweise den Eindruck erwecken könnte, man habe es mit jemandem zu tun, der unbeholfen und tollpatschig ist. Die von Soyf geleitete Abteilung der chemischen Analyse hat derzeit vor allem die Aufgabe, die Atmosphäre der Erde zu erforschen. Aber auch die Untersuchung der Materialien von den Satelliten und Sonden ist Teil ihrer Arbeit.

„Entschuldigt bitte die Störung, ich habe eine wichtige Meldung“, sagt er und setzt sich hin. Abendahl und Velt schauen ihn fragend an. Wenn Soyf ohne Ankündigung auf die Brücke kommt, wird er zweifellos einen Grund dafür haben. Deshalb sagen sie auch nichts und warten erst einmal ab, was Soyf zu berichten hat.

„Als wir die Erdatmosphäre zunächst aus der Ferne und später aus der Nähe analysierten, haben wir festgestellt, dass sie ziemlich genau die Kriterien erfüllt, die wir brauchen, um uns auf der Erde aufhalten zu können“, beginnt Soyf. „Bei den aktuellen Analysen haben wir nun herausgefunden, dass weitaus mehr Stoffe in der Atmosphäre vorkommen als angenommen.“

„Was genau meinst du damit?“, fragt Abendahl überrascht.

„Nun ja, wir Glieser benötigen eine bestimmte Zusammensetzung der Atmosphäre, um Leben zu können. Also so, wie es bei uns zu Hause auf Gliese eben ist. Und genau daraufhin haben wir die Erdatmosphäre untersucht. Es galt ja für uns herauszufinden, ob wir uns auf der Erde aufhalten können. Ob es darüber hinaus weitere, vielleicht auch unerwünschte, Elemente in der Atmosphäre gibt. Jetzt aber haben wir bei Messungen einige solcher Stoffe gefunden.“

„Ui. Was bedeutet das?“ erkundigt sich Abendahl knapp.

„Jede Atmosphäre verändert sich natürlich über die Zeit in gewissem Umfang von selbst. Hier ist die Situation aber anders. Denn salopp gesprochen befinden sich in der Erdatmosphäre Verschmutzungen und sie enthält auch einen hohen Anteil an CO_2.“

„Heißt das, wir können uns doch nicht auf der Erde aufhalten?“, will Velt nun wissen?

„Nein, so ist das nicht gemeint. Die Menschen leben ja auch dort. Zu dem jetzigen Zeitpunkt stellt sich die Situation wie folgt dar: Anfangs haben wir festgestellt, dass auf der Erde die gleichen Bedingungen herrschen wie auf Gliese; was die Voraussetzungen angeht, dass wir uns dort aufhalten können. Jetzt wissen wir, dass es in der Atmosphäre Auffälligkeiten gibt.“

„Mit anderen Worten ist die Beschaffenheit der Erdatmosphäre, streng genommen, also doch nicht ganz so wie auf Gliese“, stellt Abendahl fest.

„So könnte man sagen. Diese Sache müssen wir näher untersuchen. Das heißt, wir werden die Situation analysieren und auch klären, wie sie entstanden ist. Um auszuschließen, dass keine Messfehler vorliegen, ist es der erste Schritt, dass wir alles noch einmal prüfen.“ „Wie lange wird das dauern?“ Abendahl hat ein mulmiges Gefühl im Bauch. „Bis morgen ist das erledigt.“

„Gut, dann setzen wir uns morgen wieder zusammen. Vielen Dank Soyf, dass du uns unverzüglich informiert hast.“ „Ja natürlich.

Ich gehe dann jetzt wieder an die Arbeit.“ Soyf erhebt sich, nickt ihnen noch einmal kurz zu und macht sich auf den Rückweg zu seiner Abteilung.

Unterdessen sind Neel und Naal in die Welt des Internets eingetaucht. Nach Nedals Anleitung haben sie erste Schritte unternommen und gelernt, wie man sich im Internet bewegt. Jetzt forschen sie schon recht selbstständig und probieren viel aus.

„Ist das nicht phantastisch, Naal, mit was für Sachen die Erdenkinder spielen? Und so vieles haben sie. Viel mehr Spielsachen als wir auf Gliese“.

„Hier gibt es wirklich alles über die Menschen zu erfahren. Was man an Seiten bekommt ist abhängig von den Begriffen, die man eingegeben hat. Ich habe festgestellt, je genauer die Begriffe, desto besser die Ergebnisse.“

„Ach Naal, ich fühle mich so überwältigt von all den Informationen im Internet.“

„Ich auch, da ist ganz schön was los, das muss man sagen.“

„Was schaust du dir denn gerade an?

„Ich schaue mir die Flugautos an. Die Menschen nennen sie aber nur Autos, die könne nämlich nicht fliegen – ein bisschen langweilig find ich. Dafür gibt es die ganz klein; für Kinder zum Spielen.“

„Sind die schön?“

„Geht so. Rollen eben nur so durch die Gegend, wie unsere Flugautos zu Hause in geschlossenen Ortschaften. Aber die Menschen haben dafür sogenannte Rennautos zum Spielen, die man mit Strom auf Schienen fahren lassen kann. So richtig um die Wette!“

„Es freut mich sehr für dich Naal, dass du viele interessante und schöne Sachen im Internet findest“, sagt Neel mit ehrlicher Anteilnahme an der Begeisterung von Naal, der jedoch, bei der Art wie sie redet, etwas das Gesicht verzieht. „Ja, ich denke, im Internet können wir uns gut auf die Menschen vorbereiten.“

„Na, ihr beiden“, tritt Abendahl zu ihnen. „Habt ihr Freude mit dem Internet?“

„Oh ja“, antwortet Neel. „Es gibt so viel zu sehen und zu erforschen, ich weiß überhaupt nicht, wo ich anfangen soll.“

„Ja, ja, wir waren auch sehr überrascht, wie reichhaltig das Internet ist. Viele Informationen kann man dort bekommen, zu allen Themen. Das Schwierigste ist für uns wohl zu wissen, wonach genau wir suchen wollen. Wir haben uns dann entschieden uns anfangs zunächst der Geschichte der Menschen und ihren verschiedenen Kulturen zu widmen, damit werden wir bald beginnen. Ich muss jetzt noch einmal rüber zur chemischen Analyse. Wenn ich zurück bin, könnt ihr mir gerne mal zeigen, was ihr alles so gefunden habt.“

„Oh ja, das machen wir gerne“, freut sich Neel. „Wir kommen jetzt sogar schon sehr gut alleine mit dem Internet zurecht, sodass Nedal wieder seine eigenen Sachen machen kann. Das ging alles ganz schnell, ist wirklich einfach zu lernen.“

„Das höre ich gerne, macht mal weiter so, wer weiß, wozu das alles noch gut ist“, spricht Abendahl, nickt ihnen zum Gruß zu und macht sich auf seinen Weg.

„Naal, du hast vorhin überhaupt nicht mit Abendahl gesprochen und bist jetzt auch ganz blass. Was hast du denn plötzlich?“

„Ich habe etwas entdeckt.“

„Was denn? Ist es etwas Aufregendes?“

„Ja.“

„Ja aber Naal, was denn nun?“

„Etwas Schlimmes.“

„Naal, jetzt sei bitte nicht so bockig und sag mir endlich was los ist!“

„Das geht hier schlecht. Komm mit in mein Zimmer, da können wir reden. Und vergiss nicht, dein Display mitzunehmen“, spricht er, steht mit etwas wackeligen Beinen auf und geht zu seinem Zimmer, sein Display fliegt im Schlepptau hinter ihm her.

Kaum angekommen lässt er sich mit einem Stöhnen der schieren Verzweiflung in seinen großen, weichen Sessel sacken. Neel setzt sich gespannt daneben.

„Was gibt es denn, Naal, dass dich so aus der Fassung bringt?“

„Wir sind nicht die Ersten“, antwortet er mit zittriger Stimme.“

„Naal, was meinst du denn damit?“

„Auf der Erde sind schon Lebewesen von einem anderen Planeten.“

„Wie meinst du das?“

„Ja, was soll ich denn sagen? Ich meine es eben so, wie ich es sage! Wir sind nicht die ersten Lebewesen die von einem anderen Planeten zur Erde gereist sind. Mitten auf der Erde gibt es schon Leute die von woanders kommen, das meine ich damit.“

„Oh. Bist du sicher?“

„Ganz sicher“, sagt er matt mit hängenden Ohren. „Und ich hatte mich so sehr gefreut, der Erste zu sein, der mit den Menschen Kontakt aufnimmt. Was für ein historisches Ereignis wäre das gewesen. Unsterblich wäre ich geworden. Und jetzt? Jetzt ist alles vorbei, aus und vorbei; so ist das nämlich. Wahrscheinlich feiert unten auf der Erde das ganze Universum, nur wir sind nicht dabei. Auslachen werden sie uns, wenn wir Unterentwickelten auch endlich den Weg gefunden haben, auslachen, verstehst du?“

„Komisch. Niemand von uns hatte daran gedacht, dass es vielleicht woanders noch weitere Lebewesen gibt, die dann möglicherweise schon vor uns zur Erde gereist waren, um die Menschen zu besuchen. Vielleicht sind sie sogar, genau wie wir, über die Sonde Voyager aufmerksam geworden, wer weiß! Erinnerst du dich? Als wir bei der Sonde waren hat Abendahl doch gesagt, wir können die goldene Platte nicht behalten. Sie müsse zurückgelegt werden, damit auch andere Zivilisationen die Möglichkeit haben, sie zu finden.“

„Was spielt das schon für eine Rolle!?“

„Woher genau weißt du denn, dass auf der Erde schon andere sind, Naal?“ Neel schaut ihn skeptisch an.

„Ich habe sie halt vorhin im Internet gesehen. Und auch ihr Raumschiff. Ganz schön klein scheint es zu sein.“

„Und wie genau sehen sie aus?“

„Groß sind sie. Sehr groß. Und von blauer Farbe. Außerdem haben sie einen Schwanz und einigermaßen große Ohren. Natürlich nicht so wie unsere aber immerhin besser als die mickrigen Dinger der Menschen. Und sie leben im Wald.“

„Ach Naal, was machen wir denn jetzt? Müssen wir es nicht zu allererst einmal den anderen sagen?“

„Damit wir sie alle enttäuschen? Es haben sich doch alle so gefreut. Nein, ich will nicht derjenige sein, der die schlechte Botschaft überbringt und alle Träume zerstört. Wenn du es machen willst, bitte schön. Aber ich nicht.“

„Naal, wir können eine so wichtige Sache nicht verheimlichen. Außerdem glaube ich, dass du es dir besonders zu Herzen nimmst, weil es dir ganz besonders wichtig war, der Erste zu sein, der Kontakt aufnimmt. Vielleicht ist das alles auch gar nicht so schlecht. Stell dir vor wir finden auf dieser Reise gleich zwei oder drei fremde Kulturen, was wäre das für ein Abenteuer. Was wir da zu Hause alles zu erzählen hätten, regelrecht spektakulär, findest du nicht auch? Aber die anderen müssen es auf jeden Fall wissen und das weißt du!“ „Dann sag du es ihnen.“

„Gut, aber wir gehen zusammen hin. Und ich sage es dann.“

„Und wem genau sollen wir es erzählen?“

„Allen auf der Brücke, würde ich sagen. Ich glaube, wir warten bis Abendahl zurück ist. Dann sagen wir ihm, dass wir ihn und die anderen in einer wichtigen Sachen sprechen müssen."
„Na gut, wenn du meinst."
„Abendahl hatte vorhin, als er mit uns geredet hat, eine kleine Falte zwischen den Augen, er sah sehr nachdenklich aus".
„Also sollen wir es doch nicht sagen?", fragt Naal.
„Doch. Auch, wenn es Abendahl heute vielleicht nicht ganz so gut geht, so müssen wir es dennoch sagen. Aber ich werde es besonders vorsichtig tun."

Abendahl führt mit Soyf unterdessen ein Gespräch. Als er mit Velt über die Worte von Soyf gesprochen hatte, sind ihnen beiden Fragen gekommen, die ihnen so wichtig erschienen, dass Abendahl sie sogleich mit Soyf besprechen wollte. Velt hat sich wieder auf sein Zimmer zurückgezogen. Alle Fragen Abendahls beziehen sich auf die Stoffe, die in der Erdatmosphäre gefunden wurden. Außerdem möchte er noch wissen, ob es auch Substanzen sind, die ihnen von Gliese her nicht bekannt sind. Gibt es überhaupt die Möglichkeit das sicher zu bestimmen? Und was ist mit den technischen Voraussetzungen an Bord? Gibt es für einen solchen Fall die richtigen Analysegeräte? Kann vielleicht zusätzlich, mit den vorhandenen Möglichkeiten, noch etwas entwickelt werden? Und wie lange wird es dauern? All dies wird ausführlich besprochen. Zurück auf der Brücke bemerkt Abendahl sofort, dass Neel und Naal unruhig umherschleichen.
Sie schauen Ranigo zu, wie er an der gegenüberliegenden Wand liebevoll die vielen verschiedenen Pflanzen in ihren Wandnischen pflegt.

Die Ruhe, mit der er dabei zu Werke geht, scheint Naal noch zusätzlich nervös zu machen. Deshalb schnappt er sich eine der überall herumliegenden Blütenkugeln, schnippt sie mit Elan in Ranigos Richtung und dreht sich schnell wieder um. Schon hört er die Blütenkugel auf seinem Hinterteil zerklatschen und Ranigo vor Schreck aufschreien, gefolgt von Neels erstauntem Blick. Gerade als Ranigo sich sein Hinterteil reibend zu Neel und Naal begeben will, erblicken sie Abendahl und gehen schnell zu ihm hin.

Sie bleiben vor ihm stehen und Neel holt tief Luft. „Abendahl, es gibt Nachrichten, die nicht so gut sind. Können wir dich und die anderen auf der Brücke kurz sprechen?"

„Ja, worum geht es denn, Neel?"

„Das ist etwas schwierig zu erklären. Vielleicht können wir uns alle zusammensetzen?" „Das geht natürlich. Mir scheint es angemessen zu sein, wenn ihr es zunächst mir alleine erzählt. Dann können wir drei immer noch gemeinsam entscheiden, wie es weiter gehen soll. So können wir vielleicht manches von den anderen fernhalten, was sie unnötig belasten würde. Meint ihr nicht auch?"

„Das ist ein vernünftiger Vorschlag", antwortet Naal und erntet dafür einen tadelnden Blick von Neel, ob dieser Ungehörigkeit. Abendahl jedoch scheint es nicht aufgestoßen zu sein, er schaut Naal wohlgesonnen an. „Dann lasst uns doch in die Sitzecke gehen und dort miteinander reden."

„Was liegt euch denn auf dem Herzen?"

„Na ja", setzt Neel an, „wir sind im Internet auf etwas gestoßen, dass alles verändert."

„Ich bin darauf gestoßen", korrigiert Naal.

„Genau, Naal war es. Und zwar geht es darum, dass auf der Erde schon andere sind. Ich meine andere Lebewesen. Also Lebewesen die, so wie wir, nicht von der Erde kommen, sondern von ganz woanders her. Von irgendwo im Universum. Wir sind also nicht die Ersten." Gespannt schauen sie Abendahl an.

„Das würde natürlich wirklich vieles in einem anderen Licht erscheinen lassen. Wir hatten diese Situation bisher nicht ernsthaft in Erwägung gezogen, haben kaum daran gedacht, dass es vielleicht schon interplanetare Kontakte zwischen Zivilisationen gibt, zu denen wir nicht gehören. Wenn dem tatsächlich so ist, dann ändert sich dadurch in der Tat vieles."

„Das haben wir auch gedacht", nickt Naal heftig.

Abendahl schaut nachdenklich an die Decke. „Wir müssen überprüfen, wie zuverlässig diese Erkenntnis ist. Nicht, dass ich euch nicht trauen würde, keinesfalls. Aber es kommt immer wieder mal vor, dass man Informationen falsch interpretiert. Und das können wir durch Kontrolle ausschließen. Wo genau bist du darauf gestoßen, Naal?"

„Ich habe alles hier", er zeigt auf sein Display, das direkt neben seiner Schulter schwebt. „Ich habe alles darauf gespeichert."

„Das hast du gut gemacht, Naal. Wenn du nichts dagegen hast, geben wir das Display einfach an Soppi weiter, der sich das mal anschauen kann. Wenn wir ein Ergebnis haben, setzen wir uns hier wieder zusammen und besprechen alles."

„Jetzt ist es schon ziemlich spät. Meinst du, wir kommen noch heute dazu?", zweifelt Neel. „Ich denke schon, es wird wahrscheinlich nicht lange dauern, die Informationen zu prüfen."

Während Abendahl die auf dem Display gespeicherten Daten mit Soppi analysiert, sind Neel und Naal sitzen geblieben, spielen lustlos Ohrenschlag und hängen dabei ihren eigenen Gedanken nach. Sich in der spannenden Welt des Internets umzuschauen bzw. sich überhaupt mit der Erde zu beschäftigen, dazu fehlt ihnen im Moment die Leidenschaft. Sie sind durch die aktuellen Ereignisse verwirrt. Die Erde hat vorübergehend an Reiz und Glanz verloren. Glücklicherweise werden sie nicht lange auf die Folter gespannt. Als Abendahl und Soppi sich der Sitzecke nähern, springen sie hektisch auf.

„Ihr braucht nicht aufzuspringen“, lacht Soppi sie an. „Wir kommen ja, um uns mit euch zusammenzusetzen.“

Also lassen sie sich wieder in die Sitze fallen und schauen Soppi mit großen Augen erwartungsvoll an. Schon entspannen sie sich ein wenig, weil Soppi Freude und Gelassenheit ausstrahlt.

„Ihr habt gute Arbeit geleistet und seid auf etwas sehr Interessantes gestoßen.“

„Jetzt sag schon, was los ist“, denken Neel und Naal, deren Nerven zum Zerreißen gespannt sind.

„Was ihr da entdeckt habt, nennt sich Kino.“

„So heißen sie, die Wesen auf der Erde, die von einem anderen Planeten kommen?“, fragt Naal aufgeregt.

„Nein, es gibt auf der Erde wohl keine Wesen von anderen Planeten. Das sah für dich nur so aus, aber es ist anders. Die Menschen haben eine rege Phantasie und sie lieben die Unterhaltung. Zu diesem Zweck zeichnen sie auch Dinge auf, die ihnen einfallen und die sie für eine gute Geschichte halten.

Das zeigen sie dann anderen Menschen. Zum Beispiel über ihre Technologie des Fernsehens. Fernsehen machen die Menschen wohl überwiegend zu Hause. Aber es gibt auch Orte bzw. Gebäude die extra dafür gebaut sind, dass ganz viele Menschen hingehen und sich auf großen Bildschirmen gemeinsam etwas anschauen, dass andere Menschen nur dafür gemacht haben. Und diese Orte nennt man Kino. Das was da läuft sind sogenannte Kinofilme. Es gibt Kinofilme zu den verschiedensten Themen, das ist wirklich toll. Das was du da gesehen hast, Naal, war ein Ausschnitt aus einem Kinofilm. Das Ganze wirkt aber so echt, dass du nicht wissen konntest, dass es sich dabei um etwas von Menschen Produziertes handelt."

„Dann gibt es also überhaupt keine fremden Lebewesen auf der Erde?"

„Nein, gibt es nicht."

„Oh!"

„Es ist aber sehr gut, dass du das herausgefunden hast, Naal. Unser Wissen um die Menschen wurde dadurch ein Stückchen erweitert." Naal sitzt sichtlich unwohl auf seinem Platz und rutscht aufgewühlt hin und her. „Du brauchst dich nicht zu grämen, Naal, überhaupt nicht. Wisst ihr, die Menschen sind in manchen Dingen anders als wir und alles, was uns die Menschen näher bringt, ist hilfreich. Was du herausgefunden hast, ist eine Sache, auf die wir sonst vielleicht nicht gestoßen wären." Erleichtert richtet Naal sich etwas auf, seine Schultern straffen sich wieder. „Warum ist es für uns denn wichtig zu wissen, dass sich die Menschen gerne auf diese Art Unterhaltung verschaffen?", fragt Neel interessiert. Jetzt nimmt Abendahl das Gespräch in die Hand.

„Es gibt eine ganze Reihe von Themen, die in diesen Filmen aufgegriffen werden. Zum Beispiel solche, die sich mit der Vergangenheit der Erde befassen und eine lehrende Unterhaltung bieten. Also Filme, die unterhalten und bei denen die Menschen gleichzeitig etwas lernen. Oder Filme, die spannende Abenteurer in der Gegenwart beschreiben oder solche, die sehr lustig sind und worüber die Menschen viel lachen.

Ein weiteres Thema, welches von den Menschen immer wieder aufgegriffen wird, ist die Gestaltung von Abenteuern mit Lebewesen von anderen Planeten. Und das in allen erdenklichen Varianten. Dieser Bereich scheint ganz besonders die Phantasie der Menschen anzuregen. Science Fiction nennen sie das. Science Fiction ist derzeit sehr beliebt, es werden immer wieder neue Filme dazu gemacht. Und genau das ist die wichtige Information für uns. Die Menschen beschäftigen sich durchaus mit diesem Thema. Sehr intensiv sogar. Wir haben Zugang zu der Kommunikationswelt der Menschen und können schier unendlich viele Informationen sammeln. Wir wissen kaum, wo es sinnvoll ist anzufangen. Und es ist sehr schwierig für uns zu bewerten, welche Informationen für uns von Bedeutung sein können und welche nicht. Das macht es kompliziert. Daher noch einmal vielen Dank euch beiden, dass ihr so aufmerksam bei der Sache seid, macht genau so weiter. Wir sind nämlich darauf angewiesen, dass wir alle gut zusammenwirken und das ist euch vollauf gelungen. Und zwar, indem ihr diese Sache erst einmal entsprechend bewertet und euch dann entschieden habt, mit uns darüber zu reden, so muss es sein, wir sind ein gutes Team.“

Mit vor Stolz geschwellter Brust schauen sich die beiden an. Sie haben sich zwar geirrt, aber trotzdem haben sie alles richtig gemacht und nur das zählt. So sind sie zufrieden mit sich und auch erleichtert, dass die Situation jetzt wieder beim alten ist.
„Es ist auch so alles schon aufregend genug“, sagt Neel, die sich wieder leicht und sicher fühlt.

Nach den Aufregungen des Tages, die im späten Gespräch mit Abendahl und Soppi ihren Höhepunkt fanden, sind beide froh, danach in ihre Zimmer gehen zu können, um zur Ruhe zu kommen und den Tag sacken zu lassen. Während Naal sich noch in seinem Sessel flegelt und aus dem Fenster schaut, liegt Neel schon in ihrem kuscheligen Bett. Sie ist umgeben von Gegenständen, die ihr sehr wichtig sind. Vor allem drei sanft leuchtende Wollzapfen, die sie an ihre Eltern und ihre beste Freundin erinnern. Wollzapfen sind weiche Gebilde, die vor allem die Mädchen unter den Gliesern gerne haben. Jeder Wollzapfen hat bestimmte Eigenschaften von Personen, die einem wichtig sind und die man auf Reisen mitnehmen kann. Der eine Zapfen riecht wie ihre beste Freundin, fühlt sich eher kindlich an und hat eine unschuldige Aura, ähnlich wie Neel selbst. An den Zapfen, der für ihren Vater steht, kann sie sich anlehnen, wenn sie sich schutzbedürftig fühlt oder sie ratlos ist. Der Zapfen für ihre Mutter gibt ihr Ruhe und Geborgenheit und hilft ihr beim Einschlafen. Viele Gliesermädchen treffen sich, um mit ihren Wollzapfen zu spielen.
Ausgiebige Rollenspiele mit den Zapfen können ganze Nachmittage füllen und sind traditioneller Bestandteil ihrer Kultur.
„Ob die Kinder auf der Erde auch mit solchen Dingen spielen?“,

überlegt sie laut. „Na, da muss ich doch gleich mal schauen“, denkt sie und greift nach ihrem Display.

„Naa-aaal, komm doch bitte mal kurz rüber.“

„Warum?“

„Ich muss noch mal mit dir reden.“

„Worüber?“

„Nun komm schon. Ich habe etwas Lustiges entdeckt.“

„Okay, bei etwas Lustigem komme ich natürlich.“

„Schau mal, was ich gefunden habe.“ Als Naal sich auf den Sessel neben ihrem Bett hat fallen lassen, dreht Neel mit einem leichten Stups ihr Display in seine Richtung.

„He? Was soll das denn sein?“

„Das sind Puppen und Stofftiere. Damit spielen die Menschenkinder, vor allem wahrscheinlich die Mädchen. Das ist ganz genauso wie unsere Wollzapfen, nur anders.“

„Und deshalb rufst du mich?“

„Ja, das ist doch lustig zu sehen, dass die Menschenkinder auch so etwas haben. Findest du nicht?“

„Doch, irgendwie schon“, antwortet Naal wenig begeistert.

„Sag mal Naal, was ist denn in letzter Zeit bloß los mit dir? Du bist so komisch. Was hast du denn?“

„Ich weiß nicht, eigentlich nichts.“

„Wirklich nichts? Möchtest du mit mir reden?“, fragt Neel mit verständnisvollem Blick; was Naal direkt kribbelig macht.

„Wie du immer fragst! Man muss doch nicht immer alles gleich ausdiskutieren! Mir ist einfach langweilig, weil es nicht mehr richtig voran geht, das ist es, wenn es dich interessiert!“ „So, das also“, nickt Neel mitfühlend.

„Aber heute war doch ein aufregender Tag, oder?“

„Ja schon, aber das ist nicht das, was ich meine. Ich meine einfach, wir sind am Ziel angekommen. Jetzt sind wir endlich bei der Erde, also da, wo wir die ganze Zeit hin wollten und was machen wir? Nichts! Fliegen einfach nur immer doof um die Erde rum und nichts passiert. Wir schauen uns die Welt, die direkt vor unserer Nase zum Greifen nah ist, einfach nur an, anstatt runter zu gehen! Ich will endlich runter! Ich will gucken was da los ist!"

„Jetzt verstehe ich. Was hältst du davon, wenn wir noch ein bisschen abwarten was passiert und dann einfach Abendahl ansprechen, ob nicht schon einmal entschieden werden kann, wie die Kontaktaufnahme passieren soll. Oder, ob wir uns vorher vielleicht erst einmal unauffällig auf der Erde umschauen. Dann können wir uns schon Gedanken dazu machen und alles planen und es geht voran."

„Das hört sich gut an, aber lange warte ich nicht mehr, das kann ich dir sagen."

„Ich glaube, das brauchst du auch nicht. Aber was hältst du denn jetzt eigentlich von den Puppen und Teddys hier, sind die nicht hübsch? Ich finde sie so süß!"

„Doch, die sehen wirklich nett aus. Besonders die braunen da. Was sind das für welche?" „Die heißen Monchichi. Ich mag diese kleinen braunen, knuffigen Monchichis auch sehr gerne. Mit ihren lustigen Ohren, den dunklen Augen und dem freundlichen Lächeln in diesem runden Gesicht sind sie so richtig zum Liebhaben. Ich werde sie mir nachher noch mal ganz in Ruhe anschauen. Mal sehen, vielleicht kann ich ja später sogar einen Monchichi bekommen. Aber mir fällt gerade noch was anderes ein. Fandest du nicht auch spannend, was Soppi von den Menschen und ihren Science-Fiction-Filmen gesagt hat?

Die Menschen kennen sich im Universum zwar noch nicht gut aus, machen sich aber Gedanken dazu und produzieren viele Kinofilme in denen sie ihre Fantasie ausleben. Und Science Fiction soll in letzter Zeit auch ganz besonders modern sein. Drollig, nicht wahr?" „Ich finde das gut, da kommen wir genau richtig", nickt sich Naal mit einem sanften, tiefgründigen Lächeln selber zu. „Vor allem du", kichert Neel. „Die werden sich wundern, wenn sie dich kennenlernen." „He he, wir sind das wahre Science-Fiction-Abenteuer der Menschheit."

„Was werden die Menschen Augen machen, wenn du da auf einmal so um die Ecke kommst", gluckst Neel, die plötzlich schrecklich Lachen muss.

„Ach Naal, stell dir das doch mal bildlich vor. Da stehen die Menschen nichtsahnend rum und unterhalten sich, und dann kommst du um die Ecke! Hihi, ist das lustig Naal, was für eine großartige Vorstellung, wie du so auf die Menschen zuschlurfst!" Dicke Lachtränen kullern ihr übers Gesicht. Wie sie sich auch bemüht, die Vorstellung ist einfach zu viel für sie. Neel kann nicht mehr aufhören zu lachen. Aber auch Naal hat es gepackt. Ebenfalls lachend steht er auf und nimmt Haltung an.

„Haltet aus ihr Menschen, ich komme. Es ist nicht mehr lange hin und bin ich bei euch." Neel kringelt sich in ihrem Bett und hält sich den Bauch. Puterrot im Gesicht versucht sie an etwas anderes zu denken, aber es will ihr nicht gelingen. Sie dreht sich zu Naal um und greift seine Hand.

„Ich mag dich, Naal. Ich mag dich wirklich! So, wie du bist. Aber bitte lass mir die armen Menschen in Ruhe, das haben sie nicht verdient", kreischt sie vor Vergnügen, schmeißt sich im Bett hin und her und japst nach Luft.

*****

Raumstation ISS

400 km über der Erde zieht die ISS mit einer Geschwindigkeit von rund 28.000 Stundenkilometern ihre Bahnen.
Es herrscht Nachtruhe. Nur die monotonen Geräusche der lebenserhaltenden Geräte sind zu vernehmen. Sie verstummen nie und sind Teil der Atmosphäre auf der ISS; ebenso der Geruch der gereinigten Luft.
Es gibt an Bord eine Aufbereitungsanlage für die Atemluft, die auch Gerüche eliminiert. Dadurch riecht die Luft in den meisten Modulen weniger als auf der Erde. Lediglich in den kleinen Modulen, die nicht ganz so gut durchlüftet sind kann es manchmal etwas „muffig" riechen.

Astronauten versuchen einen Lebensrhythmus einzuhalten, der dem arbeitender Menschen nahe kommt. Die Trennung des Tages in die drei Abschnitte: 8 Stunden arbeiten, 8 Stunden Freizeit und 8 Stunden schlafen. Dies ist ein bewährtes System und gibt auch dem Leben auf der ISS eine zweckmäßige Struktur.
Derzeit befinden sich drei Astronauten an Bord. Der Kommandant Chris und die beiden Bordingenieure Pawel und Alexander. Pawel und Alexander schlafen in ihren Kabinen. Chris befindet sich im Trainingsbereich des Wohn- und Servicemoduls, sitzt bequem auf dem Boden und genießt es, alleine in der Station zu sein.

Er schaut mit seinem charakteristischen tiefgründigen, sensiblen Blick in die Ferne und streicht sich mit einer langsamen Bewegung über seinen sorgfältig gepflegten Schnäuzer. Er denkt darüber nach, ob Menschen wohl irgendwann Leben auf anderen Planeten finden werden und ob er durch seine Arbeit an den Experimenten auf der ISS einen kleinen Teil dazu beiträgt. Auf der ISS wird viel experimentiert. Vor allem finden Experimente statt, die die Mikrogravitation, die annähernde Schwerelosigkeit, für ihre Erkenntnisse nutzen.

Nach einer Weile greift Chris zu seiner Gitarre, stößt sich mit den Füßen sanft vom Boden ab und schwebt durch die Station. Er will die Bordinstrumente und die laufenden Experimente kontrollieren.

Während Chris in Ruhe diesen Aufgaben nachgeht, spielt er nebenbei mit leisen Tönen seine Gitarre und summt vor sich hin. In solchen Momenten fühlt er sich völlig frei und leicht. Ein angenehmes Gefühl der Wärme und des Glücks durchströmt seinen Körper.

Beflügelt schwebt er vor einem Pult mit verschiedenen Anzeigen. Es werden die Parameter im Inneren der ISS dargestellt, wie die Raumtemperatur, der Luftdruck und die Luftfeuchtigkeit. Es ist alles in Ordnung – Chris spielt sein Lied zu Ende, bevor es weiter geht zur nächsten Station.

Auf dem kurzen Weg dorthin passiert er ein Fenster und dreht im Vorbeischweben den Kopf, um sich an einem raschen Blick auf die Erde zu erfreuen. Als er schon an dem Fenster vorbei ist, fällt ihm auf, dass ihn etwas irritiert hat. Aber was? War es etwas an dem Fenster selbst? Drinnen oder draußen?

Oder war es draußen etwas, das weiter weg war? Nachdenklich stoppt er seine Bewegung und hält inne. „Ich schaue besser nach. Vielleicht ist es nur meine Wahrnehmung, die mich getäuscht hat. Trotzdem vergewissere ich mich lieber, dass alles okay ist."

Zurück am Fenster zeigt sich etwas sehr Merkwürdiges: Das Fenster an sich ist völlig in Ordnung, das ist es nicht. Weder innen noch an der Außenseite ist etwas Ungewöhnliches zu erkennen. So ist Chris zunächst beruhigt, ein Sicherheitsrisiko scheint nicht zu bestehen. Es ist etwas anderes, das ihn stutzen lässt. Nachdenklich schaut er hinaus auf Bereiche der Raumstation und ins Weltall. Da ist etwas, das da ganz und gar nicht hin gehört, nur wenige Meter entfernt.

Er ist nicht groß, hat nur etwa den Durchmesser einer kleinen Schallplatte und ist ebenso flach. Auffällig ist auch sein goldener Glanz. „Was kann das sein?" Minutenlang verharrt Chris schwebend mit der Gitarre im Anschlag am Fenster und schaut diese goldene Platte, mit gerunzelter Stirn, nachdenklich an. Sie dreht sich langsam um sich selbst und bewegt sich dabei in alle Richtungen. Aber sie befindet sich immer etwa in demselben Bereich; nahe eines Roboterarms, der dafür genutzt wird, Transportfahrzeuge der japanischen Weltraumagentur JAXA, welche Fracht zur ISS bringen, einzufangen und an einem Kopplungsstutzen der Station zu befestigen. Die Augen von Chris verengen sich zu schmalen Schlitzen. So, wie sich die Platte verhält scheint es, als gäbe es eine Verbindung zu dem Roboterarm oder als sei sie in einem unsichtbaren Käfig gefangen. Hin und wieder fährt ein leichter Ruck durch die Platte der sie stoppen lässt und sie bewegt sich dann in eine andere Richtung. Wie kann das sein? Es ist nichts zu erkennen.

Chris verlässt das Fenster und kommt wenige Augenblicke später ohne Gitarre, dafür mit einem Fernglas in der Hand zurück. Nun kann er ausmachen, was da los ist. Er sieht einen hauchdünnen Faden.

Das eine Ende mündet in die Platte, das andere an dem Roboterarm. „Der Faden scheint sich am Arm verheddert zu haben. Seltsam. Woher kommt das alles?" Chris spürt, wie ihn eine gewisse Nervosität ergreift. Ein seltenes Gefühl.

Dann macht er eine Entdeckung, die ihn zusammenschrecken lässt. Er erkennt, dass der Faden nicht verheddert, sondern mit einer Schleife an dem Roboterarm befestigt ist! „*Das kann doch nicht sein!*" Noch einmal schaut er konzentriert durch sein Fernglas. Es besteht überhaupt kein Zweifel, es ist eine Schleife und zwar eine sehr akkurate Schleife. Beide Schlaufen sind exakt gleich groß und die beiden Enden des Fadens sind exakt gleich lang. Kann es so einen Zufall geben? Jetzt ist Chris wirklich aufgewühlt. „Ich muss sofort Pawel und Alexander informieren." Schnell begibt er sich zu ihren Schlafkabinen.

Kurze Zeit später spähen alle drei durch das Fenster und betrachten die geheimnisvolle Platte. Auch Pawel und Alexander sind verblüfft. Der schwarzhaarige, unrasierte Pawel mit dem kantigen Gesicht, fährt sich nachdenklich durch seine widerspenstigen Haare und legt gedankenvoll den Kopf in den Nacken, während der athletische Alexander immer wieder durch das Fernglas schaut und das Glas dabei so fest in Händen hält, dass deutlich die Muskeln der Arme und Schultern hervortreten.

Die drei unterhalten sich mit gedämpften Stimmen, als würde dies verhindern, dass etwas passiert.

Sie besprechen sich, ob es nicht doch ein Teil von der ISS ist, können diese Möglichkeit jedoch zu 100% ausschließen. Weil draußen aktuell auch kein Experiment läuft, von dem sich etwas gelöst haben könnte, ist dieses Szenario ebenso auszuschließen. Und dann ist da noch die Sache mit der Schleife.
Aber wenn die Platte nicht ein Teil der ISS ist, wo kommt sie dann her? Und wie wurde sie fest gemacht? Und von wem? Fragen über Fragen.
Zwischenzeitlich wird sogar kurz überlegt, ob sich vielleicht die Chinesen einen Scherz erlaubt haben. Aber dies ist offensichtlich zu abwegig und der Gedanke wird schnell wieder verworfen.

Nach langen Überlegungen gestehen sich die Astronauten ein, keine Lösung zu finden und Houston wird informiert. Sie erklären, was sich auf der ISS abspielt und werden umgehend gefragt, ob das ein Witz sein soll und ob sie Alkohol getrunken haben. Es dauert eine Weile glaubhaft zu vermitteln, was es mit der goldenen Platte auf sich hat. Aber Chris schildert gewohnt sachlich die Situation und macht ein Bild von der Scheibe, welches er zur Erde schickt. Dann herrscht Funkstille.
Während die drei auf eine Reaktion aus Houston warten, bedient Alexander eine Außenkamera, um zu versuchen, noch mehr über das Objekt ihrer Begierde in Erfahrung zu bringen. Geschickt steuert er zwei Joysticks, richtet damit die Kamera auf die goldene Platte aus und zoomt sie so weit als möglich heran. Die Platte ist recht klein, deshalb kann sie nicht Format füllend gezoomt werden. Dennoch fällt Alexander auf, dass da etwas auf der Platte zu sein scheint, eine Gravur oder dergleichen. Die Sache entwickelt sich immer mehr zu einem Rätsel.

Die Kommandozentrale in Houston meldet sich wieder. Die Ingenieure und Techniker sind ratlos und verstehen noch nicht, was das alles zu bedeuten hat. Da allerdings offensichtlich keine Gefahr von der Platte ausgeht, wird beschlossen, sie an Bord zu holen um sie analysieren zu können.

Es sollte funktionieren, die goldene Platte vorsichtig mit einem zweiten Roboterarm zu lösen und sicher ins Innere der ISS zu befördern. So kann auf einen Außeneinsatz verzichtet werden. Alexander ist es, der die Aufgabe hat den Roboterarm zu steuern. Als Greifzange wird die kleinste im Sortiment befindliche genommen; mit Greifflächen aus weichem Kunststoff. Um nicht das Risiko einzugehen, die Platte zu verlieren, wird mit der Zange zunächst ein dünnes Seil aus dem Inneren der ISS zu der Platte gezogen. Am Seilende hängt ein Netz, das vorsichtig um die Platte gelegt wird; ein kompliziertes Unterfangen in der Schwerelosigkeit, das viel Fingerspitzengefühl erfordert. Chris und Pawel drücken sich dicht ans Fenster und beobachten beeindruckt Alexander bei der Arbeit.

Dann ist der erste Schritt vollbracht: Das Netz liegt sicher um die Platte. Die Zange fährt weiter zu einem der beiden Schleifen-Enden. Der Faden schwingt mit sanfter Bewegung in alle Richtungen. Alexander öffnet die Greifzange bis zum Anschlag, um nicht ungewollt mit dem Faden in Berührung zu kommen. Er ist streng darauf bedacht, die Zange so nah wie möglich an den Schleifenknoten zu führen.

Ganz vorsichtig steuert er, unter den wachsamen Augen von Chris und Pawel, mit filigranen Bewegungen die Joysticks. In Super-Zeitlupe lenken die Greifflächen aufeinander zu. Der Faden schlägt zwischen ihnen aus.

Wenn er eine Fläche berührt, kippt er über die Seite weg um sich kurz darauf wieder in eine andere Richtung zu bewegen. Nur einmal droht er über die offene Seite „auszubrechen". Aber Alexander zieht die Zange geschickt nach und unterbindet den „Fluchtversuch" erfolgreich.

Chris und Pawel atmen unisono erleichtert aus. Nur noch wenige Millimeter, dann ist es geschafft. Der Faden kann sich der drohenden Umklammerung nicht mehr erwehren. Es entsteht der Eindruck, als sei er von Leben getrieben: Da die Zangenflächen seine Bewegungsfreiheit nahe dem Knoten mehr und mehr einschränken, bewegt er sich darüber umso stärker - aber es ist zu spät. Die Zange schließt sich gänzlich und hat den Faden fest im Griff. Nun ist es ein Leichtes, die Schleife zu öffnen. „Ein schönes, fast elegantes Bild ist es, wie sich die Schleifen lösen und in den beiden Fäden aufgehen", denkt Chris. „Wer die Schleife wohl gemacht hat?"
Augenblicke später ist die Platte an Bord und die Luke wieder geschlossen. Gespannt öffnet Alexander den Verschlag und holt die goldene Platte rein. Er streckt die Arme aus und lässt sie vorsichtig aus seinen Händen gleiten. Sie schwebt, sich langsam um sich selbst drehend, in der Mitte des Dreiecks, das die Männer nahe über dem Boden bilden. Niemand spricht. Still schauen sie mit gemischten Gefühlen zu der Platte, die sich ihnen in ihrem matten Gold von allen Seiten präsentiert. Die Situation fühlt sich an, als hätte sie etwas Lebendiges. Es ist eine Art Aura, die diesen Körper umgibt und die drei Astronauten ehrfürchtig verstummen lässt. „Schaut her, hier bin ich. Schaut mich nur an, ich habe euch viel zu erzählen", scheint sie sagen zu wollen.

Wie zur Bestätigung erhöht sich auf unerklärliche Weise ein wenig ihre Drehgeschwindigkeit und die Bewegung der Luft nimmt dadurch etwas an Fahrt auf. Verwundert stellen die Männer fest, dass ihnen ein zarter Geruch in die Nase steigt, der von der Platte ausgeht. Der Geruch erzeugt Wohlbefinden, obwohl er kaum definierbar ist. Lediglich ein Hauch von Moos scheint ihm als einziges erkennbares Merkmal anzuhaften. Nach einer ersten Unsicherheit herrscht schnell Einigkeit, dass alle drei den Geruch als Duft wahrnehmen, der angenehm frisch ist und deutlich besser riecht als die gewohnte Luft auf der ISS. Dennoch bleibt eine gewisse Anspannung und Skepsis bestehen; es ist alles sehr verwirrend.

Chris, der Feinfühligste der drei Astronauten, versucht, ein subjektives Duftprofil zu erstellen, indem er mit geradem Rücken und geschlossenen Augen, den Kopf leicht in den Nacken legt und einen langen Zug tief und bewusst durch die Nase einatmet, um alle Noten heraus zu spüren. Er öffnet erstaunt seine Augen und schaut Pawel und Alexander verwundert an: „Es ist der Duft von Leben. Aber uns fremden Lebens. Es kann nichts anderes sein.“

Wieder herrscht Stille, bis Alexander nach langen Minuten das Schweigen bricht.

„Es ist wirklich etwas in die Oberfläche eingraviert“, haucht Chris, der sich wieder auf die Platte konzentriert hat und dessen Forschergeist nun vollends entfacht ist. „Es ist deutlich zu erkennen. Auf beiden Seiten befindet sich etwas. Was ist das auf dieser Seite?“ Er deutet mit dem Finger auf die Seite die er meint. „Lasst uns zunächst darüber nachdenken, was das ist.“

Chris beugt sich, unter den wachsamen Blicken von Pawel und Alexander, weiter vor. Es entsteht der Eindruck, dass sie befürchten, Chris könnte dadurch eine Reaktion der Platte auslösen und er muss sich ein Grinsen verkneifen. „Diese Sachen da in der Mitte, das sieht aus wie Skizzen von irgendwas. Es könnten Lebewesen sein.

„Ach du Scheiße“, entfährt es Pawel, „das *sind* Lebewesen! Mehrere. Eine kleine Gruppe. Und ganz schön große Ohren haben sie; schaut mal, wie putzig diese Leute aussehen“, amüsiert er sich.

„Und sie winken uns munter zu und strahlen über das ganze Gesicht!“, ruft Alexander, „Schaut, wie sie sich freuen. Na das sind nette Kerlchen. Ich glaube, sie sind glücklich, dass sie uns gefunden haben.“ Alexander wird ganz warm ums Herz bei diesem unschuldigen Anblick.

„Gott, ist das aufregend“, seufzt Chris, der wie die beiden anderen, einen deutlich erhöhten Puls aufweist. „Hier scheint gerade Großes zu passieren; sehr Großes. Lasst uns auch die Rückseite der Platte betrachten, mal schauen, was wir da finden.“

Es dauert einige Umdrehungen, bis sie eine Vorstellung davon bekommen, um was es sich bei der Skizze auf der Rückseite handeln könnte. Es scheint eine Art Position von etwas zu sein. Aber wovon und welcher Ort ist dort beschrieben? Chris runzelt nachdenklich die Stirn. Jeder ist jetzt so nah wie irgend möglich an die goldene Platte heran gerückt, ihre Knie berühren sich.

„Angenommen, dieser sternförmige Punkt hier im Zentrum der Skizze soll eine Sonne darstellen“, sagt Chris nun. „Dann ist zunächst einmal sicher, dass es sich um einen Ort irgendwo im Universum handelt.

Und wenn dem so ist, dann sind diese Dinge hier", er deutet auf verschiedene Punkte um die Sonne herum, „Pulsare!"

„Warum?", fragt Alexander.

„Nun ja, wenn uns Lebewesen von außerhalb einen Hinweis geben möchte, wo sie zu Hause sind, dann können sie es so am einfachsten tun. Sie geben uns einfach die Position ihrer Sonne anhand der Relation zu diesen Pulsaren an, die hier aufgeführt sind." „Interessant", nickt Alexander, „sehr interessant." Pawel nickt ebenfalls bedächtig.

„Die Voyager!", ruft Chris plötzlich so laut, dass Pawel und Alexander erschrocken zusammenzucken. „Sie waren bei der Voyager!"

„Bitte was?", fragt Pawel. Doch sogleich dämmert es auch ihm. Nur Alexander versteht noch nicht. „Es ist so naheliegend", schüttelt Chris den Kopf. „Unsere Freunde mit den langen Ohren sind, vielleicht durch Zufall, über die Voyager gestolpert. Sie haben die Goldene Platte gefunden und analysiert. Wir hatten damals ja ebenfalls Informationen von uns auf die Platte gebracht und unter anderem unsere Position im Universum auf die gleiche Art dargestellt, so, wie sie es jetzt getan haben. Sie senden uns quasi einen Gruß. Das gefällt mir. Das ist sehr kreativ."

„Sagenhaft", staunt Alexander. „Hoffentlich führen sie Gutes im Schilde. Wenn sie in der Lage sind, große Strecken im Universum zurück zu legen, dann sind sie uns technologisch weit überlegen. Und warum haben sie nicht einfach bei uns angeklopft", grübelt er jetzt mit gesenktem Kopf. „Beobachten sie uns gerade?"

„Ich denke, es geht ihnen nicht um Überlegenheit", nimmt Chris den Faden auf. „Sie verhalten sich anders. Aber wahrscheinlich beobachten sie uns, davon ist auszugehen. Das ändert jedoch nicht unser Verhalten. Ich habe das Gefühlt, wir brauchen keine Angst zu haben. Denn, wenn sie uns feindlich gesonnen wären, dann wären sie nicht so rücksichtsvoll. Und ändern können wir es ohnehin nicht, also was solls. Vermutlich haben sie nicht angeklopft, weil sie vermeiden wollten, dass wir etwas Unkontrolliertes tun. Und das ist auch gut so. Stellt euch vor, sie wären ohne Vorankündigung auf einmal da gewesen und um uns herum geflogen, oder etwas in der Art; wer weiß, wie wir reagiert hätten. So geben sie uns Zeit, dass wir uns an den Gedanken, nicht mehr alleine zu sein, erst ein wenig gewöhnen können. Wir müssen sofort mit Houston reden!"

*****

Am nächsten Morgen setzten sich Soyf, Abendahl und Velt wieder zusammen, die Besatzung wurde über die Erkenntnisse des letzten Tages informiert.

„Wir haben noch einmal alle Informationen überprüft um sicher zu gehen, dass die Werte richtig sind", nimmt Soyf das Gespräch auf. „Wie zu erwarten wurden die ersten Ergebnisse bestätigt, sogar sehr genau. Ich brauche nicht ins Detail zu gehen, es sollte genügen wenn ich sage, die Erdatmosphäre ist mit allerlei schädlichen Stoffen versehen und weist eine unerfreulich hohe CO_2-Belastung auf. Aber wir könnten uns mehr oder weniger gefahrlos auf der Erde aufhalten, sofern sich die Situation nicht verschlechtert. Und, dass so etwas innerhalb kürzester Zeit geschieht, halte ich für nahezu ausgeschlossen. Darüber brauchen wir uns also erst einmal keine Gedanken zu machen. Anders wäre es natürlich, wenn sich später die Gelegenheit ergeben sollte, dass man uns gewährt, uns dauerhaft auf der Erde niederzulassen." Velt, der nachdenklich zuhört, fährt sich langsam durch den Bart, während Soyf weiter redet.

„Die Atmosphäre war übrigens nicht immer so. Wir konnten feststellen, dass vor nur 150 Jahren die Situation völlig anders war. Seitdem hat sich offensichtlich einiges geändert."

„Kannst du sagen, ob sich die Qualität der Atmosphäre mit zunehmendem Tempo verschlechtert, bleibt sie gleich, oder verbessert sie sich wieder?", fragt Abendahl konzentriert, während er sich gedankliche Notizen macht, die sein Display speichert.

„Um das beantworten zu können müssen wir noch weitere Recherchearbeit leisten, wir arbeiten daran. Wenn man sich jedoch überlegt, dass die Atmosphäre vor noch 150 Jahren fast unbelastet und gesund war und wir sehen, wie sie jetzt ist, dann ist das bemerkenswert. Wodurch kann so etwas kommen, frage ich mich? Hat es eine große Katastrophe gegeben? Wir wissen derzeit noch sehr wenig von den Menschen und ihrem Planeten. Zu wenig, als dass wir die Zusammenhänge schon verstehen könnten."

Während Soyf redet schaut er aus einem der Fenster und ein warmer Schauer durchläuft ihn, als er den blauen Planeten betrachtet, der seinen Blick förmlich ansaugt. Wie eine große, freundliche Kugel hängt die Erde einladend vor ihrem Raumschiff. Sich wieder bewusst werdend, dass er sich in einem Gespräch befindet, wendet Soyf pflichtschuldig den Kopf wieder den anderen zu. Velt schaut ihn mit einem Blick an, der Verständnis zum Ausdruck bringt.

„Ich muss auch immer wieder hinausschauen und kann mich überhaupt nicht satt sehen", lächelt er Soyf an. „Man wird regelrecht hypnotisiert von der Erde, nicht wahr? Dieses herrliche Grün-Braun der Kontinente, das wunderbare Blau des Wassers und die betörenden weißen Wolken, die so einzigartige Bilder über dem Planeten zeichnen.

Was für einen Schatz wir da gefunden haben; es kann einem schnell warm werden ums Herz. Falls es noch andere Zivilisationen im Universum geben sollte, kann man für sie nur hoffen, irgendwann einmal in den Genuss zu kommen diese Einzigartigkeit bewundern zu können – Was wir allein bis jetzt schon von den Menschen lernen konnten, über Kunst, Malen, Dichtung usw., einfach fantastisch", schwärmt er selten gelöst. „In manchen Dingen sind uns die Menschen voraus und wir können von ihnen lernen. Allein schon deshalb hat sich die Reise bereits gelohnt."

„Für den Moment scheint es mir die wichtigste Aufgabe zu sein, herauszufinden, wonach genau wir suchen sollen. Wir wollten uns eigentlich erst einmal mit der Entwicklungsgeschichte der Menschheit befassen, weil wir uns einen Gesamtüberblick bis zurück zu den Anfängen verschaffen wollten. Jetzt scheint es aber vonnöten zu sein parallel dazu herauszufinden, was die Ursache für die Belastung der Atmosphäre ist und wie sie sich weiter verändern wird. Ich werde das Gefühl nicht los, dass hier irgendetwas nicht stimmt. Was meinst du, Abendahl?“
„Ich schließe mich deiner Meinung vorbehaltlos an. Es gibt unbeschreiblich viel Schönes auf diesem einzigartigen Planeten, aber irgendetwas ist nicht in Ordnung und wir wissen noch nicht, was es ist.“

Abendahl bittet die anderen von der Brücke hinzu.
„Liebe Freunde, es gibt etwas, dass wir kurz besprechen müssen. Wir haben festgestellt, dass die Erdatmosphäre nicht hundertprozentig in Ordnung ist.“ Naal sackt das Herz in die Hose. „Aber keine Angst, wir können uns trotzdem auf die Erde begeben, so schlimm ist es nun auch nicht.“ Naal atmet hörbar aus und entspannt sich etwas. Abendahl hält inne, trinkt einen Schluck Moostee und wartet auf Reaktionen.
Nedal ist es, der zuerst das Wort ergreift: „Trotzdem scheint es von größerer Bedeutung zu sein, wenn ihr uns zusammenholt“, brummelt er.
„Ja, das ist es wohl. Wir sind uns der finalen Bedeutung dieser Angelegenheit noch nicht bewusst, wir müssen erst noch die Ursachen ermitteln.“

„Mir ist damals bei meinen Betrachtungen der Goldenen Platte etwas aufgefallen, das ein Einstieg in das Thema sein könnte", übernimmt Soppi das Wort. „Und zwar erfährt man auf der Platte, dass es unterschiedliche Rassen von Menschen gibt, mit verschiedenen Kulturen. Die Menschen sind in allen Bereichen der Erde zu Hause und haben sich individuell entwickelt. Mit dem „Zusammenwachsen" der Welt durch ihre Technologien, haben sie sich wahrscheinlich vielerorts angenähert. Logisch scheint mir aber zu sein, dass es Länder bzw. Kulturen gibt, die an dem großen Ganzen weniger beteiligt sind als andere. Sie konnten oder wollten Entwicklungen nicht mit vollziehen, haben daher den anderen weniger zu bieten und besitzen insgesamt weniger Einfluss. Einfluss und Macht scheinen auf der Erde eine gewisse Rolle zu spielen.

In der Folge sind manche Länder nicht so hoch entwickelt, vor allem in Bezug auf das, was die Menschen ihr Wirtschaftsleben nennen. Versteht mich bitte nicht falsch, aber wenn wir jetzt einfach mal für einen Augenblick annehmen wollen, dass es die Menschen selber sind, die den Zustand der Atmosphäre verändern, dann haben wahrscheinlich manche Gruppierungen mehr Anteil daran, als andere."

„Aber warum sollten die Menschen so etwas tun?", schüttelt Ranigo mit roten Wangen den Kopf, „das macht doch keinen Sinn."

„Wir wissen von uns selbst, dass es einiger Anstrengung bedarf die Umwelt nicht zu belasten, wenn viel produziert wird. Und die Prioritäten müssen richtig gesetzt sein. Daher finde ich diesen Gedanken so abwegig nicht", sinniert Soppi.

„Auch die Organisationen der verschiedenen Länder, sowie deren politischen Aufbau und auch die Staatsoberhäupter sollten wir uns anschauen. Denn es scheint naheliegend zu sein, dass sich jede größere Menschengruppe selbst verwaltet. Die Menschen sind anders organisiert als wir und wir sollten wissen, mit wem wir es zu tun haben und wir müssen verstehen, wie ihre Systeme funktionieren."

„Was sind Staatsoberhäupter?", möchte Neel wissen.

„Das sind die höchsten Vertreter einzelner Länder", antwortet Soppi.

„Also Ehrenleute wie Velt", sagt Neel ernst.

Velts Augen blitzen vergnügt auf; beschaulich lehnt er sich zurück und faltet die Hände über dem Bauch.

„Diese Staatsoberhäupter werde ich mir nachher anschauen", sagt Neel mehr zu sich selbst als zu den anderen.

„Jawohl, dieser Ansatz kann zielführend sein", bestätigt Abendahl Soppis Worte. „Wir nehmen diesen Einstieg in das Thema. Wir teilen die Erde quasi auf und jeder recherchiert seinen Bereich. Ich werde die Information gleich weiterreichen, damit man mit der Arbeit beginnt. Alle Ergebnisse werden später von Velt zusammengeführt. Ich beende hiermit die Sitzung."

13. Landevorbereitung

Neel und Naal besprechen mit Abendahl, wie es weiter gehen soll. Geplant wird eine Landung bei der aber noch kein Kontakt zu Menschen hergestellt wird. Es geht bei einem ersten Besuch der Erde vor allem darum, ein Gefühl für den Aufenthalt auf der Erde zu bekommen und sich ein wenig umzusehen. Der genaue Ort und Zeitpunkt stehen noch nicht fest. Beide haben das unbestimmte Gefühl, es gibt da etwas, das Abendahl ihnen vorenthält. Dies wird jedoch verdrängt, als Abendahl bestätigt, dass sie bei der Erdlandung dabei sein werden, so, wie es von Anfang an vorgesehen war. Seitdem Naal dies nun sicher weiß, ist er wieder höchst motiviert und guter Laune. Es wird zwar noch keinen Kontakt zu den Menschen geben, aber immerhin! Mit großem Eifer überlegt er sich, was er alles mitnehmen will und schaut sich abgelegene Punkte auf der Erde an, die ihm für eine Landung besonders geeignet erscheinen.

„Bestimmt wird mein Rat gefragt sein, wenn es an die Auswahl des Ortes geht," denkt er sich voller Vorfreude, als er auf dem Weg zu Neels Platz auf der Brücke ist, um ihr ein Bild von einem besonders schönen Ort zu präsentieren. Mit einem kurzen Blick auf ihr Display bleibt er neben ihr stehen und hüpft dann auf seinen eigenen Platz.

„Na, was machst du da?“, fragt er interessiert.

„Ich schaue mir Staatsoberhäupter an.“

„Stimmt nicht, das da auf deinem Display ist kein Staatsoberhaupt, sondern ein Monchichi.“

„Nein, das ist kein Monchichi.“

„Klar ist das ein Monchichi, ich sehe es ja ganz genau.“

„Nein, das ist kein Monchichi.“

„Na gut, wenn das kein Monchichi ist, was ist das dann?“ „Das ist Barack Obama, Präsident der Vereinigten Staaten von Amerika.“

„Ach was, im Ernst?“

Dervis, 15 Jahre

Gundula, 12 Jahre

„Bevor wir Kontakt aufnehmen und langsam auf ein erstes Treffen hinarbeiten, werden wir der Erde einen Besuch abstatten. Wir werden uns unauffällig an einem wenig besiedelten Ort umsehen und uns mit dem Aufenthalt auf der Erde vertraut machen, uns an den Planeten und seine Schwerkraft gewöhnen", sagt Abendahl bei der nächsten Besprechung. Nach einer kurzen Pause schaut Abendahl Neel und Naal fest in die Augen, dass beiden etwas mulmig zumute wird. „Durch die neuesten Vorkommnisse und um nicht endlos Zeit vergehen zu lassen, sind wir letzte Nacht aktiv geworden."

Beide schauen ihn mit großen Augen fragend an. „Wir haben euch nichts davon gesagt, weil wir vermeiden wollten euch, vor allem Neel, unnötig aufzuregen. Um eine Kontaktaufnahme mit den Menschen vorzubereiten sind Sori und Pajouli, die beiden, die damals auch die Goldene Platte von der Sonde geholt haben, letzte Nacht zu der bemannten Raumstation geflogen. ISS wird sie übrigens genannt. Es tut uns leid, dass wir es euch nicht vorher gesagt haben. Aber wir waren der Überzeugung, die letzten Tage waren einfach schon aufregend genug für euch."

Naal schaut ihn mit säuerlichem Gesichtsausdruck an.

„Also ich fand es eher langweilig und wenn es dann mal lustig wird, darf ich nicht dabei sein", redet Naal Abendahl dazwischen, wofür er einen tadelnden Blick von Velt erntet, der ihn unmittelbar zum Schweigen bringt.

Abendahl streicht ihm versöhnlich über den Kopf. „Weißt du, Naal, es ist alles nicht ganz leicht dieser Tage, du solltest uns vertrauen. Wir hatten das Gefühl es sei gut, euch weitere Aufregung zu ersparen.

Teils, weil die Reise an sich schon sehr aufregend war, teils aber auch, weil die nächste Zeit ungeheuer
intensiv für euch werden wird. Ihr dürft nicht vergessen, dass ihr bei der Erdlandung dabei seid."
„Na gut", sagt Naal und schaut Abendahl treuherzig an, „was genau wurde denn da letzte Nacht gemacht?"
„Wir hatten uns entschieden den Menschen ein Zeichen zu geben. Etwas, mit dem sie sich beschäftigen können, um dann darauf zu kommen, dass wir da sind. Da sie damals die Sonde Voyager mit der Goldenen Platte auf die Reise in die Unendlichkeit geschickt hatten, um auf sich aufmerksam zu machen, haben wir wiederum eine kleine Kopie der Goldenen Platte angefertigt und haben sie als unser Zeichen an die ISS gehängt, um auf unsere Anwesenheit aufmerksam zu machen", beschreibt Abendahl die Aktion heiter. „Einen freundlichen Gruß von uns haben wir auch noch darauf geprägt, damit die Menschen sehen, dass wir friedlich sind. Sie können uns hier natürlich nicht sehen, aber es ist gut, wenn sie sich schon einmal an den Gedanken gewöhnen, dass da vielleicht jemand in der Nähe ist. Und an der Stelle, wo die Menschen auf ihrer Goldenen Platte die Position ihres Planeten im Universum angegeben haben, haben wir für die Menschen jetzt die Position von Gliese angegeben."
Verdutzt schauen Neel und Naal in die Runde. „Und?", fragt Naal atemlos, „ist schon etwas passiert?"
„Oh ja, durchaus", ergreift Nedal das Wort, „das ist es, mein Junge. Nach einer Weile konnten wir gesteigerte Aktivität auf der Raumstation verzeichnen, dann haben sie unser Geschenk reingeholt. Jetzt ist wieder Ruhe eingekehrt; wahrscheinlich hat nach dem anfänglichen Staunen nun das Analysieren begonnen.

Alles läuft planmäßig", nickt Nedal zufrieden, „wir werden das weiter beobachten."

„Können wir den Menschen denn nicht noch etwas mehr von uns schicken, als nur einen Gruß?", fragt Neel. „Damit sie erfahren wer wir sind und, dass sie keine Angst zu haben brauchen. Ich glaube, ich würde mich ganz schrecklich fürchten, wenn auf einmal Lebewesen, von denen ich überhaupt nichts weiß, bei uns auftauchen."

Erstaunt schauen alle zu Neel; Velt streicht sich durch den Bart: „Was genau meinst du?"

„Hm", Neel ist etwas nervös, weil alle sie jetzt ansehen und sie plötzlich im Mittelpunkt steht, „also wenn ich da unten auf der Erde wäre, würde ich mich schon wohler fühlen, wenn ich wüsste, wo diese anderen herkommen, wie sie leben, ob ihre Kinder auch so spielen wie wir und natürlich, dass sie friedlich sind und ich keine Angst zu haben brauche."

„Das würde mir auch gefallen", nickt Naal.

„Ja und dann", ergänzt Neel aufgeregt, „würde es doch schon reichen, wenn wir einfach so ein kleines Buch machen, wie die Menschen sie benutzen. Da muss ja gar nicht so schrecklich viel drinnen stehen, nur eben die wichtigsten Sachen über uns, das reicht doch." Erwartungsvoll schaut sie in die Runde.

Ihre Idee wird ausführlich besprochen und schließlich für gut befunden. Es mag erstaunen, dass die Idee von einem Kind kommt. Neel ist sehr sensibel und verfügt, mehr noch als die meisten anderen Glieser über die Fähigkeit, die Perspektive wechseln zu können und sich vorzustellen, wie sich andere wohl fühlen mögen.

So wird beschlossen, ein kurzes Buch zu verfassen und es später den Erdbewohnern zukommen zu lassen. Wo und wie das zu geschehen hat, wird noch zu klären sein. Als Erstes soll wie geplant die Landung im Dschungel erfolgen.
Velt wird das Buch schreiben. In Gold soll es gefasst werden, so, wie die Goldene Platte, die die Glieser bei der Voyager fanden.
Ein Goldenes Buch für die Menschen.

Es gibt viel zu tun, um das kleine, hoch technisierte Lande- und Erkundungsraumschiff zu programmieren und vorzubereiten. Emsige Betriebsamkeit prägt die Atmosphäre. Immer wieder kommen Techniker, die mit Abendahl Gespräche führen und gemeinsam mit Nedal und Soppi an der Programmierung arbeiten. Die Erdenbürger scheinen misstrauisch zu sein und so ist die Vorbereitung des Landeraumschiffes anspruchsvoll und es braucht seine Zeit, um das Schiff so weit wie möglich zu schützen.

Jetzt, wo die Landung bald bevorsteht, beschäftigen sich Neel und Naal mit nichts anderem mehr. Weil es auf der Brücke ungewohnt laut und hektisch zugeht, ziehen sie sich in ihre Zimmer zurück. Wohl wissend, dass vor allem Abendahl und Velt festlegen, wo gelandet wird, suchen sie zu ihrem Vergnügen Orte, die ihnen persönlich als ganz besonders geeignet erscheinen.
„Jetzt zappel doch bitte nicht so rum und bleib mal ruhig sitzen“, beschwert sich Neel, die in dem Sessel geschüttelt wird. Beide lümmeln sich auf dem großen Sessel in Naals Zimmer und surfen im Internet. „Durch deine Zappelei kann ich mich überhaupt nicht darauf konzentrieren einen recht schönen Ort zu finden.

Ruhig und unbesiedelt soll er sein, hat Abendahl gesagt. Gar nicht so einfach, aber der hier, den finde ich ganz hübsch. Er hat so eine schöne Struktur und übergangslose irdene Farbtöne in den verschiedenen Schichten." „Zeig mal, was ist das für ein Ort?", beugt Naal sich neugierig rüber. Zu sehen ist ein herrlicher Ausschnitt des Grand Canyon. „Ach was, da ist doch überhaupt nichts los! Einen einzigen lahmen Vogel kann ich auf dem Bild sehen, sonst nichts!"

„Da soll doch auch nichts los sein. Ich habe kürzlich gelesen, dass es auf der Erde sieben Weltwunder gibt. Das sind die sieben beeindruckendsten Dinge auf der Erde. Und das hier ist eines davon. Dieser Canyon befindet sich in den Vereinigten Staaten von Amerika. Vielleicht sind da noch andere schöne Weltwunder. Na, da werde ich doch direkt mal schauen", sagt sie und macht sich eifrig auf die Suche.

„Wo du gerade bei Amerika bist, da habe ich mich auch schon umgeschaut. Ich will genau hier hin", stupst Naal mit dem Finger auf einen Punkt des Displays.

„Hey, was ist denn das?" Gespannt lehnt Neel sich an Naal, damit sie besser sehen kann. „So etwas ist mir ja bei all meinen Recherchen überhaupt noch nicht untergekommen, was für ein munteres Treiben. All die bunten Wesen da, das sind doch keine echten Menschen, oder? Und richtige Tiere sind das auch nicht. Was beim Barte des Velt ist das?", staunt sie verdutzt.

„Tja, da guckst du", sagt Naal mit vor Stolz gespitzten Ohren. „Das ist Disney-Land. Ein prachtvoller Ort des Vergnügens und der Verkleidung. Hier wird nichts schrecklich ernst genommen, die Menschen gehen dahin, um sich zu amüsieren und sich in einer verzauberten Welt unterhalten zu lassen."

Nach Beifall heischend und mit strahlendem Gesicht schaut er Neel an. „Dort will ich hin. Jawohl, genau da hin. In Disney-Land fallen wir nämlich niemandem auf. Alle werden denken, wir sind kleine verkleidete Menschen."

„Raffiniert", sagt Neel sichtlich beeindruckt.

„Ja das ist es", bestätigt Naal entzückt, „sehr raffiniert."

„Aber das werden Abendahl und Velt niemals zulassen", zweifelt Neel mit einer Falte zwischen den Augen, „das wäre ihnen viel zu gefährlich."

„Na ja, vielleicht nicht direkt bei unserem ersten Besuch auf der Erde. Das stellen Velt und Abendahl sich wahrscheinlich anders vor. Aber mal sehen, wie sich alles entwickelt. Vielleicht können wir später noch dorthin, ich will das unbedingt erleben!"

Plötzlich ertönt ein heller, gedämpfter Gong im Zimmer, das Zeichen dafür, dass jemand mit Naal sprechen möchte. Mit einem Fingerzeig öffnet er einen Kanal um reden zu können. „Ja bitte?"

„Naal, hier ist Nedal. Ist Neel bei dir? In ihrem Zimmer ist sie nicht."

„Moment, sie sitzt neben mir, muss nur kurz fragen, ob sie da ist."

„Hallo Nedal ich bin's Neel."

„Neel, wie schön. Kannst du mir einen Gefallen tun? Meine Goldhornringe, die ich so gerne esse, sind mir ausgegangen. Ich hatte unserem Koch Papuli davon erzählt. Er sagte, er würde versuchen mir welche zu machen. Papuli backt sehr gerne und fand es spannend auszuprobieren ob er sie hinbekommt. Jetzt sind sie fertig. Könntest du sie für mich abholen? Ich habe hier im Moment so viel zu tun, dass ich nicht weg kann."

„Ja gerne, ich gehe gleich los.“

„Und warum nicht ich?“, ruft Naal gekränkt dazwischen.“ Seiner Meinung nach hat er viel größere Rechte daran, Nedal einen Gefallen zu tun als Neel.

Nach kurzen Schweigen sagt Nedal ruhig und freundlich: „Denk mal darüber nach.“

Pikiert zieht Naal den Kopf ein.

Trotzdem lässt er es sich natürlich nicht nehmen, Neel zu begleiten. Nachdem sie von Papuli zurück sind und Nedal die Goldhornringe gebracht haben, lassen sie sich wieder auf den Sessel in Naals Zimmer fallen. Zufrieden knabbern beide an einem Goldhornring den Nedal ihnen geschenkt hat.

„Na ja, so gut wie die originalen schmecken sie nicht, aber trotzdem ganz in Ordnung“, merkt Neel mit kritischem Gesichtsausdruck an. „Wie schmecken sie denn im Original?“, will Naal neugierig wissen?

„Oh, sie haben außen einen dünnen, krossen Überzug, der herrlich süß ist, in etwa so wie hier. Wenn man vorsichtig reinbeißt kommt ein feines Beerenaroma durch, dass man sich dann ganz langsam im Mund entfalten lassen kann“, sagt sie verträumt und leckt sich langsam mit ihrer zarten Zungenspitze über die Lippen.

Mit offenem Mund schaut Naal sie fasziniert an; das ist genau seine Welt. „Aber die hier gehen schon ziemlich in diese Richtung“, so Neel weiter. „Ich glaube, wenn wir Papuli noch einige Tipps geben, wird er es beim nächsten Mal vielleicht schaffen“, sagt sie gedankenverloren kauend.

„Ob unsere Eltern wohl auch gerade essen?“, fragt sie sich.

„Hä? Wie kommst du denn jetzt darauf?“

„Ach, ich habe so lange nicht mehr an sie gedacht. Geht es dir nicht auch so, Naal?"

„Jetzt wo du es sagst, ja, irgendwie schon."

„Es war so viel los, dass ich nicht mehr an meine Familie und meine Freunde gedacht habe. Oh wie schrecklich gemein von mir, jetzt fühle ich mich ganz schlecht." Neel hat plötzlich einen dicken Kloß im Hals. „Wir wissen doch überhaupt nicht, was unsere Familien gerade machen. Und überhaupt wissen wir nicht, was auf Gliese so alles passiert. Ob man uns wohl vermisst? Vielleicht denken sie schon gar nicht mehr an uns. Oder sie denken wir sind tot, haben uns schon aufgegeben und trauern um uns." Ihre Augen füllen sich mit Tränen und sie fängt an zu schluchzen. Verlegen schlägt sie die Hände vors Gesicht.

Verwirrt und hilflos starrt Naal sie an. „Aber warum sollten sie das tun? Wie kommst du denn darauf? Es ist doch überhaupt nichts passiert." „Oh Naal du bist so herzlos und unsensibel", klagt sie ihn weinend an. „Wie kannst du nur so kalt sein? Ein richtig roher Klotz bist du!"

Der arme Naal sitzt perplex von dem plötzlichen Stimmungswechsel neben ihr und versucht zu begreifen, was los ist. „Jetzt versteh ich überhaupt nichts mehr. Ich habe doch gar nichts gemacht."

„Ja, ausnahmsweise hast du nichts gemacht. Und nichts verstehst du, nichts!" Dicke Tränen kullern über ihr Gesicht.

„Aha. Und wenn wir da unten auf der Erde wirklich sterben und sie zufällig um uns trauern, dann passt das doch."

„Meinst du wirklich, dass wir auf der Erde sterben?", fragt sie mit tränenerstickter Stimme erschrocken.

„Sie haben doch gesagt, dass soll eine recht sichere Sache sein. Wie wollen sie das nur unseren Eltern beibringen, das würde Mutti nicht verkraften, wenn ich nicht mehr wäre, ganz bestimmt nicht."

„Also ich glaube nicht, dass uns was passiert, dazu sind wir viel zu gut vorbereitet. Außerdem ist wahrscheinlich Nedal dabei, da kann überhaupt nichts passieren. Und wir landen ja irgendwo, wo keine Menschen sind. Leider."

„Also ich finde es gut, dass wir bei der ersten Landung keine Menschen treffen. So können wir uns mit aller Muße an einem ruhigen Ort umsehen. Stell dir doch mal vor, Naal, wir landen in einem Wald oder an einem Meer! Was es da alles zu entdecken gibt. All die Tiere und die Pflanzen. Ich will am Wasser spielen. Mit den Füßen durch feinen, hellen Sand laufen und spüren, wie das warme Wasser mich umspielt. Hui, das wird bestimmt kitzeln", lacht sie auf. „Und dann kommt vielleicht einer von den großen, lieben Walen vorbei und wir winken ihm. Oh Naal, wie ich mich freue" ruft Neel heiter aus, schmeißt sich in seine Richtung und drückt den armen Kerl fest an sich. „Oh, wie ich mich freue! Und was wir später zu Hause alles werden berichten können. Ach, ist das schön, ich kann es kaum mehr erwarten, dass es endlich losgeht!"

„Ich auch nicht," sagt Naal vorsichtig.

Während die Crew mit der Vorbereitung der Erdlandung beschäftigt ist, zieht sich Velt zurück und schreibt das Buch. Er beschreibt das Wichtigste ihrer Evolution, ihrem Leben und ihrer Reise zur Erde und auch, dass eine in wenigen Generationen stattfindende Naturkatastrophe Leben auf Gliese unmöglich machen wird. So wird die Weltbevölkerung von vornherein über ihre Situation informiert. Alles Weitere kann später persönlich besprochen werden. Ihm schwebt vor, das Goldene Buch Barack Obama zukommen zu lassen, da dieser scheinbar eine große Bedeutung auf der Erde hat.

Velt arbeitet unermüdlich an dem Werk, hat aber ein ungutes Gefühl und fühlt sich während des Schreibens elend. Er redet jedoch mit niemandem darüber, um die Konzentration nicht von der bevorstehenden Mission abzulenken; erst wenn die Gruppe um Abendahl von der Erde zurück ist, soll das Buch besprochen werden.

Wenige Tage später sitzen sie zur Abschlussbesprechung beisammen, die Besatzungsmitglieder aus den anderen Bereichen sind zugeschaltet. „Morgen ist es nun endlich soweit", eröffnet Abendahl das Gespräch. „Die Vorbereitungen sind so gut wie abgeschlossen. Wir haben entschieden, in einem Dschungel zu landen, einem Regenwald. Wir werden morgen sehr früh dort landen, damit wir die volle Zeit des Tageslichtes nutzen können. Der Dschungel ist genau hier", Abendahl zeigt mit seinem Finger auf einen bestimmten Punkt auf der vor ihnen schwebenden dreidimensionalen Karte. Der Punkt wird sofort groß und ein prächtiges, tiefgrünes Meer aus Bäumen entfaltet sich. „Wir werden morgen sonniges Wetter bekommen; also ideal für unsere Landung."

„Was sind das für große Flächen da am Rand des Bildes?", möchte Ranigo wissen.

„Das sind Abrodungen. Wir haben festgestellt, dass die Menschen einen recht bedeutenden Teil der Regenwälder abgerodet haben.

So ganz genau wissen wir noch nicht, warum sie das machen, aber sie haben dafür sicher einen guten Grund."

„Wer ist denn jetzt noch dabei?", fragt Naal unruhig, „so viel Platz ist auf dem Landeraumschiff ja nicht."

„Neben dir, Neel und mir sind noch Nedal und Ranigo dabei."

Naal freut sich, dass jetzt gewiss ist, Nedal dabei zu haben; nun hat er ein gutes Gefühl. „Und warum ausgerechnet ein Dschungel?", fragt er interessiert.

„Moment, erst noch einige Worte zur Besatzung des Landeraumschiffes: Nedal ist dabei, weil er das Schiff fliegen wird, auf der Erde unsere Umgebung beobachtet und für unsere Sicherheit sorgt. Falls etwas Unerwartetes passieren sollte, wovon wir nicht ausgehen, kann Nedal uns mit seiner Sicherheitsausrüstung beschützen. Ranigo wird die Pflanzen analysieren und eine Auswahl der Pflanzen treffen, die wir mitnehmen. Das wird uns viel Stoff für Analysen geben, die unser Wissen um die Erde massiv erweitern. Tiere schauen wir uns nur an, nehmen aber natürlich keine mit. Damit Naal, ist deine Frage im Prinzip schon beantwortet. Für uns ist es wichtig, dass Ökosystem der Erde noch besser zu verstehen. Die Menschen bezeichnen den Dschungel bzw. die Regenwälder auch als die grüne Lunge der Erde und nirgendwo herrscht eine so große Artenvielfalt wie im Regenwald. Einfach ausgedrückt bedeutet dies, dass diese Gebiete für das Funktionieren des Klimas und somit des gesamten Lebens auf der Erde von großer Bedeutung sind. Als wir das verstanden hatten, war es naheliegend, dass wir uns zunächst dort umzuschauen. Wir werden morgen etwas erleben, dass so beeindruckend wird, wie wir es uns vor Monaten überhaupt noch nicht hätten ausmalen können.

Die Erde ist das wahrscheinlich phantastischste Wunder im Universum. Und wir haben morgen die Ehre, sie betreten zu können. Die Ehre, zum ersten Mal die Luft dieses einzigartigen Planeten zu atmen und mit unseren Füßen über den weichen, fruchtbaren Boden zu gehen. Wir werden sein klares Wasser trinken und von seinen Früchten essen. Seien wir uns dessen bewusst, behandeln wir die Erde mit dem Respekt, der ihr gebührt", sagt Abendahl feierlich. Alle nehmen das Gefühl, welches diese Worte mit sich bringen in sich auf. Dann sagt Abendahl wieder an Naal gewandt: „Für uns bringt dieser Landeort auch noch den Vorteil, dass es dort kaum Menschen gibt. Wir werden also aller Wahrscheinlichkeit nach nicht entdeckt werden".

„Aha", sagt Naal wenig begeistert. „Also mir wäre lieber man entdeckt uns, das ist spannender", lächelt er Abendahl schief an.

„Es muss auch berücksichtig werden", schaltet Velt sich in das Gespräch ein, „dass ihr euch dort in Ruhe an die Schwerkraft gewöhnen könnt. Ich habe mir das genau angeschaut und berechnet. Glaubt mir, das wird anstrengend für euch. Lange könnt ihr dort zunächst nicht laufen. Ihr müsst wahrscheinlich in kurzen Abständen Pausen einlegen. Achtet darauf, euch nicht zu überfordern", sagt Velt bedächtig. „Ich werde in Gedanken bei euch sein, ihr werdet mich spüren. Ich fühle mich wohler, wenn wir in Verbindung miteinander sind; ich bin etwas unsicher geworden."

„Es gibt neue Informationen zu zwei Dingen, die abschließend erwähnt werden sollten", übernimmt Abendahl wieder das Gespräch. „Einfluss auf die Landung morgen haben sie aber nicht.

Es geht darum, wie die Menschen im Moment mit der Erkenntnis oder Vermutung umgehen, dass sie nicht alleine sind und um die Lebenssituation auf der Erde. Ganz fehlerfrei werden die neuesten Überlegungen wohl noch nicht sein, aber es sind zumindest sinnvolle Vermutungen. Bei der gewaltigen Informationsflut, auch begründet durch die Vielfalt der Länder und unterschiedlichen Kulturen auf der Erde, ist es für uns als Neulinge fast unmöglich, sauber zu recherchieren, es sind einfach zu viele Informationen. Wenn die Menschen sähen, wie wir mit ihren Medien umgehen und wie schwer wir uns tun, herauszufiltern, was an Informationen richtig und was falsch ist und was wichtig und was unwichtig ist, sie hätten sicherlich ihren Spaß mit uns – oder würden sich beglückwünschen, dass ihre Strategie aufgegangen ist."

„Wie ist das zu verstehen?", fragt Soppi skeptisch.

„Es finden sich derart viele Informationen zu Gewalt, Kriegen usw., dass uns der Gedanke kam, es handelt sich um Erfindungen und nicht um die Wahrheit. Die Menschen sind einfallsreich, das wissen wir. Wir halten es für möglich, dass es eine Strategie von ihnen ist, dass jeder, der sich der Erde nähert, ganz einfach ihr Internet nutzen kann. Es ist nur schlüssig, dass man sich dessen bedient, weil es einem die Menschheit quasi auf dem Moostablett präsentiert. Aber was, wenn viele Informationen nicht stimmen? Wenn all das nur dort steht, um andere davon abzuhalten, die Erde aufzusuchen? Es wäre möglich, dass sie damit abschrecken wollen".

Mit einem mulmigen Gefühl dreht Velt den Kopf und schaut beklommen auf den Moosboden.

„Uiuiui! Also so ein Verhalten wäre aber in keinster Weise gastfreundlich", empört sich Neel mit gespitzten Ohren".

„In der Tat. Aber was, wenn sie einfach nur Angst vor Feinden haben und sich schützen wollen, weil sie in Ruhe und Frieden leben möchten?"

„Empfangen sie denn friedliche Besucher freundlich?", will Neel nun wissen.

„Das ist es ungefähr, was wir momentan denken", nickt Abendahl.

„Aber was ist mit der Goldenen Platte?", gibt Nedal zu bedenken.

„Das ist schon viele Jahre her. Und die Wahrscheinlichkeit, dass jemand die Platte findet ist aus menschlicher Perspektive sehr gering. Überlegt, was für ein Zufall es bei uns war. Wer weiß, vielleicht haben sie einfach ihre Einstellung geändert und sind vorsichtiger geworden, warum auch immer."

„Aber was, wenn all das im Internet stimmt, die Kriege, die Verbrechen, der Egoismus usw.? Und wenn sich die Menschen der Belastung ihres Heimatplaneten bewusst sind, ihnen andere Dinge aber wichtiger erscheinen? Was dann?", fragt Soppi mit gepresster Stimme.

Hörbar schnappt Neel nach Luft, sodass alle zu ihr schauen.

„Das sollte jetzt nicht unser Thema sein", sagt Velt ungewohnt scharf, „das bringt uns nicht weiter".

„Entschuldigung", räumt Soppi ein, „war ein unüberlegter Gedanke."

Neel atmet auf und bekommt wieder Farbe ins Gesicht. Auch bei Naal fällt die Spannung ab. Abendahl möchte das Thema beenden und übernimmt wieder das Wort:

„Wir werden uns in Zukunft mehr auf uns selbst verlassen, als auf die Medien der Menschen. Wir werden uns intensiver die tatsächlichen Aktivitäten auf der Erde anschauen und uns unser eigenes Bild machen. Dann laufen wir nicht Gefahr, getäuscht zu werden.

Doch nun noch kurz zur ISS: Nachdem die Astronauten eine Weile über ihren Fund nachgedacht und diskutiert hatten, haben sie ihrer Zentrale in Houston davon berichtet. Wir zeichnen seitdem die Kommunikation mit der Erde auf. Die Information wurde dort zunächst geheim gehalten und ebenfalls auf ihre Bedeutung hin analysiert.

Nachdem sie die neue Situation verdaut hatten und ausschließen konnten, dass ihnen eine andere Nation einen Streich gespielt hat, haben sie die Information direkt an die Regierungsspitze weiter gegeben. Der Präsident der USA bespricht sich ausgiebig mit seinem Beraterstab."

„Wer ist das jetzt noch mal, der Präsident der USA?", grübelt Naal mehr für sich, als dass es eine allgemeine Frage war.

„Das Monchichi", kommt Neel ihm belustigt zur Hilfe.

„Ah ja. Er und sein Beraterstab also", nickt Naal gewichtig. „Bei all den vielen Informationen und Leuten kommt man ganz durcheinander. Und was werden sie dann tun?", richtet er den Blick zu Abendahl.

„Das ist noch nicht klar, aber es scheint, dass sie ruhig bleiben. Und sie denken darüber nach, in Kürze die Information an die Regierungschefs ihrer befreundeten Länder zu geben und eine Kommission aufzubauen, die sich mit allen Aspekten der Sache beschäftigen soll.

Dann werden sie sich sicher bei dem Präsidenten der USA zu persönlichen Gesprächen treffen, wir werden sehen. Es sieht derzeit erst einmal nicht so aus, als ob sie die Öffentlichkeit informieren wollen. Das wäre auch nicht gut. Auf jeden Fall reagieren sie umsichtig und das ist das Wichtigste. Wenn wir von der Erde zurück sind, sollten wir den persönlichen Kontakt mit den Menschen aufnehmen."

„Ich", sagt Naal und reckt das Kinn in die Luft.

„Jawohl du", lächelt Abendahl. Ihm ist nicht entgangen, dass Neel und Naal, bei aller Vorfreude, außerordentlich angespannt sind. Beide sehen fiebrig aus und Neel unterliegt plötzlichen Stimmungsschwankungen. „Es ist gut, dass es morgen losgeht", denkt er, „dann löst sich die Spannung und die neuen Eindrücke werden sie gefangen nehmen.

14. Landung auf der Erde

„Naaa-aaal!“

„Hm?“

„Komm bitte noch kurz rüber.“

„Ich liege schon im Bett.“

„Ich auch.“

„Dann kannst du doch aufstehen.“

„Nein, das geht nicht.“

„Warum?“

„Weil ich hier so gemütlich eingemuckelt bin. Also komm du. Dann lasse ich dich morgen auch freiwillig vor mir aus dem Landeraumschiff aussteigen.“

„Okay, dann bin ich morgen erster Aussteiger ohne Streit.“ Unwillig krabbelt Naal aus dem Bett, schlurft rüber in Neels Zimmer und lässt sich in den Sessel neben ihrem Bett plumpsen. Neel liegt bis zum Kopf in eine Decke eingewickelt. Die Ohren wiegen sich sanft im Rhythmus ihrer Atmung, die großen Augen richten sich müde auf Naal.

„Abendahl und Velt sind so sorgfältig und planen alles so perfekt“, sagt sie ehrfürchtig. „Kannst du dir vorstellen, dass die Menschen wirklich so gemein sind, wie Soppi vorhin überlegt hat?“

Naal kratzt sich nachdenklich am Bauch und schaut erstaunt an sich herunter. „Ui, ganz schön rund geworden in letzter Zeit,“ denkt er und blickt verstohlen zu Neel. „Ich darf nicht mehr so oft zu Papuli gehen, muss fit sein für die Menschen.“

„Glaube ich nicht, die sind bestimmt nett. Sonst müssen wir sie zurechtweisen“, sagt er und reckt die Brust.

„Meinst du denn, dass da unten jeder Einzelne so verantwortungsvoll mit der Welt umgeht wie es sein muss? Dass jeder sich fragt, was er für seinen Heimatplaneten tun kann?“

„Ach, wahrscheinlich schon. Ist doch normal, wir mussten das ja auch von klein auf lernen. Warum sollte das bei den Menschen nicht so sein? Es geht ja nicht anders.“

„Na, dann will ich das auch wieder glauben. Selbst du verhältst dich ja ganz ordentlich, dann kann es für die Menschen nicht so schwierig sein“, neckt sie ihn, kugelt bei den Worten mit der Decke über ihr Bett Richtung Naal und stupst ihn lachend mit dem Kopf vor die Brust, dass er nach hinten kippt und sich grinsend an ihren Ohren festhält.

„Stell dir vor, Naal, wir treffen dort aus Versehen doch auf einen Menschen! Oh wie ist das aufregend! Na ja, dann darfst du jetzt wieder rüber gehen, ich bin beruhigt.“

Lahm von den Aufregungen der letzten Tage erhebt er sich und geht müde in sein Zimmer. „Gute Nacht Naal, ich freue mich auf morgen.“

„Gute Nacht, ich freue mich auch.“

Naal wacht am nächsten Tag früh auf und während er noch eine Weile liegen bleibt, kreisen seine Gedanken um den bevorstehenden Flug zur Erde. Er verspürt im ganzen Körper ein ungewohntes, nervöses Kribbeln. Besonders, wenn er daran denkt, dass er bald seinen Fuß auf die Erde setzen wird. Vielleicht hätte er gestern Abend besser darauf bestehen sollen, dass Neel vor ihm aussteigt. Wer weiß, was sie da unten erwartet. Nachdem er eine ganze Weile grübelnd da gelegen hat, steht er auf, zieht sich an und geht fahrig auf die Brücke.

Die Üblichen sind schon da, machen letzte Arbeiten und bereiten sich darauf vor, mit der Besatzung zum Frühstücken zu gehen und von da aus zum Start. Nach einem kurzen Gruß setzt Naal sich hin und schaut nachdenklich auf die Erde. „Nun ist es also so weit: so richtig wohl ist mir bei der Sache nicht." Seinen Gedanken nachhängend bekommt er zunächst kaum das ruhige aber dennoch geschäftige Treiben um sich herum mit und auch nicht, dass Neel die Brücke betritt.

Anerkennende Blicke zieht sie auf sich; für den großen Tag hat sie sich feierlich zurecht gemacht. Sie hat zarte, goldene Ringe an Hals und Handgelenken, hält eine leichte Tragetasche in der Hand und trägt ein wunderschön geschnittenes, dünnes hellrosa Oberteil, das ihr bis zu den Oberschenkeln reicht und ihren schlanken Körper umschmeichelt.

„Guten Morgen", sagt sie gut gelaunt und schaut freundlich in die Runde. „Nu werd mal nicht frech", schnauzt Naal sie gereizt an.

„Ruhig, ruhig", beschwichtigt Nedal ihn und legt ihm eine Hand auf die Schulter. „Schau, wie ausnehmend hübsch Neel heute aussieht. Extra für das große Ereignis hat sie sich ganz besonders fein gemacht."

„Tschuldigung", brummelt Naal und schaut Neel unauffällig an. Ihm wird ganz warm bei ihrem reizenden Anblick. Als sich ihre Blicke treffen und er die Ruhe spürt, die von ihren Augen ausgeht, wird auch er etwas entspannter und schon einen Moment später durchläuft ihn ein Schauer freudiger Erregung. Neel, die seine Aufregung gespürt hat geht auf ihn zu und nimmt ihn in die Arme. „Ich freue mich Naal, gleich geht es los. Komm, jetzt gehen wir beide noch schnell Frühstücken, das gefällt dir doch sicher."

Galant hakt sie sich bei Naal ein, zieht ihn von seinem Sitz und marschiert mit ihm hinaus, gefolgt von den staunenden Blicken der anderen.

Verwundert stellt Naal fest, dass er kaum etwas herunter bekommt. Er will jetzt nur noch, dass es endlich losgeht. Nach einem scheinbar schier endlos langen Frühstück macht sich das Landeteam, begleitet von vielen anderen Besatzungsmitgliedern, die ihnen vor dem Start noch alles Gute wünschen wollen, auf den kurzen Weg zum Landeraumschiff. Die anderen müssen bald wieder gehen, da sich für den Start eine große Luke hinaus in den Weltraum öffnen wird, durch den das Landeraumschiff das Mutterschiff verlässt.

„Ich werde vielleicht mentalen Kontakt mit dir aufnehmen“, sagt Velt in ungewohnt gebückter Haltung und heiser vor Aufregung zu Abendahl.

„Gerne, wenn es dich nicht zu sehr schwächt.“ Abendahl greift zum Abschied die Hände von Velt. „Es wird gut gehen, mach dir keine zu großen Sorgen.“

„Für euren Ausflug bin ich auch optimistisch“, sagt Velt. „Ich hatte in den letzten Nächten einen verwirrenden Gedanken zu der Situation auf der Erde und habe direkt begonnen zu recherchieren, ob da was dran sein könnte.“

„Velt, du sollst doch während der Nachtruhe nicht arbeiten, das kostet dich zu viel Kraft und tut deiner Gesundheit nicht gut.“

„Opfer müssen gebracht werden. Lass uns weiter über meine neuesten Einsichten reden, wenn ihr zurück seid, ich wünsche euch eine gute Reise.“ Beide umarmen sich, dann dreht Abendahl sich um.

Naal will gerade einsteigen, da stürzt Papuli völlig außer Atem auf sie zu. „Entschuldigt, dass ich so spät bin, aber ich wollte euch noch ein wenig Nervennahrung mit auf den Weg geben. Die neuste Kreation der Goldhornringe habe ich dabei. Seht hier." Stolz öffnet er zwei Tüten voll mit köstlich duftenden Goldhornringen. „Extra für euch habe ich sie gemacht, es hat nur etwas länger gedauert als geplant. Na ja, hier sind sie, ich hoffe, sie schmecken nun so gut wie das Original. Und wenn ihr auf der Erde auf Eingeborene trefft, dann dürft ihr ihnen gerne einen geben – mit einem freundlichen Gruß von mir."

„Das kommt überhaupt nicht infrage", lacht Neel und wirft den Kopf zurück. „Sie sind bestimmt zu gut, als dass selbst ich davon abgeben wollte." Dankbar nehmen beide ihre Tüte in Empfang und drücken Papuli noch kurz, bevor sie das Landeraumschiff betreten.

„Während sie einsteigen fragt Naal: „Du Nedal, wie sicher ist das denn alles. Ich meine mit dem Flug zur Erde und der Landung und so. Haben wir wirklich genügend Informationen, um so etwas zu machen?"

„Ach, weißt du mein Junge, je weniger sicheres Wissen, desto größer Wagnis und Abenteuer! Das ist doch genau nach deinem Geschmack!" Naal läuft ein Schauer über den Rücken. Nedal klopft ihm daraufhin herzhaft auf die Schulter. „Glaub mir, mein Junge, wir würden nicht starten, wenn das nicht gut vorbereitet wäre. Mach dir also keine Sorgen, wir werden wohlbehalten auf der Erde landen und auch wieder unversehrt zurückkehren." Als Naal wenige Augenblicke später Platz genommen hat, fällt der Druck von ihm ab. Alles um ihn herum wirkt äußerst robust.

Der Antrieb erzeugt ein beruhigendes, kraftvolles Brummen, das ihm sein Vertrauen zurückgibt. Nun bekommt er aber unsäglich Hunger und greift nach seiner Tüte mit Papulis Köstlichkeiten.

„Sind sogar noch ein bisschen warm."

Neel schaut ihn vom Nebenplatz mit geneigtem Kopf missbilligend an. „Du kannst doch nicht jetzt schon anfangen zu essen, bevor wir überhaupt gestartet sind. Papuli hat uns die Sachen für unsere Stunden auf der Erde mitgegeben und nicht, damit die Tüten schon leer sind, bevor wir überhaupt dort ankommen. Du hättest beim Frühstück vernünftig essen sollen.", stellt sie altklug fest.

„Mir doch egal", sagt er mit dicken, runden Backen, entzückt kauend. „Ah, schmecken die gut! Herrlich! Papuli ist ein wahrer Künstler in der Küche."

Die anderen schauen ihn belustigt an, während sie mit den Startvorbereitungen beschäftigt sind. *„Na auf jeden Fall scheint es ihm jetzt besser zu gehen"*, denkt Abendahl. *„Aber hoffentlich wird ihm nicht schlecht."*

„Naal, wie kannst du nur so viel auf einmal in deinen Mund stopfen? Du bekommst ihn ja kaum noch zu", rügt Neel und ist gleichzeitig fasziniert von seinem Anblick, wie er da mit zum Platzen ausgebeulten Backen zufrieden kauend auf seinem Platz hockt. „Hör doch auf so zu schlingen! Du solltest besser kleine Stücke abbeißen und diese genussvoll essen, so, wie ich es dir erklärt habe. Genießen, verstehst du? Ge – nie - ßen!"

„Du hast doch überhaupt keine Ahnung was Genuss ist", nuschelt er. „Das genussvollste Essen ist das schlingende Essen, jawohl!"

Nedal lacht laut auf und Neel schaut Naal säuerlich an.

„Gerade bei diesen köstlichen Goldhornringen. Man stopft sich den ganzen Mund damit voll, bis wirklich nichts mehr rein geht. Dann fängt man, sofern möglich, langsam an zu kauen. Die äußere, knackige Hülle der Ringe wird durchbrochen und diese herrliche aromatische und noch warme weiche Masse beginnt sich langsam im Mund zu verteilen, bis sie ihn komplett ausfüllt, halt so wie bei dir vorher, nur eben in großer Menge. Der Geschmack breitet sich dann im gesamten Mund aus und man hat einen einzigen großen Klumpen im Mund, dem man sich mit voller Hingabe widmen kann, es gibt nichts Schöneres! Und wenn genügend Nachschub vorhanden ist, dann schiebt man immer, wenn man etwas geschluckt hat, einen neuen nach, so, dass der Mund immer schön gefüllt bleibt. Das ist der Trick."
Neel schaut ihn missbilligend an. Kopfschüttelnd wendet sie den Blick nach vorne. Nach einer ganzen Weile kommt ein Zeichen, dass es bald losgeht. Naal beeilt sich, den Mund leer zu bekommen, um sich beim Start nicht zu verschlucken.

Langsam hebt das Schiff einige Zentimeter vom Boden ab und schwebt vor der großen Schiebetür. Eine blaue Lampe beginnt zu blinken, dann geht die Tür geräuschlos auf; das Schiff gleitet hinaus in den offenen Raum.
„Uiuiui", entfährt es Ranigo und Neel, die nicht auf das einsetzende Gefühl der Schwerelosigkeit vorbereitet waren.
Das Schiff scheint nach wenigen Metern zunächst still zu stehen, wirkt gehemmt, so, als wolle es sich orientieren. Es erinnert an ein scheues Tier das Witterung aufgenommen hat und mit langsamem Blick ruhig die Umgebung prüft. Nach einem Moment dreht sich das Schiff dann auf Kurs und beginnt den Flug in Richtung Erde.

Winzig und zerbrechlich sieht es aus, wie es so auf den blauen Planeten zufliegt. Man könnte meinen, die Zeit hält vor diesem historischen Ereignis den Atem an. Eine fremde Zivilisation, die von unvorstellbar weit her kommt, nähert sich der Erde; diesem verletzten Kleinod im Universum. Wenn kluge Menschen Zeuge des Ereignisses wären, sie würden sich sicherlich fragen, ob die Glieser helfen können, Rat wissen.

Das Schiff beschleunigt kontinuierlich weiter und entschwindet in die ungewisse Welt der Menschen.

Je näher es sich, nach dem Eintritt in die Atmosphäre, der Erdoberfläche nähert, desto mehr spüren sie die Schwerkraft. Es fühlt sich an, als ob man mit sanftem Druck zunehmend in den Sitz gedrückt wird.

„Ui", entfährt es Neel, „ich fühle mich ganz schön schwer."

„Da siehst du mal wie das ist", kommentiert Ranigo mit blauem Gesicht. Ihm ist leicht übel und er hofft innig, dass der furchtbare, wackelige Flug bald vorüber ist. Abendahl und Nedal sind schon mit der Vorbereitung zur Landung beschäftigt, während Neel und Naal hinter ihnen gespannt aus dem Fenster schauen.

Fasziniert beobachtet Neel die immer näher kommende Erde. Mit jeder Minute ist mehr zu erkennen; Konturen und Farben werden zusehends schärfer. Bisher sind beide ja nur mit dem Raumschiff auf Gliese gestartet, aber noch nie auf einem Planeten gelandet. Die Veränderung der Szenarien im Landeanflug sehen sie nun bei der Erde zum ersten Mal.

„Naal, warum fühlt sich das plötzlich so komisch an?"

„Wir bremsen ab. In wenigen Minuten landen wir", kommt es prompt von Nedal.

Neel klammert sich an ihrem Sitz fest. „Ich habe Angst!"

„Ich auch", klagt Ranigo.

Naal sagt nichts, verliert aber seine Gesichtsfarbe. Die ungewohnte Schwerkraft verunsichert zusätzlich. Die Zeit scheint sich zu dehnen, die letzte Phase des Fluges kommt ihnen wie eine kleine Ewigkeit vor.

Dann dreht Abendahl sich um. „Haltet euch fest. Wir sind jetzt direkt über der Landestelle, gleich setzen wir auf."

Mit verkrampften Gesichtern, aufgerissenen Mündern und starrem Blick warten Neel, Naal und Ranigo auf die Erschütterung des Aufsetzens. Es durchfährt jedoch nur ein unerwartet sanfter Ruck das Schiff und Nedal landet es mit makelloser Präzision sicher auf der vorgesehenen Stelle. Es wird ganz still um sie herum. Abendahl lehnt sich zurück und schließt die Augen.

„Wir sind auf der Erde!"

15.   Dschungel

„Sensationell", ruft Naal nach einer Weile; so laut, dass alle erschrocken zusammenfahren. „Wir sind da!" Hastig befreit er sich aus seinen Anschnallgurten und stürmt zur Tür. „Ich will raus!" Aber so fest er auch drückt und zerrt, die Tür bewegt sich keinen Millimeter.

„So schnell geht das nicht." Nedal, der damit beschäftigt ist, die Bordinstrumente zu prüfen und seine Checkliste abzuarbeiten, dreht sich mit erhobenen Brauen um. „Wir brauchen noch ein paar Minuten. Schaut doch so lange aus dem Fenster und beobachtet, ob sich draußen etwas regt." Diesen Vorschlag kann Naal als Kompromiss akzeptieren; er nimmt wieder Platz. Während sie da so sitzen, spüren sie, dass Velt vom Mutterschiff aus seine Gedanken auf sie richtet. Velt gehört zu den seltenen Wesen, die das eigene Gefühl der Geborgenheit und Selbstsicherheit auch auf andere übertragen können. Nachdem der Stress des Fluges und der Landung nachgelassen hat, sind die drei wieder empfänglich für Gedankenübertragungen und Velt überträgt ihnen Ruhe und Zuversicht für ihren Besuch auf der Erde, es fühlt sich gut an.

Um doppelt abzusichern, dass draußen alles in Ordnung ist, hält Nedal kurz Rücksprache mit Soppi auf der Brücke des Mutterschiffs und bekommt die Freigabe dafür, die Tür zu öffnen. Soppi wird sie von oben aus beobachten und Nedal in Abständen seine Einschätzungen mitteilen.

„Jetzt geht es los." Nedal macht sich auf den kurzen Weg zur Tür, die allerdings schon wieder von Naal versperrt wird. „Ich gehe als Erster, das ist mit Neel so abgesprochen."
Nedal schaut ihn offen an. „Das ist sehr mutig von dir; ich glaube, das würden sich nicht viele trauen. Aber das geht leider nicht, ich muss doch für unsere Sicherheit sorgen. Dazu gehört natürlich auch, dass ich das Schiff zuerst verlasse und sicherstelle, dass alles in Ordnung ist. Außerdem ist es unwichtig, wer zuerst seinen Fuß auf die Erde setzt. Das ist ja nur ein kleiner, unbedeutender Schritt.

Der große Schritt für uns Glieser ist es, dass wir es tatsächlich geschafft haben überhaupt hier hin zu gelangen. Das ist es, was in unsere Geschichte eingehen wird und natürlich auch, wer alles dabei war." Naal macht keine Einwände, diese Begründung lässt ihn erleichtert zur Seite treten und sich hinter Nedal einreihen, der sogleich beginnt, die Verriegelungen zu öffnen. Dann schwingt die Tür auf.

Angenehme, warme Luft strömt herein und sie nehmen den ersten Atemzug der Atmosphäre einer anderen Welt. Wonnetrunken stehen sie da und atmen bewusst ein, was die Erde ihnen bietet.
Nahezu genießerisch schmecken sie die Luft, lassen sie sich regelrecht auf der Zunge zergehen. Ein Kribbeln durchläuft jeden Einzelnen, es ist deutlich zu spüren, dass sich etwas verändert. Durch das Atmen der Erdluft, werden sie Teil des irdischen Systems. Es gibt kein Halten mehr, jetzt wollen sie alle nur noch raus!

Nedal zwingt sich, besonnen zu bleiben. Vor seinen Bauch hat er mit Gurten eine Platte geschnallt, auf der sich seine Instrumente befinden. Das auffälligste erinnert an eine Funkfernsteuerung für Flugzeuge und zeigt ihm die Aktivitäten der Umgebung an und ermöglicht ihm gleichzeitig, Nachrichten von Soppi zu bearbeiten. Er kontrolliert noch einmal, ob die Gurte richtig angezogen sind und richtet seine kleinen Gerätschaften dann auf die Lichtung aus. Währenddessen quetschen sich die anderen rechts und links neben ihn. Neugierig aber scheu stecken sie in verschiedenen Höhen ihre Köpfe aus der Tür. „Oh, wie schön es da draußen ist“, begeistert sich Neel, „was für eine zauberhafte Lichtung! Jetzt kann ich sie fast ganz überschauen und nicht nur diesen einen kleinen Fensterausschnitt. Schaut, was für ein hübscher munterer Bach durch die Lichtung plätschert! Ach, ist das herrlich!“

Es ist schon fast taghell, als Nedal dann, dicht gefolgt von den anderen, die zwei Stufen der kleinen Treppe hinunter geht. Vorsichtig setzen sie zum ersten Mal ihre Füße auf die Erde. Sanft versinken sie leicht, werden von Gras gefällig aufgenommen und zart umspielt.

Es fühlt sich noch schöner und erregender an, als zu Hause auf Gliese und Neel wird von einem Schauer der Ergriffenheit erfasst, dass es sie leicht schüttelt.

So treten sie ein in die einzigartige Stimmung eines beginnenden Tages auf der Erde. Zunächst noch respektvoll gehemmt, dann kühner werdend, machen sie erste Schritte. Anfangs bleibt die Gruppe dicht beisammen und achtet darauf, sich nicht zu weit von ihrer sicheren Insel zu entfernen.

Sie schauen sich aufmerksam um; es gibt so unsagbar viel zu erkunden. Naal, der es lustig findet, wie ihn die Schwerkraft auf den Boden drückt, beginnt übertrieben schwerfällig und mit dicken Backen pustend vorweg zu stapfen. Es sieht urkomisch aus, wie er derart schreitet, mit schwingenden Armen den Kopf nach vorne geneigt und den Hintern weit heraus gestreckt. Die ganze Truppe muss lachen und es schallt heiter über die Lichtung. Sie feuern ihn an, nur ja weiter zu machen. „Endlich mal raus aus den Raumschiffen, endlich frei“, ruft er ihnen glücklich zu. Lebensfroh schmeißt er sich auf die saftige Wiese und tollt herum wie ein junger, übermütiger Welpe. Ihm kann die Welt gerade nicht groß genug sein. Aufgefordert von Neel schlägt er einen Purzelbaum und dann sogar direkt noch mehrere Purzelbäume hinterher, begleitet von begeistertem Applaus. Danach steht Naal schwerfällig auf und hebt schauspielerisch die Arme zum Dank.

„Wie ihr vielleicht noch nicht alle wisst, bin ich auf Gliese eine regelrechte Legende im Purzelbaum schlagen, oh ja, das bin ich! Und jetzt brauche ich eine kleine Pause.“ Erschöpft von der Anstrengung lässt er sich rittlings ins Gras fallen, streckt Arme und Beine aus und schaut glücklich in den blauen Himmel über sich.

Nach dieser Einlage zerstreut sich die Gruppe langsam auf der Lichtung und jeder beginnt fröhlich und gelöst sein eigenes Abenteuer zu suchen.

„Hm, wie gut es hier riecht“, redet Ranigo der Gärtner mit sich selbst, während er interessiert auf eine Gruppe von kleinen Sträuchern mit blauen Beeren zumarschiert. Der schwere, satte Duft von Erde und Pflanzen strömt ihm in die Nase.

Gundula, 12 Jahre

Wohlig schüttelt er sich und atmet noch einmal extra tief ein. Dieser Geruch gibt ihm Kraft und Selbstvertrauen; er fühlt, wie er mehr und mehr in sein Element gelangt und unternehmenslustig wird. „Ich sollte zurück zum Raumschiff und meine Utensilien holen, sonst kann ich keine Proben sammeln."

Abendahl geht zu dem Bach und setzt sich auf einen großen Stein. Er beobachtet fasziniert, wie sich der Bach lebhaft die Lichtung entlang schlängelt und sich weit hinten im Wald verliert. Taufrisches Moos säumt den Lauf des Baches. Abendahl nimmt etwas davon und streichelt mit einem Finger gedankenverloren über das samtige Grün. „Dieses Moos ist dem unsrigen nicht unähnlich. Überhaupt scheint es bei der Entwicklung von Gliese und der Erde Parallelen gegeben zu haben. Warum aber hat sich das Leben auf der Erde artenreicher entfaltet?" Nachdenklich nimmt er ein Steinchen, schnippt es ins Wasser und beobachtet, wie sich kleine Kreise wellenförmig ausbreiten, dann zügig durch die Fließgeschwindigkeit oval verzerren und im Strom aufgehen. „Unvergleichlich, welch reizende Musik das Wasser hervorbringt. Es ist wie ein Musiker, dessen Instrument der Bach ist und das Wasser spielt den Bach in virtuoser Manier. Diese bezaubernde Lichtung ist ein wahres Paradies! Auf einem solch wunderbaren Planeten wird einem der Wert des Lebens noch einmal ganz besonders bewusst. Ich hoffe, dass Neel und Naal schon reif genug sind, um diese Wertschätzung zu erfahren." Plötzlich fühlt er, dass Velt seine Gedanken erreicht. Velt überträgt ihm die Botschaft, dass seine Überlegungen ihn auf die richtige Fährte gebracht haben und sich die Informationen zu der Situation auf der Erde zügig verdichten.

Wenn Velt auf diese Weise Kontakt zu ihm aufnimmt um ihm etwas mitzuteilen, dann muss es wichtig sein. Wenn sie wieder an Bord sind, werden sie alles ganz genau erfahren. Gedankenversunken wiegt Abendahl ein Stück dunkle, satte Erde in seiner Hand.

Neel streift mit anmutigen Bewegungen gedankenverloren über die Lichtung. Mal schaut sie sich einen größeren Stein wie etwas ganz Ungewöhnliches genauer an, mal besucht sie einen Busch, den sie intensiv betrachtet, dann eine besonders schöne Blume. Hin und wieder schaut sie einfach in den Himmel und beobachtet fasziniert die Wolken, die in lockerer, wolliger Formation gemächlich ihrer Wege ziehen. Auf einmal kommt ein Schwarm großer, bunter Papageien aus dem Wald und zieht mit elegantem Flügelschlag über sie hinweg. Auch die anderen schauen beeindruckt nach oben und bestaunen mit großen Augen diese Herrlichkeit.

Nachdem der Tag vollends erwacht ist, werden auch die Tiergeräusche lauter und die Zahl der Tiere auf der Lichtung nimmt zu. Interessanterweise scheinen die Tiere kaum Scheu vor den Gliesern zu haben. Sie beäugen sie vorsichtig und neugierig aus sicherer Entfernung, stufen sie dann aber als harmlos ein und gehen weiter ihren Geschäften nach.

„Ach, wie schade, dass meine Eltern nicht hier sein können“, denkt Neel bekümmert. „Aber ich werde ihnen alles genauestens erzählen.“ Ohne dass es Neel bewusst wahrgenommen hätte, hat sich die Atmosphäre auf der Lichtung verändert. Die feine Ruhe des beginnenden Morgens ist dem emsigen Treiben des Tages gewichen.

Insekten fliegen surrend umher, in den Büschen und Sträuchern raschelt es betriebsam von allerlei Kleintieren auf Nahrungssuche und aus den Bäumen am Rande der Lichtung sind exotische Tonfolgen von balzenden Vögeln und umherziehender Affen zu bewundern. Die Magie dieser Stimmung nimmt Neel so gefangen, dass sie ihren Kummer schnell wieder vergisst. Sie fühlt sich, als seien diese verzauberte Welt und sie selbst gerade erst erschaffen worden und all dies sei ihr ganz persönlicher Garten Eden. „Auf der Erde ist es noch viel schöner, als in meinen wunderbarsten Träumen." Neel schaut sich ehrfürchtig um und geht in die Mitte eines Blumenteppichs, dabei setzt sie ihre Füße vorsichtig zwischen rosafarbenen und blauen Blumen auf der Erde auf. Dann lässt sie sich auf die Knie sinken und senkt ihren Kopf nieder zu den Blüten. „Oh, wie besonders reizend sie duften, köstlich!" Ein buntscheckiger Schmetterling fliegt lebhaft von Pflanze zu Pflanze und zieht ihren Blick auf sich. „Was für ein nettes Kerlchen ist denn das?", fragt sie sich erfreut und folgt der Bahn des Schmetterlings. Ihr geht das Herz auf bei der Schönheit des Tieres. Der bewegenden Eindrücke nicht genug, spielt ein leichter Wind in den Blättern und streichelt Neel in sanfter Umarmung. Was für ein unvergesslicher Augenblick; sie möchte ihn am liebsten nie mehr los lassen!

Naal geht mit aufmerksam gesenktem Blick, auf der Lichtung umher und erkundet den Boden nach geeignetem Material für Mooskugeln. „Was für interessantes Moos es hier gibt", redet er mit sich selbst. „Wenn ich hier ein Moos finde, dass sich besser formen lässt als unseres und auch noch leichter ist, dann schlage ich sie alle!", denkt er enthusiastisch.

„Das Moos hier sieht so schlecht nicht aus. Wenn ich etwas Gutes finde, kann ich es auf Gliese vielleicht sogar von Ranigo züchten lassen und als außergliesisches Mooskugelrohmaterial teuer verkaufen." Zusätzlich motiviert von diesen vielversprechenden Gedanken, lässt Naal sich auf die Erde plumpsen und kriecht konzentriert auf allen Vieren über die Lichtung. Den Hintern hoch gestreckt, den Kopf kurz über der Erde, kriecht er langsam vorwärts. Auf einmal wird er von einem Strauch gestoppt aus dem heraus ein lautes Summen zu vernehmen ist. Kleine Fliegen und Mücken. Neugierig und naiv steckt er den Kopf in den Strauch. Postwendend wirbeln zahllose Insekten um seinen Kopf, einige landen sogar in seiner Nase und seinen Ohren. Erschrocken zieht er hastig den Kopf zurück und schüttelt sich mit ungestümen Bewegungen die Tiere weg. Dennoch haben sie ein so starkes Kribbeln und Kitzeln verursacht, dass sich ein heftiges Niesen nicht vermeiden lässt. Bewusst einatmend holt Naal tief Luft und niest mehrmals hintereinander mit einer Inbrunst, die ihresgleichen sucht. Es schüttelt ihn am ganzen Körper und hallt laut über die Lichtung. Aufgeschreckt von derart schallenden und unbekannten Tönen springt ein kleines felliges Nagetier verstört aus dem Schutz des dichten Grases und sucht sein Heil in der Flucht. „Was ist denn das?" Naal, der sieht, wie dieses kleine Etwas vor seine Füße springt, fackelt nicht lange und nimmt energisch die Verfolgung auf. Im Zickzack-Kurs hechten sie hintereinander her. „Komm her, du! Ich will dich streicheln!", ruft Naal keuchend. Ich will dir doch nichts tun, aber komm jetzt her, verdammt noch mal!" Das Tier jedoch denkt vorerst überhaupt nicht daran.

Es spürt sehr wohl, dass keine echte Gefahr von Naal ausgeht, aber so ganz geheuer ist ihm die Sache nun auch wieder nicht. „Na kommst du jetzt wohl her!", schimpft Naal schnaufend, dem langsam die Kräfte ausgehen.

Noch wenige Meter weiter und er muss der ungewohnten Schwerkraft Tribut zollen. Erschöpft bleibt er stehen und lässt sich mit dicken Backen pustend auf den Hintern fallen. Jetzt bleibt auch das Tier stehen, dreht sich um und hockt sich hin. Erleichtert und siegesgewiss schaut es Naal an und zwinkert ihm zu. Naal weiß nicht, ob er schimpfen oder lachen soll, entscheidet sich dann aber fürs Lachen. „Na du", sagt er und streckt dem Tier freundlich die Hand hin. „Komm doch mal her, ich tue dir nichts, möchte dich ja nur streicheln."

Ohne Scheu hoppelt es ihm nun entgegen und lässt sich artig anfassen. „Was für ein flauschiges Fell du hast.", spricht er und stupst das Tier dabei um, damit er seinen Bauch streicheln kann. Willig lässt es jetzt alles mit sich geschehen, streckt sogar die Beine hoch hinaus und scheint sich selbst zu wundern, was da gerade geschieht.

Von der Seite nähert sich Abendahl, der die Verfolgungsjagd beobachtet hat.

„Du hast dich ganz schön verausgabt, mein Junge. Es ist nicht gut, so ungestüm zu laufen, unsere Kräfte verlassen uns auf der Erde sehr schnell. Hier ist etwas für dich zu essen und zu trinken, damit du wieder zu Kräften kommst."

Herzhaft greift Naal zu und isst schnell einige Kringel, bevor er gierig einen großen Schluck Wasser nimmt.

„Was hast du denn da für eine nette Bekanntschaft gemacht? Das scheint ja ein Bursche Geselle zu sein."

Nil, 10 Jahre

„Oh ja. Anfangs hatten wir so unsere Schwierigkeiten, aber jetzt sind wir Freunde", lächelt Naal Abendahl glücklich an und krault dem Tier den Bauch, sodass es sich selig hin und her dreht,.

„So macht jeder von uns seine eigenen Erfahrungen bei unserem ersten Besuch auf der Erde", stellt Abendahl fest. Es tut mir Leid euch trennen zu müssen, aber wir wollen jetzt zu Nedal gehen, der auf der anderen Seite der Lichtung ist. Wir haben beschlossen, dass wir alle gemeinsam ein Stück in den Wald hinein gehen, um uns dort einmal umzuschauen. Was hältst du davon?"

Verzückt schaut Naal zu Abendahl auf. „Und ob", ruft er. „Da gibt es bestimmt noch viel mehr zu entdecken als hier." Auf das Tier hinabblickend sagt er: „Ich bin dann mal weg. Aber ich komme wieder, dann können wir weiter spielen." Er stellt das Tier auf die Beine und gibt ihm einen kleinen Klaps. „Lauf, mein kleiner Freund, lauf." Lächelnd reicht Abendahl ihm eine Hand und hilft ihm auf.

Ranigo will nur noch schnell seine angefangene Arbeit zu Ende bringen, bevor auch er zu Nedal geht. Er hat sich vorgenommen, das Aussuchen und Einsammeln der Pflanzen von der Lichtung beendet zu haben, wenn sie in den Wald gehen. Dann kann er nämlich noch einiges aus dem Wald mitnehmen und sich danach der Beobachtung verschiedener Tiere widmen; sein Zeitplan ist straff gefasst. Eifrig sammelt er daher eine sorgfältig ausgesuchte Pflanze nach der anderen, aber auch Proben von der Erde und bringt seine Schätze, verstaut in klimatisierten Transportkisten, zum Raumschiff. Er nimmt um sich herum nichts mehr wahr und ist so beschäftigt mit seiner Sache, dass er auch die starke Schwerkraft kaum spürt.

In Wirklichkeit aber ist er erschöpft von der Arbeit, bei der ihm niemand hilft. Puterrot im Gesicht sieht Ranigo aus, als würde er jeden Moment umfallen.

Die Freude über die schier grenzenlose Vielfalt an Pflanzen und die Faszination, die ihn bei näherer Betrachtung einzelner Pflanzen ergreift, nehmen ihn vollständig ein. „Eine Pflanze schöner als die andere, jede ein einzigartiges Wunderwerk.“

Vermutlich ist für niemanden der Besuch der Erde ein einschneidenderes Erlebnis als für Ranigo, schließlich haben ihn seine Leidenschaft und sein Verständnis für Pflanzen Gärtner werden lassen. Und auf der Erde darf er alles in beispielloser Reichhaltigkeit erleben!

Naal hatte durch sein lautes Niesen auch die Aufmerksamkeit von Nedal auf sich gezogen, der direkt auf seine Instrumente geschaut hat. „Muss ja nicht sein, dass durch so etwas Unannehmlichkeiten entstehen, Naal sollte etwas vorsichtiger sein, wir sind schließlich nicht allein auf der Welt.“

Während ihres Aufenthaltes hat Nedal in kurzen Abständen die Umgebung geprüft und zwischendurch ebenfalls die Lichtung erkundet. Auch bei ihm ist die Freude groß, wenngleich eine schwere Verantwortung auf seinen Schultern lastet, die ihn etwas bremst. Jetzt trudelt nach und nach die Truppe bei ihm ein. Jeder berichtet den anderen in blumigen Worten von seinen irdischen Erlebnissen; lediglich Abendahl ist etwas zurückhaltender. Nedal kontrolliert ein letztes Mal, ob keine Gefahr droht und lässt sich dies von der Brücke nochmals bestätigen, bevor sich der kleine Tross in Bewegung setzt und den Wald betritt.

„Hier ist es viel dunkler als auf der Lichtung. Und so voll und eng", flüstert Neel beklommen.

„Das liegt an den Bäumen", sagt Naal.

„Das meine ich doch nicht", erwidert Neel. „Ich meine all die anderen Pflanzen. Überall stehen und hängen Pflanzen. Große, kleine, dicke, dünne."

„So ist das im Dschungel", schaltet sich Ranigo beflissen in das Gespräch ein. „Ich habe gelesen, dass es kaum einen Ort auf der Erde gibt, an dem so viele Pflanzen und Tiere leben wie hier. Aber Angst zu haben brauchst du nicht."

„Oh ja", bestätigt Abendahl ihn. „Angst zu haben brauchst du nicht, wir haben ja vorher alles geprüft. Und die Tiere sind uns gegenüber nicht aggressiv. Sie sehen uns nicht als Feinde oder Futter an. Hier im Wald gibt es noch viel mehr Tiere als auf der Lichtung und vermutlich auch sehr scheue Tiere. Daher sollten wir uns ruhig verhalten, um sie nicht zu stören. Vergesst nicht, wir sind Gäste und möchten uns auch als solche verhalten."

„*Aha*", denkt Naal.

„Was genau machen wir denn jetzt hier?", möchte Neel wissen.

„Oh", antwortet Nedal ihr, „wir haben zwei Dinge vor. Zum einen schauen wir uns hier ein wenig um und Ranigo kann wieder Pflanzen sammeln. Zum anderen suchen und sammeln wir Früchte für ein Picknick auf der Lichtung, bevor wir uns dann wieder auf den Rückweg machen. Wir müssen doch wenigstens ein gemeinsames Mahl eingenommen haben, bevor wir wieder zurückfliegen. Wir werden die Früchte der Erde genießen, das müsst ihr euch mal bildlich vorstellen! Denkt nur, wenn wir das später auf Gliese erzählen, die werden staunen!"

„Essen ist gut“, kommentiert Naal, „aber zurück auf das Raumschiff will ich nicht. Es ist doch so schön hier. Können wir nicht noch einen weiteren Tag bleiben? Nur einen einzigen?“

„Ich will auch nicht zurück“, kommt es zur Unterstützung prompt von Neel.

„Schaut euch mal an, wie umständlich ihr euch schon bewegt. Nein, nein, wir müssen heute Abend zurück.“

„Seht her“, ruft Ranigo aus. „Diese schönen Früchte da sind essbar. Wollen wir sie zusammen pflücken, Neel und Naal?“ Ranigo zeigt auf einen Baum, an dem prächtige Bananen hängen, die sogleich eingehend beäugt werden. „Ach, wie herrlich sie duften. Und schaut, wie glatt sich diese geschwungene Frucht anfühlt. Nehmt sie vorsichtig in die Hand und löst sie sachte von der Staude. Nicht zu viele, wir wollen ja noch andere Früchte suchen. Denkt daran, wir essen sie nicht jetzt, sondern später auf der Lichtung.“

„Auch nicht probieren“, ergänzt Neel.

Mit ernstem Gesicht folgen sie konzentriert Ranigos Anweisungen und pflücken für jeden eine Banane. Sie bedanken sich bei dem Baum für die Gabe, danach geht es tiefer in den Wald.

„Ui, was für ein dicker Baum“, staunt Naal auf einmal. Auf ihrem Weg laufen sie geradewegs auf einen Baum zu, der selbst für die Verhältnisse vor Ort ungewöhnlich hoch und breit zu sein scheint.

„Der Baum steht uns regelrecht im Weg“, stellt Ranigo fest. „So etwas Mächtiges habe ich noch nie gesehen. Dann müssen wir also einen Bogen um ihn machen.“

„Oder unser Naal schiebt ihn zur Seite, das kannst du doch sicher", stichelt Neel aus einer Laune heraus.

„Natürlich kann ich das", sagt Naal selbstsicher und geht zielstrebig auf den Stamm zu. Zart und schwach sieht er aus, wie er da vor dem riesigen Stamm steht; auch etwas verschmutzt von den Abenteuern auf der Lichtung und gezeichnet von den Strapazen des Tages. Mit selbstbewusstem Lächeln lehnt Naal sich dann mit dem Rücken gegen den Baum und bringt sich in Position.

Er spürt die starke Aura des Baumes; viele Jahre schon steht er an genau dieser Stelle und Naal fühlt sich eingeladen, für kurze Zeit sein Gast zu sein. Einige wertvolle Augenblicke lang bekommen sie eine gemeinsame Geschichte, die nun für immer bleiben wird.

Den starken Stamm an seinem Körper spürend und den würzigen Duft der Rinde einatmend fühlt er sich eins mit dem Baum; er gibt ihm Kraft und Vertrauen. Langsam baut Naal Druck auf, den er immer weiter erhöht. Die Anstrengung ist ihm deutlich anzusehen. Aber so sehr er sich auch müht, der Baum bewegt sich keinen Millimeter. Zufrieden mit sich und unter den aufmerksamen Blicken seiner Begleiter beendet er den Versuch.

„Hast du wirklich geglaubt, du könntest ihn bewegen?", staunt Neel.

„Ich war mir ziemlich sicher, dass ich es nicht kann, aber ich habe es wenigstens versucht." Mit Blick in die Runde sagt er dann: „Tut mir leid, der Baum lässt sich nicht zur Seite schieben, wir müssen um ihn herum gehen." Zum Abschied streichelt er noch einmal den Stamm des Baumes und dann machen sie sich auf den Weg.

Es kommt ihnen vor als seien sie in einem Land unterwegs, dass aus ihren Träumen gestaltet ist. Nahezu unwirklich erscheint alles. Sie sehen in kürzester Zeit die buntesten Vögel, verschiedene Affenarten und zahllose andere Tiere, einzigartige Orchideen, sowie viele weitere prachtvolle Blumen und bedienen sich so ganz nebenbei der herrlichsten Früchte des Waldes. Sie haben noch Papayas, Mangos und Umbus gefunden. Jede Frucht ist ein Ereignis für sich, verströmt einen verheißenden Duft und schürt bei ihnen die Vorfreude auf das gemeinsame Picknick.

Während sie heiter durch den Dschungel schreiten fühlt Abendahl plötzlich, dass Velt Kontakt mit ihm aufnimmt und ihm wieder eine Botschaft überträgt. Abendahl legt ruhig den Kopf in den Nacken, schaut mit nach innen gekehrtem Blick hinauf in die lebendigen Kronen der Bäume und verharrt bewegungslos für einen kurzen Augenblick. „Kann es tatsächlich möglich sein?“, fragt er sich.

Jäh wird er in die Realität zurückgeholt. Nedal gestikuliert angespannt, sie sollen absolute Ruhe wahren. Konzentriert steht er da und ist mit seinen Geräten beschäftigt. „Wir sind auf einen Pfad geraten, den Eingeborene nutzen“, wispert Nedal.

„Menschen?“, zischt Naal aufgeregt.

„Menschen“, nickt Nedal, „Urwaldbewohner.“

„Oh. Wie heißen sie?“

„Warte, ich muss mich konzentrieren. Ich verstehe nicht, warum ich sie nicht gesehen habe, hätte sie doch bemerken müssen.“

„Ui, ist das aufregend“, raunt Neel.

„Es kommt eine kleine Truppe direkt auf uns zu. Wir müssen uns verstecken. Hier rein, los! Und verhaltet euch leise!“

Flugs verkriechen sie sich in einer Wand aus Büschen und Lianen, die unmittelbar an den Pfad grenzt. Nedal kommuniziert fieberhaft mit Soppi und wendet sich dann an die anderen, die ihn mit bangen Blicken anschauen.

„Es handelt sich um fünf Eingeborene. Fünf Eingeborene, die auf der Durchreise sind. Soppi hat herausgefunden, dass der Pfad zwei weit auseinander liegende kleine Ansiedlungen miteinander verbindet." Mit zittrigen Knien lauschen sie seinen Worten. „Soppi hat entschieden, dass wir hier bleiben müssen, weil wir keine Zeit mehr haben, um wohl überlegt den Rückzug antreten zu können. Wir dürfen uns jetzt nicht mehr bewegen und keinen Mucks von uns geben!"
„Sie bewegen sich außergewöhnlich leise durch den Dschungel, das ist in höchstem Maße erstaunlich", denkt Nedal beeindruckt. „Ich hätte nicht gedacht, dass uns jemand unerkannt so nahe kommen kann. Sie sind sehr weit entwickelt, diese Menschen die hier im Dschungel leben, so viel steht fest. Sich derart schattenhaft zu bewegen, das ist eine hohe Kunst. Fünf Minuten später und wir hätten uns vielleicht unverhofft gegenüber gestanden. Nicht auszudenken, was alles hätte passieren können. Jetzt darf bitte nichts schief gehen, sie sind gleich da."
Reglos verharren sie in ihrem Versteck und starren gebannt auf den für sie einsehbaren Ausschnitt des Pfades. Sie wollten den Menschen beim ersten Erdbesuch bewusst aus dem Weg gehen, jetzt kommt es anders und ohne die Möglichkeit sich vorbereiten zu können.

Es wird nicht nur die kleine Truppe Abgesandter auf der Erde nervös, an Bord bricht regelrecht Hektik aus. Es wird fieberhaft nach einer Lösung gesucht für den Fall, dass etwas schief gehen sollte und die Dschungelmenschen sie entdecken; es scheint alles möglich zu sein und niemand weiß, was passieren wird. Von jetzt auf gleich ist er da, der große, unverhoffte Augenblick. Die Menschen erscheinen im Sichtfeld.

Es sind kleine, fast nackte Menschen, die teils mit Pfeil und Bogen, teils mit Speeren ausgestattet sind. Einer von ihnen trägt ein erlegtes, rehähnliches Tier über der Schulter. Das Rendezvous zwischen zwei verschiedenen Welten scheint nur ein kurzer Moment zu werden, in dem die Glieser beobachten, wie die Menschen ihres Weges ziehen und nach wenigen Sekunden aus dem Blickfeld verschwinden.
Doch plötzlich taucht ein Goldhornring im Sichtfeld auf, der sich wie von Geisterhand geführt nach vorne bewegt und auf einem der mit vielen kleine Blättern bestückten Äste unmittelbar vor den Eingeborenen hängen bleibt.
Entsetzt will Nedal eingreifen, doch es ist zu spät. Die Menschen laufen direkt auf die Stelle zu. Die Situation scheint jeglicher Kontrolle zu entgleiten, auf dem Raumschiff ist man wie vom Donner gerührt, niemand weiß was zu tun ist. Deshalb übermittelt Velt ihnen kurzerhand den Befehl, für den Fall, dass sie entdeckt werden, nichts zu tun und abzuwarten, wie die Menschen reagieren und auf gar keinen Fall irgendeine Initiative zu ergreifen. Nedal schaut böse zu Naal, der verstohlen seinem Blick ausweicht.

Ranigo glotzt mit offenem Mund entgeistert auf den Kringel, der ja nun in direktem Sichtfeld der vorbeiziehenden Menschen liegt und sich nur um Armeslänge vor ihren eigenen Gesichtern befindet.

„Uiuiui", Neel sackt in sich zusammen und drückt sich auf den Boden, versucht sich so klein wie irgend möglich zu machen, um nur ja nicht entdeckt zu werden. Der Goldhornring hängt so auffällig am Ast, sie müssen ihn einfach entdecken. Doch die Menschen schreiten zunächst an ihren heimlichen Beobachtern und dem Goldhornring vorbei. Kaum, dass sich eine erste Erleichterung einstellen kann, stutzt einer der Menschen und bleibt plötzlich stehen.

Er steht einfach nur da und scheint nachzudenken. Auch seine Begleiter haben angehalten. Sie schauen ihn fragend an. Dann reden sie kurz miteinander. Urplötzlich drehen sie sich nahezu synchron um und erfassen den Ring mit präzisem Blick. Sie gehen alle fünf zurück, direkt auf den Kringel zu und bleiben im Halbkreis um ihn herum stehen. Naal und die anderen halten die Luft an. Der Anführer der Menschen tritt ganz dicht an den Kringel heran und beäugt ihn skeptisch. So etwas hat er noch nicht gesehen. Sein Gesicht ist jetzt nur noch eine Armeslänge von den Gliesern entfernt. Sie nehmen menschlichen Geruch war. *„Aha, so riechen sie also, die Menschen, gar nicht mal unangenehm"*, denkt Abendahl.

Der Anführer schnuppert vorsichtig an dem Goldhornring. Offensichtlich gefällt ihm, was er da riecht, denn er gibt wohlige Laute der Anerkennung von sich. Vorsichtig hebt er ihn nun an, legt ihn in seine Handfläche und streichelt ihn mit einem Finger.

Es ist genau zu sehen, wie er die Art und Struktur des Gebäcks zu erfühlen sucht.

Nach einer ganzen Weile des Studiums dieses ungewöhnlichen Gegenstandes, führt er den Ring, unter ängstlichen Blicken seiner Begleiter, an den Mund und beißt ein ganz kleines Stück davon ab. Ohne es zu wissen begründet er damit einen der wichtigsten historischen Momente der Menschheit. Dies ist der Augenblick, in dem der erste Mensch eine Speise zu sich nimmt, die nicht von der Erde stammt. Langsam und konzentriert kaut der Mensch mit skeptischem Blick.

Mit erwartungsvoller Miene lässt er sich das gesamte Aroma auf der Zunge entfalten. Dann, plötzlich, erhellt ein zufriedenes Grinsen sein Gesicht. Es schmeckt ihm!

Er weiß zwar nicht was es ist, aber er hat es für gut befunden. Abendahl ist zu seinem eigenen Erstaunen erleichtert darüber, dass dem Mensch der Goldhornring schmeckt. Dieser wiederum bricht ihn in gleich große Teile und reicht sie zur Verkostung an seine Kameraden. „Das hätte ich nicht gemacht", denkt Naal.

Drollig sieht es aus, wie nun die Menschen alle gleichzeitig mit gespanntem Blick ein Stück Goldhornring an den Mund führen und es sich geradezu feierlich auf die Zunge legen. Dann schließen sie den Mund und beginnen ihr Stück zu lutschen, damit der Genuss nur ja nicht zu schnell vergeht. „Schönen Gruß von Papuli", flüstert Naal.

Herrlich ist es anzuschauen, wie sie sich an der Speise erfreuen und sie intensiv genießen. Minutenlang noch wird von den Eingeborenen diskutiert und gefachsimpelt. Was genau ist es wohl? Woraus besteht es und was war alles heraus zu schmecken?

Gibt es noch mehr davon in dieser Gegend? Und wenn ja, wo? Fragen solcher Art werden leidenschaftlich diskutiert bevor sie dann schließlich weiter ihres Weges ziehen.

Das war sie also, die erste – wenn auch nur indirekte – Berührung auf der Erde zwischen Menschen und Außerirdischen. Viel haben Menschen darüber nachgedacht, ob es andernorts intelligentes Leben gibt und wie ein erster Kontakt mit Wesen einer anderen Zivilisation wohl aussehen könnte. Der unverhofften Situation geschuldet war der erste Kontakt anonym, indirekt und einseitig – aber er war friedlich.

Nachdem die Eingeborenen weg sind, lassen sich alle zurückfallen und bleiben erschöpft liegen. Grundsätzlich leben Glieser ja ein eher ruhiges, gleichförmiges Leben und sind solche Aufregungen nicht gewohnt. Nach einer Weile erheben sie sich langsam und machen sich still auf den Weg.

„Ich hatte nur die allerbesten Absichten," murmelt Naal kleinlaut, der mit hängenden Schultern hinter den anderen her trottet.

Doch es blüht ihm, was ihm blühen musste. Aber es wäre nicht schicklich im Detail zu beschreiben, wie sich der sonst so zurückhaltende und souveräne Abendahl den armen Kerl vorgeknöpft hat, nachdem sie aus dem Wald waren. Abendahl war ohnehin schon seit einigen Stunden ungewöhnlich angespannt. So aufgebracht wie jetzt hat ihn noch niemand gesehen. Große Tränen hat Naal bei dieser deutlichen Zurechtweisung geweint. Ihm wurde von Abendahl im Eifer des Gefechtes vorübergehend sogar der Status abgesprochen, ein ordentliches und wertvolles Mitglied der Gesellschaft zu sein.

Nedal schließlich war es, der der Situation an Schärfe genommen hat, indem er darauf hinwies, es sei an der Zeit weiter zu gehen, da der Tag schon fortgeschritten sei und die Schatten länger werden. Während des Weges gibt es natürlich kein anderes Thema als den historischen ersten Kontakt. Nur Naal bummelt mit hängendem Kopf und schlurfenden Schrittes hinter den anderen her, beruhigt sich aber langsam und findet auch bald zu seinem alten Selbstbewusstsein zurück. Wenn man mal den Ungehorsam und das damit verbundene Risiko außer Acht lässt, war es ja schon irgendwie ganz lustig, die Menschen einen Kringel von Papuli essen zu lassen, das muss man sagen.

Zurück auf ihrer schon vertrauten Lichtung, setzen sie sich an einer ganz besonders schönen Stelle kreisförmig in eine Biegung des Bachlaufes. Der Bach läuft dort gewissermaßen um sie herum und sie fühlen an dieser Stelle das kühle und frische klare Wasser als das bestimmende Element. Abendahl, als Verantwortlicher der Mission, nimmt feierlich die Früchte auf und breitet sie auf eine Decke in ihrer Mitte aus. „Nun lasst uns nicht mehr über vorhin reden, sondern speisen, was Planet Erde uns gereicht hat. Und Naal soll wieder munter sein, es ist ja noch einmal gut gegangen", sagt er versöhnlich und stupst Naal zur Unterstreichung seiner Worte mit einer Banane freundschaftlich in die Seite. Während Abendahl spricht, schöpft Nedal Wasser aus dem Bach und reicht es jedem Einzelnen.
„Wir werden es den Menschen in wenigen Minuten gleich tun und zum ersten Mal Speisen genießen, die nicht von unserem Heimatplaneten stammen, nicht bei uns gewachsen sind, ein wahrlich historischer Augenblick unserer Geschichte.

Vorher möchte ich euch noch sagen, wie stolz ich auf das bin, was wir erreicht haben. Es war ein langer Weg, den wir gegangen sind, oh ja. Von Gliese aus sind wir tief im Universum auf einen Ort aufmerksam geworden, bei dem Indizien dafür gesprochen haben, dass dort vielleicht Leben möglich sein könnte. Dies war für uns Anlass genug, uns auf den weiten Weg zu machen. Nachdem wir einen gefährlichen Meteoriteneinschlag überlebt haben, fanden wir zunächst die Sonde Voyager, von der aus wir weiter gereist sind zur Erde. Schließlich sind wir auf der Erde gelandet, haben viel erkundet und unerwartet sogar erste Menschen gesehen."

An dieser Stelle macht Abendahl eine kurze, bedeutungsschwere Pause, in die hinein Naal leise und bescheiden anmerkt:

„Kann man den Goldhornring nicht auch mit einem klitzekleinen Wort erwähnen?"

Lächelnd fährt Abendahl fort: „Jetzt sitzen wir bei bestem Erdenwetter gemütlich im nachmittäglichen Sonnenschein auf einer wunderbaren Lichtung und essen den Menschen ihr Obst weg". Er schaut auf die herrliche Mischung bunter Nahrung und erblickt eine Reihe winziger Käfer. Sie eilen hintereinander auf eine Banane zu, die ihnen ihren Weg versperrt. „Ich mach euch mal Platz". Mit vorsichtiger Bewegung hebt Abendahl das Obst weg und legt es beiseite. Sogleich setzen sie sich wieder in Bewegung und ziehen ihres Weges.

„Wir haben bisher alles Erdenkliche getan, um Optionen zu finden, die unseren Fortbestand sichern könnten. Darauf möchte ich mit euch trinken", sagt er und hebt sein Wasser. Die anderen tun es ihm gleich. Das Wasser belebt erfrischend ihre Sinne und macht Lust auf mehr. „Wir speisen nun die Früchte der Erde. Lasst es euch schmecken."

Dann beginnen sie mit Hilfe einer sorgfältig angelegten Obst- und Gemüsefibel gespannt, ihr Obst für den Verzehr in der richtigen Art zu schälen und zu schneiden. Um die Vorfreude auf den Genuss aufrecht zu erhalten, isst niemand auch nur ein einziges Stück seiner Früchte, bevor nicht alles komplett vorbereitet ist, dann beginnen sie gemeinsam zu essen. Naal unterdrückt seine Gewohnheiten, er hat sich schon mehr als genug Tadel für einen einzigen Tag eingehandelt. „Zu Ehren der Menschen“, wie er sagt, nimmt er mit Gourmetblick ehrfurchtsvoll ein ganz kleines Stück Mango mit zwei Fingern grazil auf, führt es vorsichtig zum Mund, legt es mit wichtigem Blick auf die Zunge, schaut Beifall heischend zu Neel, und beginnt langsam und bewusst zu kauen. „Hmm!“ Genussvoll verdreht er die Augen.

„Ja wie köstlich ist das denn!“, begeistert sich Nedal ungewohnt leidenschaftlich. „So etwas von frisch und saftig! Wenn das nicht etwas ganz Besonderes ist!“

Die anderen nicken bestätigend und es kommen brummende und leider auch schmatzende Geräusche der Zustimmung. „Herrje, wie ist das gut“, freut sich Neel. „So etwas wächst hier auf der Erde einfach so, ohne alles.

Oh, ich freue mich für die Menschen, dass sie es so gut haben; hier ist das Leben noch in Ordnung, das glaube ich wohl. Die Menschen werden sicher sehr demütig und dankbar sein.“

„Ich denke auch“, sagt Ranigo, „die wunderbare Natur mit den unzähligen Pflanzen, all die Tiere, das leckere Essen; auf der Erde bleiben keine Wünsche offen!“

Wieder wird einvernehmlich genickt. Nach der ersten Welle der Euphorie tritt für eine Weile Schweigen ein.

Die verschiedenen Früchte werden gewissenhaft probiert und unter die Lupe genommen.

„Also jetzt muss ich zum Vergleich mal wieder normal essen", kommentiert Naal sein Tun und schiebt sich ein mächtiges Stück Mango in den Mund, „damit ich den Menschen später Tipps geben und sagen kann, wie sie ihre Sachen am genussvollsten essen."

Es trieft ihm der goldgelbe Saft der Mango am Mund herunter über das Kinn und will sich weiter seinen Weg suchen. Neel, der es missfällt so etwas zu sehen, beeilt sich, Naal den Saft abzuwischen, was er nur widerwillig geschehen lässt, da er sehr beschäftigt ist. Denn Naal probiert jetzt alle Geschmackskombinationen aus. Isst ein Stück von jeder Frucht in Kombination mit einer anderen Frucht. Später dann eine Frucht zusammen mit jeweils zwei anderen Früchten und am Ende natürlich einmal alle zusammen. Die anderen tun es ihm unter seiner Moderation gleich, aber mit weniger großen Stücken.

Als sie nach dem Essen zur Ruhe kommen macht sich eine satte Trägheit breit. Durch die Folgen der ungewohnten Schwerkraft in Verbindung mit der intensiven Bewegung und all den Aufregungen, hängt nun jeder matt seinen eigenen Gedanken nach. Neel lässt den gesamten Tag noch einmal in aller Ruhe an sich vorüber ziehen. „Was für ein Tag! Ich habe noch nie an einem einzigen Tag so viel erlebt", denkt sie müde. „Und das ist doch erst der Anfang! Wie soll es bloß werden, wenn wir richtig Kontakt mit den Menschen aufgenommen haben, wir uns treffen und kennen lernen? Wie mögen sie in ihrer Art wohl sein?

Ich glaube, ich werde von heute an jeden Abend aufschreiben, was passiert ist. Dann kann ich zu Hause alles ganz genau der Reihe nach berichten. Ja, das ist eine gute Idee, das werde ich tun!"

„Ob die Menschen wohl wissen, dass es ungewöhnlich ist, so reichhaltig mit allem versorgt zu sein?", fragt sie mehr zu sich selbst als in die Runde.

Ranigo jedoch fühlt sich von diesem Thema angesprochen und nimmt munter den Faden auf: „Selbstverständlich wissen sie es. Wenn sie den Planeten und ihr engeres Lebensumfeld nicht wertschätzen würden, dann wäre es wahrscheinlich nicht so schön hier. Denkt doch, was ich allein an Pflanzen sammeln konnte, das ist wirklich ganz außergewöhnlich."

„So denke ich auch", schaltet sich Nedal in das Gespräch ein und schnippt sich lässig ein Stückchen Banane in den Mund. „Es ist ja nicht nur hier im Dschungel so schön. Wir hatten uns doch überall auf der Erde umgeschaut und es ist an jedem Ort etwas ganz Besonderes, jeder Ort hat einen eigenen Reiz. An manchen Orten gibt es viel Wasser, an anderen zum Beispiel viel Wald oder Berge. Gerade dieser Reichtum macht die Erde zu einem einzigartigen Ort, den sicher jeder Mensch respektvoll verehren wird."

Neel ist so ergriffen von ihrer einvernehmlichen Meinung über die gesunde Situation der Erde und der Schönheit des Planten, dass ihr unverhofft die Tränen kommen. Mit schwerer Stimme sagt sie: „Uiuiui, ist es nicht ein riesiges Glück, dass wir haben?"

Auch den anderen wird plötzlich in vollem Umfang bewusst, was das für ihren eigenen Fortbestand bedeuten könnte.

In diesem Augenblick der Nähe sind sie die glücklichsten Geschöpfe auf der Welt.

Abendahl hingegen steht auf und trifft erste Vorbereitungen für den Rückflug. Denn eine sich langsam ausbreitende Abendstimmung gemahnt zum Aufbruch. Körperlich ausgelaugt und mental erschöpft erhebt sich einer nach dem anderen und geht zum Raumschiff. Lediglich Neel rennt noch einmal weg.

„Wir sollten bald starten“, empfängt Abendahl sie, „aber vorher müssen wir noch alles, was Ranigo zusammen getragen hat, ordentlich verstauen.“

„Oh ja, es darf nichts beschädigt werden“, ruft Ranigo aufgeregt. „Wer weiß, wann wir wieder in diesen Teil der Erde kommen.“

Eine Transportkiste nach der anderen wandert ins Innere und wird gewissenhaft gesichert.

„Was hast du gemacht?“, fragt Naal, als Neel schnaufend zurück kommt und ins Raumschiff klettert.

„Ich habe nur noch schnell einen Baum umarmt.“

Als Nedal die Luke schließen will, treten alle neben ihn, um noch einen letzten dankbaren Blick auf Lichtung zu werfen. Wehmut und Hoffnung erfüllt ihre Herzen, während sich die Tür lautlos schließt.

„So, das war’s“, sagt Nedal klar und laut, „hinsetzen und anschnallen bitte, wir starten gleich.“ Neel und Naal fallen todmüde in ihre Sessel.

„Hier müssen wir bald unbedingt wieder hin“, gähnt Naal zufrieden, „hier gefällt es mir!“

Der Rückflug vergeht ruhig und ereignislos. Abendahl unterstützt Nedal bei seiner Arbeit, Ranigo organisiert in Gedanken schon, was er mit seinen Errungenschaften machen wird und Neel und Naal schlafen den Schlaf der halbwegs Gerechten, mit Träumen von ihren Abenteuern auf der Erde. Erst als das Raumschiff abbremst, um langsam in das Mutterschiff zu gleiten, wachen sie auf und heben die Köpfe.

16. Zurück an Bord

Viele von der Besatzung sind zu dieser späten Abendstunde zum Landehangar gekommen, um den Erdreisenden eine kurze Begrüßung zu bereiten und sie nach ihren Eindrücken von der Begegnung mit den Menschen zu befragen. Abendahl sucht unruhigen Blickes nach Velt, kann ihn aber nicht finden. Bald schon beginnt sich die Menge zu zerstreuen und Naal denkt: „Na, da hatte ich mir aber etwas mehr erwartet." Neel fühlt, dass die Atmosphäre an Bord eine andere ist, als vor dem Start.

Ranigo ist wegen seiner mitgebrachten Schätze nervös und läuft ruhelos zwischen dem Landeraumschiff und ersten ausgeladenen Kisten hin und her:
„Ich habe es ganz alleine geschafft", das *ganz alleine* wird besonders betont, „insgesamt 810 Proben von Pflanzen, der Erde und Steinen zu sichern, jawohl! Und 69 tierische Proben, wie Kot, Haare, Federn, ach, was weiß ich alles!", sagt er prahlerisch an die noch Verbliebenen gewandt und zielt mit seinem Zeigefinger in einer gewichtigen Bewegung auf die Kisten. „Verpackt sind sie in diesen Transportbehältern. Könnt ihr mir wenigstens jetzt mal kurz helfen?", fragt er spitz.
Zu ihrem Glück tritt in diesem Augenblick Abendahl hinzu:
„Ach, ist das angenehm, nun nicht mehr so schwer zu sein, hm? Aber trotzdem sind wir erschöpft und sollten uns zur Ruhe begeben. Morgen werden wir dann unsere Erlebnisse aufbereiten und die nächsten Schritte einleiten." Während Abendahl spricht tritt Nedal an seine Seite und übernimmt Neel und Naal,

die er in ihre Zimmer begleitet. Es dauert nicht lange und sie fallen erneut in einen tiefen Schlaf.

Abendahl begibt sich schnellen Schrittes in Velts Zimmer. Sekunden später nur kommt er mit einem Schriftstück unter dem Arm wieder heraus und eilt in seine Räume. Er setzt sich hin und beginnt sofort zu lesen:

Auf der Erde geschehen für uns scheinbar unerklärliche Dinge.

Was wir über die Medien der Menschen erfahren haben, entspricht in etwa der Realität. Es wurde nicht versucht, uns mit den Medien zu täuschen. Die nachfolgenden Seiten geben einen Überblick zur aktuellen Situation auf der Erde:

Dem Planeten Erde wird weitaus mehr abverlangt, als er verkraften kann. Durch die menschliche Industrie wird in großen Mengen CO2 produziert. Es gelangt in die Atmosphäre, wodurch sie sich zunehmend erwärmt. Ein weiteres großes Problem für den Planeten ist die menschliche Überbevölkerung. Man könnte aber auch sagen, die menschliche Existenz an sich. Die Überbevölkerung ist u. a. Ursache sowohl für den hohen CO2 Ausstoß und die starke Verschmutzung der Umwelt als auch für eine zunehmende Erschöpfung von Rohstoffen und den beginnenden Kampf um Ressourcen.

Aktuell ist Öl eines der begehrtesten und umkämpftesten Güter. Sollte sich die Situation nicht deutlich verbessern, werden in Zukunft auch Grundnahrungsmittel wie Getreide oder Reis und vor allem Wasser hinzukommen. Die Überbevölkerung lässt sich nicht so schnell abbauen. Wir haben auf Gliese selber gesehen, welche Zeit es benötigt, bis eine neue, stabile Situation erreicht ist. Um all die Menschen auf der Erde ernähren zu können, werden ungeheuer große Anbauflächen benötigt, wodurch die Erde entnaturalisiert wird.

Das ist, als würde man dem Planeten lebenswichtige Organe wegschneiden. Zusätzlich wird Fleisch in respektlosen Maßen verzehrt. Die übermäßige „Produktion" von Fleisch ist ein Problem, da der Anbau des Futters für die Tiere ebenfalls gewaltige Flächen benötigt und manche Tiere viel Methangas produzieren.

Wir stellen weiter fest, dass die Weltpolitik das Wachstum ihrer Wirtschaften als einen der wichtigsten Indikatoren für gesichertes Leben und Wohlstand proklamiert. Diese fatale Fehleinschätzung, mit dem daraus resultierenden Handeln, ist Treiber der Probleme. Die Devise müsste richtig lauten: „Wohlstand ohne Wachstum". Aber so weit sind sie nicht.

Die Entwicklung ist ohne jeden Zweifel als dramatisch zu bezeichnen. Helfen könnte nur, wenn den Menschen dies zeitnah bewusst wird und sie gemeinsam ihre Energie auf den Einhalt der Zerstörung richten. Unabhängig davon, was ihre Politiker tun.

Das Thema der Situation des Planeten muss bei jedem einzelnen Menschen ins Bewusstsein geraten und als Gefühl wahrgenommen werden. Erst dann kann sich ein <u>kollektives Bewusstsein</u> ausbilden, welches ihnen die Macht für die notwendigen Veränderungen verleiht.
Dringend ist der immer weiter schreitenden CO2-Belastung Einhalt zu gebieten, da die Erderwärmung mannigfaltige Auswirkungen hat. Wir haben die wichtigsten bestimmt:

1. *Der Anstieg des Meeresspiegels. Dadurch werden große Küstenstädte im Meer versinken und es wird Millionen von Umweltflüchtlingen geben.*

2. *Massenfluchten und Konflikte um Ressourcen sind die Folge, die gesellschaftlichen Landschaften werden sich dramatisch verändern.*

3. *Wetterextreme. Dürren, Überschwemmungen und Ernteausfälle werden sich häufen, immer mehr Menschen aus allen Teilen der Welt werden ihre Heimat verlassen müssen und es gibt, wie in den Küstenregionen, Umweltflüchtlinge.*

4. *Volkswirtschaftliche Schäden in unvorstellbarer Höhe sind die Folge, die von dem politischen und gesellschaftlichen System nicht mehr zu tragen sein werden.*

5. *Artensterben. Lebensraum wird Mangelware. Viele Tier- und Pflanzenarten werden von dem Planeten verschwinden, mit Folgen, die nicht absehbar sind, da in diesem hochkomplexen, sensiblen Ökosystem alles ineinander greift.*

Abendahl läuft es im Wechsel heiß und kalt den Rücken herunter, es bildet sich kalter Schweiß auf seiner Stirn und ihn schwindelt. Die Ohren zucken unkontrolliert und seine Hände zittern derart stark, dass er eine Pause einlegen und mehrfach tief durchatmen muss, bevor er sich den beiden letzten Punkten widmen kann:

6. *Trinkwassermangel. Durch die Verknappung des Lebenselixiers Wasser werden erbitterte Kriege um diesen Rohstoff ausbrechen, nur noch vergleichsweise wenige Menschen werden Zugang dazu haben. Wir konnten feststellen, dass durch das Abschmelzen von Gletschern schon heute einige Hochländer schwer betroffen sind. Und das ist erst der Anfang.*

7. *Kipp-Prozesse im Klimasystem. Durch die Erderwärmung drohen langfristig gewaltige und unumkehrbare Prozesse in Gang zu kommen, die den Klimawandel weiter verstärken. Die größte Gefahr geht von den riesigen Treibhausgasmengen aus, die in den Permafrostböden von Sibirien und Nordamerika liegen. Sollten diese Gase durch die oben aufgeführten Verbrechen der Menschen an ihrer Umwelt freigesetzt werden, könnte sich der Klimawandel rasant und mit katastrophalen Folgen beschleunigen!*

„Uiuiui!" Betäubt sitzt Abendahl in seinem Sessel. Mit versteinertem Blick schaut er ins Leere. Dann plötzlich steht er hektisch auf und eilt davon, um sich zu übergeben.

Als Neel und Naal am nächsten Morgen die Brücke betreten herrscht dort schon rege Betriebsamkeit. Gut gelaunt, aber mit unglaublichem Muskelkater, lassen sich die beiden auf die Sitzecke fallen.

Die neue Erkenntnis, dass die Erde erkrankt ist, ist das einzige Thema auf dem gesamten Schiff. Die Situation hat sich gewendet und viele tragen nun schon wieder das Gefühl in sich, dass eine neue Zeitrechnung beginnt; diesmal aber nicht im positiven Sinne. Nach der ersten Nacht der neuen Erkenntnis allerdings fühlen sich manche nicht mehr ganz so erschlagen und der neue Tag bringt auch neue Hoffnung. So wird hin und her überlegt, ob bzw. was getan werden kann, um zu helfen. Kaum jemand interessiert sich mehr für die gestern erfolgreich durchgeführte Erdlandung und auch die Absicht, das Buch von Velt zu besprechen, ist in Vergessenheit geraten.

„Wir haben nachher Teamsitzung", wendet sich Abendahl an Nedal, der auf seinem Platz auf der Brücke sitzt und Daten studiert. „Es wäre mir lieb, wenn du Neel und Naal vorher woanders hin bringen könntest, es wäre nicht recht, sie einfach auf ihre Zimmer zu schicken. Und ich möchte nicht, dass sie dabei sind, wenn wir über das sprechen, was auf der Erde geschieht; das ist nichts für Kinder."

„Das mache ich gerne. Ich bringe sie einfach zu Papuli in die Küche, damit sie ihm von dem Abendteuer mit seinem Goldhornring und den Menschen berichten können. Papuli freut sich sicherlich sie zu sehen und es wird ihm gut tun. Er kann sie dann eine Zeit lang beschäftigen. Vorher gebe ich Papuli Bescheid."

„Das ist eine prima Idee. Ich weiß derzeit noch nicht, was wir mit Neel und Naal machen sollen. Sagen wir es ihnen, oder sagen wir es ihnen nicht? Vielleicht ist es besser, erst einmal nichts zu sagen und zu schauen, wie sich die Situation weiter entwickelt. Und wer weiß, vielleicht finden wir ja Lösungen. Im Moment habe ich auch nicht die Ruhe, um mit den beiden darüber zu reden und die richtigen Worte zu finden." Mitfühlend schaut Nedal Abendahl in die Augen. Er sieht tiefen Kummer darin und findet in Abendahls Augen seine eigenen Gefühle wider gespiegelt.

„Na ihr beiden Helden", tritt Nedal zu Neel und Naal, die auf dem Sofa hocken und beratschlagen, wie sie den ersten Tag nach der Erdlandung gebührend begehen können. Naal ist es wichtig, den Genuss seiner Beschreibung der Erlebnisse auf der Erde einer möglichst großen Gruppe von Besatzungsmitgliedern zugänglich zu machen.

„Was besprecht ihr gerade so eifrig?"

„Oh, wir überlegen, wie wir den Armen, die nicht auf der Erde waren, davon berichten können", sagt Naal gönnerhaft.

„Na, ich glaube, das wird heute wohl nichts. Wir sind alle sehr beschäftigt."

Prompt erntet er einen missbilligenden Blick von Naal, der auch direkt tief Luft holt, aber Neel nimmt ihm das Wort ab. „Womit denn?", möchte sie neugierig wissen.

„Vielleicht damit, wie ich jetzt ganz schnell Kontakt zu den Menschen aufnehme?", fragt Naal. „Ui, das wird aufregend! Dann gibt es noch mehr zu berichten. Machen wir es heute? Ich würde mich auf meinen großen Auftritt gerne vorbereiten", sagt er mit wichtigem Gesichtsausdruck und lehnt sich gefällig zurück.

„Heute nicht“, antwortet Nedal grinsend. Neel schaut etwas skeptisch drein. „Wir müssen zuerst andere Sachen machen.“

„Was habt ihr denn“, fragt Neel misstrauisch.

„Manchmal gibt es Dinge, die nicht so einfach zu erklären sind. Aber dazu vielleicht später mehr. Jetzt habe ich erst einmal gute Nachrichten für euch. Papuli erwartet euch in seiner Küche, denn er hat ja gewissermaßen ein Sonderrecht, alles exklusiv von euch beiden zu erfahren und er ist schon ganz aufgeregt. Aber ich habe ihm natürlich nichts von der Geschichte verraten, ist ja Ehrensache.“

Auf Naals Gesicht legt sich das Strahlen der Begeisterung. Er reckt sich und schon beginnen seine Gedanken zu planen, wie er Papuli alles am anschaulichsten beschreibt; das ist er ihm nun wirklich schuldig.

Neel hingegen bleibt verhalten. „Ihr seid alle so komisch heute“, hakt sie noch einmal nach. „Auch gestern schon als wir zurückgekommen sind, war alles irgendwie anders. Was stimmt denn nicht?“, fragt sie unsicher.

„Du machst dir wie immer zu viele Gedanken“, stellt Naal altklug fest. „Komm“, stupst er sie in die Seite, „auf, auf, jetzt gehen wir zu Papuli.“

Nedal beobachtet interessiert wie unterschiedlich sie die Atmosphäre auf dem Schiff wahrnehmen. Neel hat direkt nach der Rückkehr gespürt, dass etwas nicht stimmt, Naal merkt noch immer nichts. Er ist zu sehr mit sich selbst beschäftigt.

„Genau, jetzt geht’s los und ich begleite euch. Vielleicht kann ich bei Papuli noch etwas bekommen.“ Zögerlich steht Neel auf und geht ihren eigenen Gedanken nachhängend hinter den beiden her.

Als Papuli sie erblickt, erhellt sich augenblicklich sein Gesicht. Freudestrahlend geht er auf die drei zu, schließt Neel und Naal herzlich in seine dicken Arme und bedeutet ihnen sogleich, doch endlich loszulegen mit ihren Geschichten. Das lassen sie sich nicht zweimal sagen. Neel, der Papulis Herzlichkeit richtig gut tut, findet auch langsam Gefallen an dem Gedanken, ihre Eindrücke zu schildern, hält sich aber noch zurück, da Naal nur schwerlich zu bremsen ist.

Sie übernimmt die Rolle von Naals Assistentin, als dieser voller Tatendrang beginnt, alle Möbel und Utensilien hin und her zu räumen um auch die verschiedenen Situationen darstellen zu können und so sehr anschaulich beschreibt, was sie alles erlebt haben.

Nedal, der sie interessiert beobachtet hat, lässt sie dann alleine und geht zurück auf die Brücke. Dort haben sich bereits zahlreiche Besatzungsmitglieder eingefunden und sobald er Platz genommen hat, ergreift der blasse Abendahl das Wort.

„Was ist mit Neel und Naal?", fragt er besorgt. „Wir machen uns ziemliche Gedanken um sie."

„Oh, sie sind bei Papuli gut aufgehoben und abgelenkt. Erst haben sie ihm in einer Art Bühnenshow ausführlich von ihren Abenteuern berichtet, ganz besonders natürlich von den Menschen und der Geschichte mit dem Goldhornring und jetzt sitzen sie mit schlauem Gesicht an Papulis Tisch und machen große Pläne. Papuli ist tief beeindruckt und schiebt den beiden ehrfurchtsvoll eine köstliche Knabberei nach der anderen zu. Den beiden geht es im Moment also gut, wir brauchen uns keine Sorgen zu machen, wenngleich wir sie im Auge behalten sollten, besonders Neel."

Neben den Besatzungsmitgliedern von der Brücke, sind auch viele aus anderen Abteilungen dabei. Während Abendahl die Landemission geleitet hat, wurden von Velt und Soppi spezielle Aufgaben verteilt. Es galt so schnell wie möglich zu analysieren, wie es um die Erde steht, was die Ursachen für die Probleme sind, was die Politik macht, wie sich die Menschen in der Bevölkerung verhalten, usw. Die einzelnen Rechercheergebnisse wurden auf die Brücke geleitet und zu einem Gesamtbild zusammengefügt. Sie haben die Meisterleistung erbracht, mithilfe ihrer Technik innerhalb nur eines Tages ein neues und vor allem richtiges Bild der Situation auf der Erde zu zeichnen.

Dazu wurden insgesamt 8981 Informationen zu Rate gezogen und auf ihren Gehalt hin geprüft. 6461 davon waren von Relevanz und wurden als bedeutsame Kerninformationen final verarbeitet; eine bemerkenswerte Leistung.

„Da Velt am tiefsten in das Thema eingearbeitet ist, wird er uns von den Analyseergebnissen berichten", bringt Abendahl die Sitzung in Gang. „Eigentlich wollte ich noch von unserem wunderbaren Aufenthalt auf der Erde erzählen, aber es gibt jetzt Wichtigeres zu tun. Deshalb übergebe ich direkt an Velt."

Synchron drehen sich die Köpfe in Richtung Velt. Er wirkt erschöpft und auch etwas verwirrt. Fahrig streicht er sich mit einer Hand durch die Haare.

„Es werden auf der Erde sehr viele Güter produziert und es wird maßlos damit umgegangen. Die Herstellung verbraucht wertvolle Rohstoffe und es werden sagenhafte Mengen an CO2 produziert: Die Verbindung von der Herstellung aller Güter insgesamt, die nicht angemessene Art ihrer Nutzung und die verwendeten

Technologien sind ein großes Problem. Dabei wäre es allein schon durch die konsequente Verwendung bereits existierender, sinnvoller Technologien auf der einen Seite und bewusstem Verhalten auf der anderen Seite ganz offensichtlich möglich, eine gewisse Entlastung zu schaffen.

Aber es wird nicht viel getan. Und wir wissen nicht genau warum", nervös schaut er in die Runde. Es macht sich wieder dieselbe Beklommenheit breit, wie gestern, als sich die schlechten Nachrichten auf dem Schiff verbreitet haben. „Aber selbst wenn man alles, was am einfachsten geändert werden könnte rausrechnet, bleibt die Situation schwierig", fährt Velt fort. „denn das Klima auf der Erde wird nachhaltig beeinflusst. Dies geschieht in der Folge von Vorgängen, die bereits lange zurück liegen; die Auswirkungen treten immer mit Verzögerung ein. Kaum vorstellbar, wie die Auswirkungen von dem sein werden, was aktuell geschieht." Verbittert schüttelt er verständnislos den Kopf.

„Ganz besonders bemerkenswert ist es, dass die Menschen alleinige Verursacher dieser Katastrophe sind. Sie zerstören ihren eigenen Planeten, ihre Heimat. Und das, ohne eine Alternative zu haben. Diesen Wahnsinn muss man sich einmal vorstellen! Nun vermutet man natürlich, dass die Probleme noch nicht erkannt sind, aber es spricht nichts dafür, dass es so ist, im Gegenteil.

Fehler können gemacht werden, keine Frage. Nur, wenn man sie erkennt, wird normalerweise alles daran gesetzt, die Situation zu ändern. Zumal, wenn es um die Existenz eines ganzen Planeten geht. Hier aber ist das anders, ich verstehe das nicht." Velt kämpft mit den Tränen. Seine Stimme, die während der letzten Sätze immer leiser geworden ist, wird brüchig und droht zu versagen.

„Wir können es uns nicht vorstellen, aber es scheint so zu sein, als dass den Problemen kein ernsthafter Stellenwert beigemessen wird", sagt er so leise, dass er kaum mehr zu verstehen ist. Die anderen beugen sich vor, um ihm näher zu sein.

„Das Schrecklichste an alledem ist, dass die Politik kaum etwas Sinnvolles unternimmt. Als Vertretung des Volkes, welche Maßgaben an Industrie und Bevölkerung vorgibt, müsste sie natürlich eingreifen, bleibt aber weitestgehend tatenlos. Die Politik hat andere Prioritäten und Politiker sind vielfach moralisch flexibel, wenn es um den Erhalt ihrer Macht geht."

„Uiuiui, wie kann denn so etwas sein?", ruft Ranigo verwirrt aus, dass sich alle Blicke auf ihn richten. „Aber eigentlich ist das doch gut", grübelt er nun, „besser als Probleme die durch etwas anderes verursacht werden, worauf man keinen Einfluss hat, so, wie bei uns zu Hause. Wenn es die Menschen selber sind, dann können sie selber es auch ändern! Und wir helfen ihnen sicherlich dabei, nicht wahr?", fragt er bange. „Wir helfen ihnen doch?"

„Nun", geht Velt auf die Frage ausweichend ein, „ich habe lange darüber nachgedacht. Es ist sehr viel miteinander verflochten und es gäbe noch einiges dazu zu sagen. Nachdem wir zunächst den Eindruck hatten mit der Erde und den Menschen ein reines, unbeflecktes Paradies gefunden zu haben, wissen wir seit gestern, dass dies nicht so ist." Ranigo hört man leise, fast kindlich schluchzen. Sein Traum von einem unbeschwerten Studium der Pflanzenwelt auf der Erde, auf das er sich so sehr gefreut hat, weicht gerade der Realität. Nedal legt ihm einen Arm um die Schultern und drückt ihn tröstend an sich.

„Ich kann mir das alles nicht richtig vorstellen", bricht Soppi nach einer Weile das Schweigen. „Wenn die Menschen wissen, was sie tun, ändern sie doch etwas. Ich meine, welches intelligente Wesen würde bewusst seine Umwelt und damit auch sich selbst zerstören, das macht doch keinen Sinn. Nein, das macht wohl keinen Sinn! Wir müssen etwas übersehen haben!"

„Haben wir nicht, die Situation ist, wie sie ist", sagt Soyf, von der Abteilung der chemischen Analyse, kalt und hart. „Trotzdem müssen wir auf jeden Fall etwas tun", redet Soppi weiter. „Wie Ranigo schon angemerkt hat, ist die Situation im Vergleich zu der bei uns zu Hause sogar recht komfortabel, da die Menschen die Lage selber in der Hand haben! Jeder Einzelne kann helfen!"

Mit trübem Blick schaut Velt ihn schweigend an. „Könnte."

„Ich möchte unsere Sitzung für heute beenden", übernimmt Abendahl das Wort. „Wir werden so weiter machen wie bisher, das heißt die Auswirkungen untersuchen und ob bzw. was dagegen getan werden kann. Die meisten und wichtigsten Informationen haben wir wahrscheinlich schon zusammengetragen. Daher denke ich, wird es nicht vonnöten sein, dass wir uns noch einmal in großer Runde zusammensetzen. Neue Informationen laufen bitte bei Velt und mir zusammen, wir verarbeiten und besprechen sie und leiten dann einen Bericht weiter. Die Besprechung ist beendet." Niedergeschlagen stehen alle auf und begeben sich wieder an ihre Arbeit.

Neel und Naal geht es indessen sehr gut. Sie erleben einen glücklichen, unbeschwerten Tag. Allein schon der warme Duft der Küche nach Kräutern und Backwaren verschafft ihnen Wohlbehagen und gute Laune.

Gemütlich plaudernd hocken sie auf bequemen Sitzen und lassen sich von Papuli, der ihnen immer wieder kleinere Köstlichkeiten zuschiebt, verwöhnen. Willig nehmen sie sie an und stecken sie genüsslich in den Mund. Manche der Knabbereien sind derart fein, dass sie sich bei ihrem Genuss wohlig schütteln.

„Hi hi, herrlich", freut sich Papuli. „Mich schüttelt es auch manchmal wenn ich eine ganz besonders gute Knabberei geschaffen habe, die unerwartetes Entzücken im Mund auslöst." Seine Augen leuchten bei dieser Vorstellung und die dicken Backen plustern sich auf. Papuli ist unsagbar stolz darauf, dass seine Kringel den Gefallen der Dschungelmenschen gefunden haben. Animiert von Neels und Naals zustimmenden Blicken redet er gerne weiter, erzählt ihnen Geschichten aus seinem Leben. Gespannt knabbernd und glitzernden Nektar trinkend lauschen sie seinen Worten und vergessen die Welt um sich herum vollkommen.

Später dann lernen sie von Papuli sogar noch das Backen von Goldhornringen. Selbstverständlich erst, nachdem sie Papuli hoch und heilig geschworen haben, dies höchst geheimnisvolle Rezept für sich zu behalten. Mit gespitzten Ohren und konzentriertem Blick wird andächtig Teig geknetet, Pulver verstreut, himmlisch schillernde Flüssigkeiten geträufelt, seltene Glieser Kräuter vorsichtig hinzugegeben und zwischendurch immer wieder geknetet und gewalzt. Der Tag vergeht ihnen wie im Fluge.

Schon kündigt sich Nedal an, sie wieder abzuholen.

„Warum eigentlich bringt Nedal uns zu Papuli und holt uns wieder ab?", wundert sich Neel, deren zarte Finger mit allem verklebt sind, was sie in Papulis Küche angefasst hat. „Früher sind wir doch auch immer alleine hier hin gegangen."

„Ach, wahrscheinlich hat Nedal einfach Angst, etwas von uns zu verpassen", antwortet Naal mit roten Ohren und vor Anstrengung gepresster Stimme.

Er knetet gerade, unter Papulis achtsamen Blicken, den mittlerweile schon recht harten Teig ein letztes Mal, bevor sie die Kringel formen, sie bestreuen und dann zum Backen in den Schwebeofen gleiten lassen.

„Wie kommst du mit Washington voran?" Bleich tritt Abendahl an Soppis Arbeitsplatz. Soppi ist damit beschäftigt, die Entwicklung in Washington zu verfolgen und auch zu kontrollieren, was auf der ISS geschieht.

„Wir schöpfen alle technischen Möglichkeiten aus, um keine Information aus Washington zu versäumen. Das ist recht kompliziert, funktioniert aber ausgezeichnet." Nedal auf dem Nebenplatz nickt bei diesen Worten beruhigt mit dem Kopf.

„Wir stellen fest, dass sich auf höchsten Regierungsebenen ununterbrochen mit dem Fund bei der ISS beschäftigt wird", so Soppi weiter. „Die wichtigsten Staaten sind in regem Austausch, die Sache wird aber vor der Bevölkerung noch geheim gehalten. Präsident Obama geht weiterhin bedachtsam mit der Situation um und hat bisher bewusst darauf verzichtet, die Truppen in Alarmbereitschaft zu versetzen.

Wenn man die Perspektive wechselt und sich in die Situation der Menschen hineindenkt, dann kann man spüren, wie seltsam ihnen das alles vorkommen muss. So ist es nur verständlich, dass sie vermeiden wollen voreilige Schlüsse zu ziehen. Ein kluges Verhalten. Die Regierungschefs haben vor einigen Stunden beschlossen, sich im Weißen Haus zu treffen, um sich zu beraten. Die meisten sind schon auf dem Weg dorthin.“

Während Soppi mit Abendahl spricht, ist Nedal aufgestanden und hat sich auf den Weg zu Papuli gemacht, um Neel und Naal wieder abzuholen. Neugierig schaut er in die Küche und sieht, wie die beiden warmes Gebäck aus einem Ofen holen und es mit gespannten Blicken vor sich ausbreiten.

Erleichtert stellt Nedal fest, dass sie sehr zufrieden aussehen. Müde, aber zufrieden.

„Schau doch nur Neel, wie schön meine Goldhornringe geworden sind“, freut sich Naal stolz.

„Oh ja, wirklich“, freut Neel sich mit ihm. „Und meine sind auch prima geworden. Wenn sie etwas kühler sind, müssen wir sie sofort probieren!“

„Wartet, ich helfe euch.“ Papuli kommt mit einem Gegenstand, der wie eine große Glocke aus Glas aussieht auf sie zu. „Die stellen wir kurz über die Kringel, das macht sie kühl. So, seht ihr, wie die Hitze nach oben weg zieht? Ja, ja, so ist gut“, sagt Papuli zufrieden.

„Na, ihr Drei, was macht ihr denn da Schönes?“ Interessiert betritt Nedal den Raum.

„Hallo Nedal" empfängt Neel ihn mit einem glücklichen Lächeln im Gesicht. „Papuli hat uns beigebracht, wie Goldhornringe gemacht werden, aber das Rezept dürfen wir dir nicht verraten", sagt sie mit entschuldigendem Blick.

„Na da bin ich aber erleichtert", sagt Nedal mit lachenden Augen. „Dann halte ich mich einfach daran, sie nur zu essen. Hattet ihr einen schönen Tag?"

„Jaaa", rufen beide wie aus einem Munde und beschäftigen sich sogleich wieder mit ihren Goldhornringen.

„Ihr könnt sie jetzt einpacken", bietet Papuli seine Hilfe an. „Schaut her, hier sind schöne Schachteln. Darin könnt ihr sie dann bequem mit auf eure Zimmer nehmen."

„Aber vorher probieren wir sie noch", ruft Naal aufgeregt. Gnädig bietet Naal Papuli und Nedal jeweils einen halben Kringel an, den sie angemessen respektvoll probieren. Auch von Neel bekommen sie dann noch einen.

Die Kringel sind wirklich gut. Noch nicht ganz so perfekt wie die von Papuli, aber dafür, dass es ihr erster Versuch war, wirklich gut. Man kann sagen, dass die Erwartungen deutlich übertroffen wurden. So sind Nedal und Papuli auch bemüht, ihre Bewunderung gebührend zum Ausdruck zu bringen. Neel und Naal sind mit dem großen Lob sehr zufrieden, ihnen ist richtig warm ums Herz ob dieser außerordentlichen Anerkennung.

Nachdem sie dann lang und breit die Feinheiten der Kringel bis ins letzte Detail diskutiert haben, Geschmack, Konsistenz, Farbe usw., mahnt Nedal zum Aufbruch. Es ist spät geworden und sie sollen schlafen gehen.

Nedal begleitet sie zu ihren Zimmern und lässt sie dann alleine. Erst jetzt spüren beide, wie erschöpft sie eigentlich sind.

Die Aufregungen des heutigen Tages in Verbindung mit den körperlichen Auswirkungen des Erdbesuches fordern ihren Tribut. Zügig begeben sie sich in ihre Betten. Dennoch lässt Naal es sich nicht nehmen, noch ein wenig zu knabbern.

In höchstem Maße zufrieden liegt er in seiner Decke eingewickelt, die Ohren wiegen sich im Rhythmus des Kauens und seine großen Augen kreisen ruhig und entspannt umher. Selig führt er in gleichförmiger Regelmäßigkeit einen selbstgebackenen Kringel nach dem anderen zum Mund, schaut ihn ehrfürchtig an, um ihn dann genießerisch in seinen Mund fallen zu lassen und zu verspeisen. Nach einer langen Weile, ihm fallen schon die Augen zu, muss er Neel noch etwas Wichtiges mitteilen: „Neee-eel!“

„Ja bitte?“

„Komm doch mal kurz rüber!“

„Ich?“

„Ja, du! Wer denn sonst, wenn ich *Neel* rufe?“

„Aber warum denn ich? Sonst kommst du doch immer zu mir.“

„Ja schon, aber heute nicht.“

„Ist es denn sehr wichtig? Ich liege doch schon so gemütlich“

„Oh ja, sehr wichtig!“

„Na gut“, seufzt Neel, müht sich matt auf und geht rüber in Naals Zimmer. „Was gibt es denn so Wichtiges?“, fragt sie gespannt.

„Schön“, surrt Naal selbstzufrieden und schaut Neel bescheiden an.

„Schön was?“, will Neel neugierig wissen.

„Schön, dass es mich gibt!“, seufzt er sanft, faltet die Hände über seinem Bauch und schließt die Augen.

17.   Die politische Situation

Am nächsten Morgen herrscht auf der Brücke bereits in aller Frühe Betriebsamkeit; lange noch, bevor Neel und Naal aufwachen. Velt wurde spät in der Nacht noch eine Zusammenfassung zur politischen Situation auf der Erde eingereicht, die er kummervoll gelesen hat, um am folgenden Morgen mit Abendahl darüber zu reden.
Abendahl hat seit den schlechten Nachrichten, die er nach der Rückkehr von der Erde bekam, ständig ein flaues Gefühl im Magen und die Sorge vor weiteren Hiobsbotschaften ist groß. Velt ergeht es kaum anders. Das zunehmende Wissen über die Umstände auf der Erde bedeutet eine große Last für ihn. Mehr noch als alle anderen bangt Velt um sein Volk. Der immense Druck, einen neuen Lebensraum zu finden, hatte nach der Entdeckung der Erde abgenommen, jetzt wendet sich das Blatt augenscheinlich wieder.

„Ich beginne zu verstehen, warum der Zustand der Erde so ist, wie wir ihn analysiert haben", beginnt Velt, der mit Abendahl zum Gespräch zusammen gekommen ist.
„Ist es denn zwangsläufig so, oder könnte es auch anders aussehen?", fragt Abendahl. „Der Planet könnte durchaus gesund sein", antwortet Velt gedämpft, „es hat viel mit Politik zu tun, so viel wissen wir jetzt. Bei unserer letzten Sitzung noch hatten wir uns gefragt, wie das alles sein kann. Es liegt vor allem an der Politik." „An der Politik?

Wenn Gesellschaften mit politischen Systemen strukturiert sind, dann müsste das Zusammenleben doch zivilisiert funktionieren", schüttelt Abendahl trübselig den Kopf.

Velt schaut ihn bekümmert an. „Im Prinzip schon. Die Realität auf der Erde sieht aber anders aus. Die meisten Menschen in den Gesellschaften möchten einfach nur ein ruhiges, friedliches Leben führen. Diejenigen, die über die Stränge schlagen und in die Schranken gewiesen werden müssen, sind insgesamt betrachtet nur sehr wenige. Meist wohl solche, die eh schon mit einem gewissen Einfluss ausgestattet sind.

Wir sehen aber vor allem, dass etliche der Menschen, die das politische System bilden ihrer Verantwortung nicht nachkommen, weil sich bei ihnen viel um das Erlangen von Macht, Machterhalt und alles, was damit verbunden ist dreht und nicht um verantwortungsbewusstes Handeln zum Wohle des Volkes. Ein gewisses Maß an Machtstreben ist notwendig, da Politiker ohne Macht nichts verändern können. Das Problem ist jedoch, dass viele dieser Personen an unstillbarer Gier leiden und daher ihrem Auftrag gegenüber dem Planeten und dem Volk nicht nachkommen.

„Was bitte soll das heißen?", fragt Abendahl verständnislos. „Sind die Politik und auch das Wirtschaftssystem machterkrankt?"

„Ja. Es geht sehr in diese Richtung. Wobei wichtig ist zu wissen, dass die Politik die Wirtschaft in gewissem Maße regulieren könnte; wenn die Prioritäten richtig gesetzt wären."

„Und noch eins", wirft Abendahl erregt ein, „haben die Menschen, die das Wirtschaftsgeschehen prägen, nicht selber das Bedürfnis, sich würdevoll dem Planeten gegenüber zu verhalten und ihre Macht für die Gesunderhaltung des Planeten einzusetzen?"

Schweigend schaut Velt ihn an.

„Ich habe letzte Nacht unzählige Beispiele gelesen und möchte dir Einzelheiten lieber ersparen. Aus gutem Grund. Kipdon, unser Besatzungsmitglied, das die Beispielfälle recherchiert hat, war derart erschüttert, dass er nun auf der Krankenstation liegt. Es fällt schwer, die Gefühle, die mit diesen Sachen einhergehen, zu verdrängen und alles nicht zu nah an sich heran zu lassen. Das muss aber sein, sonst wird man krank. Und dann kann man nicht mehr handeln, so wie Kipdon jetzt."

„Uiuiui, wie ist das schrecklich", flüstert Abendahl.

„Ja, das ist es. Aber das ist die traurige Wahrheit.

„Wie kann denn so etwas sein?", fragt Abendahl heiser.

„Es lässt sich nur so erklären, dass diese Menschen den Bezug zur Realität verloren haben. Dadurch schieben sich ihnen andere Prioritäten in den Vordergrund."

„Aber genau das darf doch nicht sein, dann müssten sie doch in irgendeiner Form sanktioniert werden, das wissen doch sogar Kinder wie Neel und Naal!"

„Vom gesunden Verstand her natürlich ja, aber hier gilt: leider nein. Meist werden Politiker für die Folgen ihres Handelns nicht zur Rechenschaft gezogen. Sei es bei fahrlässigem Verhalten in Bezug auf die Umwelt, wie gerade beschrieben, bei der Verschwendung Ihrer Steuergelder durch die Einführung sinnloser Projekte, oder was auch immer.

Das Kuriose ist ja, sie müssten solche Regeländerungen selber beschließen. Aus ihrer Sicht würden sie sich damit aber selber schaden."

Abendahl muss sich wieder übergeben. Schnell steht er auf und verlässt eilig die Brücke. Velt sitzt mit zittrigen Händen zusammengesunken da und starrt nahezu apathisch auf den gepflegten Boden aus zartem, grünem Moos. Der feine, reine Geruch der von dem Moos ausgeht will so gar nicht zu der Situation passen. Velt zittert am ganzen Körper, ihm ist kalt. Jetzt wo Abendahl einige Minuten weg ist, lässt er sich gehen, gleich wird er sich wieder zusammennehmen müssen, damit Abendahl durch sein schlechtes Befinden nicht zusätzlich belastet wird.

Dennoch sieht er mitleiderregend aus, wie er da so sitzt, klein und zerbrechlich, dieser älteste und weiseste der Glieser. Schon lange ergraut, fühlt er, wie die neuesten Erkenntnisse seine noch vorhandenen Kräfte zunehmend schwinden lassen; zu groß ist die Enttäuschung und vor allem die Sorge um die Zukunft seines Volkes. Aber auch Sorgen um die Zukunft der Menschen und diesen einzigartigen Planeten quälen ihn.

„Seltsam", denkt er, „ich habe noch nicht einen einzigen Menschen persönlich kennengelernt, und doch sorge ich mich um sie."

Abendahl kehrt zurück und setzt sich wieder hin. „Weiter bitte. Was muss ich noch wissen?"

Mitfühlend schaut Velt ihn an. „Im Prinzip ist damit das meiste gesagt. Es geschehen viele Fehler. Maßloses Machtstreben treibt auch Unternehmen dazu, alle Regeln zu missachten; sie verursachen daher nahezu straflos Umweltkatastrophen mit schlimmen Folgen. Andere wiederum verschulden in ihrer Gier Wirtschaftskrisen mit globalen Auswirkungen. Sie können fast tun, was sie wollen, denn angemessen zur Rechenschaft gezogen werden sie meist nicht. Es wäre Aufgabe der Politik dies zu ändern, aber sie macht ja selber mit. Interessanterweise bewirken all diese Katastrophen auch kaum ein Umdenken, es scheint einfach immer so weiter zu gehen."

„Denkst du, wir können helfen? Würde es überhaupt Sinn machen?", fragt Abendahl niedergebeugt.

„Warum sollte ein Umdenken in Politik und Wirtschaft einsetzen, nur weil wir jetzt da sind? Wahrscheinlich schießen sie uns einfach ab, wenn sie uns entdecken."

„Da hast du Recht. Ich würde gerne die Vision der Politiker verstehen. Aber es ist so absurd. Ich verstehe es einfach nicht."

„Ja, das können wir nicht nachvollziehen, wir müssen es einfach nehmen, wie es ist. Auf der Erde ist der Teufel los, so viel ist sicher", sagt Velt tonlos.

„Wie soll es nun weiter gehen? Müssen wir uns umorientieren und nach einer neuen Alternative suchen?", überlegt Abendahl.

Velt holt gerade Luft, um etwas zu sagen, als Neel und Naal bestens gelaunt auf die Brücke poltern. Freundlich grüßend zischen sie an den beiden vorbei Richtung Nedal und Soppi und winken auf ihrem Weg auch Ranigo, der im Hintergrund mit der Pflanzenpflege beschäftigt ist.

„Es ist alles so schwierig“, redet Abendahl weiter, „es wird das Beste sein, ich halte heute Abend eine Ansprache zur aktuellen Situation. So, wie ich es getan habe, nachdem wir die Goldene Platte gefunden hatten. Ich werde vorher noch einmal alles überdenken, es gibt sicherlich das ein oder andere, was wir in unserem Gespräch noch nicht erfasst haben. Doch ich muss zuerst mit Neel und Naal reden. Ich glaube, es wäre nicht gut, wenn die beiden heute Abend dabei sind. Aber auch sie haben ein Recht darauf zu erfahren, was los ist.“

„Möchtest du, dass ich dabei bleibe“, fragt Velt vorsichtig.

„Nein, vielen Dank, es ist genug, wenn sich einer von uns damit belastet. Ich werde mich sehr zurückhaltend ausdrücken, dann wird es vielleicht nicht so schlimm.“

„Ich beneide dich um diese Aufgabe nicht“, sagt Velt, der sich langsam erhebt, „Meinst du, Abendahl, ich sollte mich heute Abend, nachdem du mit ihnen gesprochen hast und die Ansprache hältst, so lange um sie kümmern?“ „Das ist eine gute Idee. Du weißt ja mehr als alle anderen. Wenn du nicht dabei bist, dann macht das nicht so viel.“

„Gerne mache ich das. Ich ziehe mich dann jetzt eine Weile zurück.“

18. Das Gespräch

Neel und Naal spüren, dass Abendahl etwas von ihnen möchte und hüpfen ausgelassen zu ihm hinüber, turnen zappelig vor dem Sitzbereich herum. Naal ist ganz er selbst, Neel wirkt etwas aufgesetzt.

„So, ihr beiden munteren Rabauken, jetzt setzt euch mal hier hin", sagt Abendahl und klopft mit einer Hand auf die Sitzflächen vor ihm. Augenblicklich schlägt Neels Gemütszustand um.

„Ist etwas passiert? Was schlimmes?", fragt sie ängstlich. Verständnislos schaut Naal sie an.

„Ich möchte nur kurz etwas mit euch besprechen", sagt Abendahl ruhig und streichelt Neel, die sich vorsichtig hinsetzt, sanft über Kopf und Ohren, während Naal mit Schwung neben sie plumpst.

„Wir wissen jetzt ja schon eine ganze Menge über die Erde und die Menschen. Überhaupt über den gesamten Planeten, mit seinen vielen Tieren und Pflanzen", beginnt Abendahl banal das Gespräch. „Als wir hier ankamen, wussten wir überhaupt nicht, wie wir all die vielen Informationen die wir entschlüsseln konnten zu deuten haben. Was davon stimmt und was nicht. Ihr beiden habt da ja auch eure Erfahrungen gemacht. Erinnert ihr euch noch? Die Sache mit dem Kino vor allem, wo ihr gedacht habt, es sind schon andere vor uns da gewesen? Und dann war es doch nur eine Art Schauspiel, das die Menschen Kino nennen."

„Oh ja, da haben sie uns ganz schön reingelegt", empört sich Naal in spontan aufwallender Erregung, „aber noch mal passiert mir das nicht, so viel ist sicher!"

„Siehst du“, lächelt Abendahl, „das ist uns Erwachsenen aber auch passiert. Nun, nach einiger Zeit haben wir gelernt, wie alles funktioniert und wir haben viel herausgefunden.“
„Aber worum geht es denn jetzt eigentlich?“, fragt Neel, nichts Gutes ahnend. „Neel hat ein feines Gespür“, denkt Abendahl.

„Auf der Erde ist das Leben leider nicht ganz so makellos, wie wir zunächst angenommen haben“, beantwortet er nun geradlinig die Frage.
„Was soll das heißen?“, fragt Neel heiser; Naal schaut Abendahl nur stumm und mit großen Augen an.
„Man könnte sagen, der Planet ist im Moment ein bisschen krank, wisst ihr. So, wie auch ihr manchmal krank seid, wenn ihr zum Beispiel Fieber habt und ein oder zwei Tage im Bett liegen müsst. So in dieser Art ist es im Moment auch mit der Erde.“
„Uiuiui“, nickt Naal erstaunt, „direkt der ganze Planet? Es ist doch so schön auf der Erde! Gibt es denn Medizin? Können wir helfen? Ich helfe gern!“, sagt er jovial und reckt die Brust.
Neel fühlt sich sichtlich unwohl und möchte mehr Klarheit. „Was heißt das denn jetzt ganz genau?“
„Auf der Erde leben viele Menschen. Die meisten Menschen sind gut, aber nicht alle. Wie bei uns zu Hause, gibt es auch auf der Erde so etwas wie einen Rat, der die Aufgabe hat, das Zusammenleben zu organisieren. Und zwar in der Weise, dass möglichst alle Menschen anständig leben können und die Umwelt geschont wird. Regierung bzw. Politik wird dieser Rat auf der Erde genannt, die Menschen, die in der Politik arbeiten, heißen Politiker.“
„Na dann ist doch alles gut“, atmet Naal erleichtert auf.

„Nicht ganz. Es ist folgendermaßen:", Neel setzt sich aufrecht hin und spitzt die Ohren, „Politiker haben eine große Verantwortung für ihr Land und die Menschen, die darin wohnen. Jetzt ist es aber leider so, dass in der Politik viel Schlimmes passiert. Diese Menschen machen oft Sachen, die sie nicht machen dürften und kommen ihrer Verantwortung nicht nach. So treffen sie zum Beispiel Entscheidungen nicht danach, ob sie zum Wohle der Menschen und des Planeten sind, sondern danach, was ihnen selber die meisten Vorteile einbringt, zum Beispiel Geld oder Macht." Neel und Naal schauen ihn verständnislos an.

„Und aus diesem Grund ist der Planet Erde über die Zeit krank geworden. Natürlich muss auch jeder einzelne Mensch sein eigenes Handeln kontrollieren und sich anständig verhalten, das ist klar. Im Moment wissen wir leider nicht, was wir tun sollen. Das ist die aktuelle Situation." Ungläubig starren sie Abendahl an.

„Heißt das, wir können doch nicht auf die Erde?", will Naal mit flatterigen Ohren aufgeregt wissen. Entsetzt hält sich Neel die Hand vor den Mund.

„Ruhig bitte, ihr beiden, ruhig! Keine Panik jetzt! Lasst mich kurz weiter reden. Wir haben darüber überhaupt noch nicht gesprochen und es ist noch zu früh, um etwas dazu sagen zu können. Wir wissen es im Moment noch nicht. Es war uns nur wichtig, euch zu sagen, dass da etwas nicht in Ordnung ist. Wir dürfen jetzt nicht in Verzweiflung verfallen, keiner von uns."

„Aber was du sagt, dass da auf der Erde los ist, das ist doch ungefähr so, als ob du oder Velt uns betrügen würden. Also unsere Vertreter, nicht wahr?", folgert Naal und scharrt nervös mit seinen Füßen auf dem Moosboden. „So ungefähr."

„Das verstehe ich nicht", sagt Naal dumpf und guckt Neel an, deren Kopf lethargisch hin und her wiegt. „Es scheint so zu sein, dass viele dieser Volksvertreter für sich andere Aufgaben sehen als die, für die sie von den Menschen gewählt wurden, wisst ihr." Abendahl wirkt etwas hilflos.

„Aha", gibt Naal blass zurück. Doch dann kehrt plötzlich wieder Farbe in sein Gesicht. „Wir müssen den Menschen sagen, was da mit ihnen gemacht wird. Wir müssen es ihnen sagen", schreit er fast. „Ruhig Naal, ruhig. Ich weiß nicht, wie ich es euch erklären soll, wir verstehen es ja selber noch nicht richtig. Aber es scheint wohl so zu sein, dass sie es wissen."

„Hä? Sie wissen es? Aber warum machen sie dann nichts? Warum lassen sie es sich gefallen? Es geht doch um ihr Leben und um ihre Heimat, wenn ihre Vertreter die Macht missbrauchen. Warum haben die Menschen im Volk dann nicht schon lange mal gesagt, jetzt ist Schluss!?"

„Ich kann im Moment leider nur sagen, wir wissen nicht, warum sie das nicht tun. Darüber steht auch nicht viel in ihren Medien." Abendahl flüstert jetzt fast. Neel sitzt schlotternd neben ihm, so, dass er schützend seinen Arm um sie legt. Doch Naal will sich noch nicht geschlagen geben und zeigt sich kämpferisch. „Ich bin ja eigentlich ein Menschenfreund. Aber wenn das so ist, dann müssen wir handeln." Grimmig streckt er die Faust empor. „Was ist wichtiger?", fragt er nun beherzt. „Ein paar schlechte Menschen oder der Planet? Nun", beantwortet er seine Frage selbst, „ich denke, der Planet!", energisch reckt Naal das Kinn empor, „gäbe es die Möglichkeit, zur Rettung des Planeten, diese eine Gruppe jämmerlicher Menschen abzuschaffen? Ich meine sie alle weg zu machen, damit es ganz neu gemacht werden kann?

Wir hatten doch schon mal einen kargen Planeten gefunden, der für uns bloß eine Notlösung wäre. Da soll es ja nicht besonders gemütlich sein, aber es wurde gesagt, man kann da zumindest irgendwie überleben. Können wir sie da nicht hinbringen, diese Politiker? Dann sind sie unter sich, wer weiß, vielleicht freuen sie sich ja sogar. Und da ist es dann auch nicht so schlimm, wenn sie alles kaputt machen, da ist ja eh nicht viel los", ereifert er sich hitzig. „Und wir selber können dann auf der Erde mit den anständigen Menschen leben und alles kommt wieder in Ordnung. Geht das nicht?", fragt er mit bangem Gesichtsausdruck.

„Gut, dass Naal noch so jung ist", denkt Abendahl und schaut ihn schweigend an, dass es Naal ganz mulmig wird. Neel sitzt zusammen gesunken auf ihrem Platz. Es scheint, dass schon der Arm, den Abendahl schützend um sie gelegt hat, zu schwer für sie ist.

„Weißt du Naal, ich kann dich schon verstehen," geht Abendahl ruhig auf Naal ein. „Oh ja, das kann ich. Nur, so geht es leider nicht. Die Frage, die du dir stellen musst, ist die: Dürfen wir das? Unabhängig davon, ob man von seinen Möglichkeiten her in der Lage wäre das Leben auf einem anderen Planeten zu beeinflussen, muss man sich grundsätzlich fragen, ob man so etwas überhaupt tun darf. Also Eingreifen in den Prozess der Evolution auf einem anderen Planeten. Das ist eine ethische Frage weißt du, und die Antwort ist NEIN. Nein, das darf man nicht. Selbst wenn damit Schlimmeres verhindert werden könnte. Niemand hat das Recht dazu, so schwer es auch zu akzeptieren sein mag." „Oh. Ja, was machen wir denn dann?"

„Wir müssen klären, ob zum Beispiel die Möglichkeit existiert, dass es sich auf der Erde noch zum Guten wenden kann. Wir werden im Laufe des Tages die letzten noch fehlenden Informationen zusammentragen, so dass sich ein vollständiges Bild ergibt; dann sehen wir morgen weiter. Für heute war es Aufregung genug. Ich weiß, auch ihr habt euch das alles etwas anders vorgestellt, doch bis wir nicht die endgültige Wahrheit kennen, solltet ihr die Hoffnung auch nicht aufgeben. Vielleicht findet sich ja noch eine Lösung. Wie gesagt, morgen sehen wir weiter." Ein leichter Hoffnungsschimmer zieht durch die Augen von Neel und Naal, die eine bleierne Schwere fühlen.

Während der letzten Sätze ist Velt hinzugekommen. Er schaut Abendahl an, der von dem Gespräch gezeichnet ist und erschöpft aussieht und betrachtet auch Neel und Naal. „So ist es, wenn Träume sterben", denkt er bitter.

„Hallo Velt", grüßt Abendahl. „Wir sind gerade fertig geworden."

„Das ist fein, ich wollte Neel und Naal nämlich fragen, ob sie Lust haben, sich mit mir die Raumstation ISS mal genauer anzuschauen. Ich kann euch sagen, das ist interessant. Sehr interessant sogar. Wir sind momentan auf einer Umlaufbahn um die Erde, die viel näher an der ISS ist als bisher. So können wir schön schauen, was da los ist. Na, was haltet ihr davon? Ist das was?"

„Das ist super", antwortet Naal, der diese Ablenkung gerne annimmt. Auch Neel scheint an dem Vorschlag einen gewissen Gefallen zu finden. „Na dann kommt, gehen wir nach vorne und machen es uns gemütlich." Neel und Naal trotten hinter ihm her in Richtung Brücke und Abendahl ist mit seinen Gedanken alleine.

Während Abendahl noch auf der Brücke sitzt, findet sich die Mannschaft schon im Transporterraum ein. Von allen Seiten strömen Glieser in den Raum im Herzen des Schiffes und verteilen sich schweigend. Die Stimmung ist gedrückt und angespannt. Viele hängen ihren eigenen Gedanken nach, überlegen, wie es wohl weiter gehen mag und was Abendahl zu sagen hat.

Dieser macht sich langsam auf den Weg. „Ich muss versuchen, möglichst emotionslos zu wirken", denkt er sich. „Bevor keine endgültige Entscheidung getroffen ist, will ich die Gedanken und Gefühle des Teams nicht zu sehr in eine Richtung lenken." Schweren Schrittes betritt Abendahl die Empore am Kopfende des Raumes. Alle Augen richten sich auf ihn und er selbst schaut ruhig in die Menge.

„Liebe Freunde", erhebt Abendahl die Stimme, „vor nicht langer Zeit haben wir uns hier in diesem Raum versammelt und lagen uns freudentrunken in den Armen." Er hält kurz und andächtig inne und spürt, dass es schwierig werden wird. Die Stille im Raum rauscht in den Ohren.

„Tief beeindruckt davon, die Goldene Platte und die Erde gefunden zu haben, konnten wir unser Glück kaum fassen. Es deutete alles darauf hin, dass wir ein wahres Kleinod im Universum entdeckt hatten. Ein Kleinod, auf dem es nicht nur möglich, sondern sogar sehr wahrscheinlich erschien, dort herrliche Bedingungen vorzufinden und von einer friedlichen Lebensgemeinschaft freundlich aufgenommen zu werden.

Aber man hat uns getäuscht. Auf der Platte wird ein wichtiger Teil der Wahrheit vorenthalten und wir sind in unserer Gutgläubigkeit darauf hereingefallen. Mittlerweile wissen wir, dass viele der Informationen auf der Goldenen Platte nicht der Wahrheit entsprechen. Die Menschen sind bei weitem nicht alle so friedlich und es ist auf der Erde bei weitem nicht überall so harmonisch, wie sie es auf der Platte darstellen. Es ist auf der Erde zwar noch annähernd so schön, wie auf vielen Bildern der Platte, aber auch das verändert sich zusehends."

Traurige Augen schauen zu ihm auf. Das vorrangige Gefühl, welches die Worte von Abendahl erzeugen, ist dumpfe Leere. Seine Worte erzeugen Gedanken und den Gedanken folgen die Gefühle. Bei manchen entsteht sogar Wut. Solch destruktive Gefühle sind Gliesern nicht vertraut, da sie normalerweise anders denken und dementsprechend fühlen. Deswegen macht sich eine große Verunsicherung breit, viele wissen nicht so recht, wie sie mit diesen Gefühlen umzugehen haben und hüllen sich in unsicheres Schweigen.

„Moralisch sind solche Menschen wie viele ihrer Politiker sehr flexibel. Sie beherrschen zwar alle Lebewesen auf dem Planeten, sind aber nicht im eigentlichen Sinne intelligent. Und sie ignorieren in ihrem Wahn, dass sie sich langfristig selbst die Lebensgrundlage entziehen. Im Prinzip sind die Eingeborenen, die wir im Dschungel getroffen haben weiter entwickelt als die Politiker in der sogenannten zivilisierten Welt, wie sie es nennen", sagt Abendahl. „Was diese sagen, dass sie tun werden, und was sie tatsächlich tun, das sind oft sehr verschiedene Dinge. Nicht selten sogar Gegensätze.

Solche Art Menschen mögen sich selber nicht. Ob sie tatsächlich die sind, die sie sein wollen? Ich denke, der Wert des Lebens ist vielen nicht bewusst.

Wir wissen, jedes Lebewesen hat von dem Tag seiner Geburt an ein bestimmtes, aber ungewisses Kontingent an Lebenstagen zur Verfügung. Man ist nur kurze Zeit im Leben und dann wieder weg. Jeder sollte seine Zeit mit Bedacht, Anstand und Dankbarkeit nutzen. Und das tun viele dieser Gruppe nicht. Es müsste selbstverständlich sein, sich so zu verhalten, dass Natur und Umwelt für nachfolgende Generationen erhalten bleiben können.

Aber es gibt vielleicht sogar noch eine Chance: Wenn die Menschen in der Bevölkerung ein kollektives Bewusstsein entwickeln; unabhängig von Wirtschaft und Politik. Wir werden morgen eine Entscheidung treffen".

Nach der Ansprache weiß niemand so recht, was er tun soll; keiner will als Erster den Raum verlassen. So stehen sie einfach da und schweigen. „Die Mannschaft kommt mir gerade so vor wie Neel und Naal, die mit ihrem kindlichen Verstand viele Dinge noch nicht richtig erfassen können", denkt Abendahl verzweifelt und verlässt leise den Raum.

19.   Die Entscheidung

Er macht sich sogleich auf den Weg zu den beiden, um die er sich große Sorgen macht. Neel und Naal sind immer noch mit der ISS beschäftigt und wurden offensichtlich die ganze Zeit von Velt gut abgelenkt. So sitzen sie zusammen mit ihm und Soppi, der ihnen gerade durch Skizzen unterstützt erklärt, wie die ISS im Weltraum ihre Lage halten kann. Neel und Naal wirken konzentriert, aber Abendahl spürt, dass sie nicht voll bei der Sache sind. Ihre Gedanken scheinen immer wieder abzuschweifen. Es tut Abendahl weh zu sehen, wie diese kleinen, unschuldigen Seelen so sehr belastet werden. Er spürt, dass sie sehr genau fühlen, wie sich viele ihrer Träume aufzulösen drohen. Neel und Naal sind der Situation wehrlos ausgesetzt und können nur hilflos akzeptieren, was die Erwachsenen beschließen; dieser Gedanke zieht ihm das Herz zusammen und er muss den Reflex zu weinen unterdrücken.

„Hallo Abendahl", sagt Soppi und schaut ihn freundlich an. „Hallo. Gab es auf der ISS viel zu sehen?"
„Absolut. Wir haben uns alles sehr genau angeschaut und sind nun fast fertig. Velt und ich hatten die Idee, dass ich jetzt ein wenig mit Neel und Naal in den Raum für Schwerelosigkeit gehe, damit die beiden mir mal ihre Kunststücke zeigen, die sie sich auf der langen Reise selber beigebracht haben, nicht wahr?"
„Jaa", rufen beide wie aus einem Mund, „das macht Spaß."

„Ich bin gespannt, ob wir es noch können“, zweifelt Neel und zieht die Augen zusammen, „seit wir bei der Erde sind, hatten wir überhaupt keine Zeit mehr dafür.“

„Na, da bin ich gespannt, was ihr danach berichten werdet“, sagt Abendahl lächelnd, „ich wünsche euch viel Spaß.“

„Das wird sie müde machen“, murmelt Velt nachdem die drei gegangen sind und schaut gedankenverloren zur Erde.

„Wir müssen eine Entscheidung treffen können; und das schnell“, sagt Abendahl bestimmt. „Es leiden alle unter der Ungewissheit, wie es weitergeht.“ „Wie genau werden wir vorgehen?“, fragt Velt Abendahl mit matter Stimme.

„Wir haben im Prinzip alle Informationen, die wir brauchen. Lass uns beide, jeder für sich, in Ruhe den Abschlussbericht studieren. Dann setzen wir uns heute Abend zusammen und besprechen uns dazu.

Morgenfrüh treffen wir eine Entscheidung und teilen es zunächst Soppi, Nedal und Ranigo mit. Und so schwierig es auch sein mag, ich denke, auch Neel und Naal sollten dabei sein.“

„Naa-al“, kommt es verhalten von Neel, die dick eingemummelt in ihrem Bett liegt. „Hm?“

„Komm bitte mal rüber. Ich möchte kurz mit dir reden.“

„Na gut.“ Naal rollt sich umständlich aus seinem Bett, schlurft in ihr Zimmer und lässt sich dort auf den Sessel fallen.

„Was kann ich für dich tun?“, fragt er förmlich.

„Hm. War ganz schön anstrengend in der Schwerelosigkeit heute mal wieder unser Programm zu machen, nicht wahr?“ „Stimmt. Ich merke es ganz schön.

Kaum, dass ich die starke Schwerkraft von der Erde gerade nicht mehr spüre, beginnt es jetzt schon wieder, dass mir alles weh tut." Ängstlich schaut Neel ihn an. „Du, was ist denn bloß mit den Menschen los? Warum machen die das alles? Ich verstehe das nicht."

„Ich auch nicht. Aber wenn ich mir vorstelle, dass ich ständig so nach unten gezogen würde, bekäme ich wahrscheinlich auch schlechte Laune."

„Velt sagte, diese Politiker haben andere Prioritäten. Aber was meint er damit? Was bedeutet Prioritäten, Naal?"

„Weiß nicht, aber es muss wohl etwas sehr Wichtiges sein."

Nach einer unruhigen Nacht wacht Neel in aller Frühe phlegmatisch auf. „Ich fühle mich nicht gut", denkt sie schlapp. „Aber ich muss mich zusammen nehmen. Abendahl hat gesagt, dass heute ein wichtiges Gespräch ist." Sie zieht ihre Decke fest um sich. „Na ja, eigentlich kann es nur besser werden als gestern, wir lassen uns nicht unter kriegen!"

Wenige Stunden später sitzen sie beisammen und warten auf Velt und Abendahl. Die Atmosphäre ist angespannt. Jeder hat das Gefühl, dass gleich Wichtiges entschieden wird.

„Du Nedal, worum wird es denn ganz genau gehen?", fragt Naal, der das beklemmende Schweigen nicht erträgt. Unruhig zupft er Moosbüschel aus dem Boden. Neel haut ihm deshalb auf die Hand und er zuckt zurück. Alle schauen Nedal an. „Bin gespannt, was er jetzt antwortet", denkt Soppi nüchtern.

„Das wird eine interessante Sache werden, kann ich dir versprechen.

Es geht wie immer in letzter Zeit um unsere Freunde da unten auf der Erde. Wie ihr wisst, gibt es einige, die sich unseren Unmut zugezogen haben – Velt und Abendahl haben alles noch einmal genau überdacht und Abendahl erzählt uns gleich, was sie beschlossen haben. Aber schaut, da kommen sie schon."

Die beiden kommen auf die Gruppe zu, begleitet von einem kleinen, schwebenden Display. Sie sehen gar nicht gut aus, wie sie sich schweren Schrittes langsam nähern. Besonders Velt macht einen bemitleidenswerten Eindruck. Es scheint, dass es ihn ungeheure Kraft kostet, seinen Kopf gehoben zu halten.
Dann bleiben sie stehen und schauen in die Runde. Unwillkürlich drücken sich alle fester in ihren Sitz. Neel schlingt die Arme um ihre angezogenen Beine. Velt und Abendahl machen keine Anstalten sich zu setzen, obwohl ihnen das Stehen sichtlich Mühe bereitet. Dann schaltet Abendahl mit einem kurzen Wisch das Display aus und holt tief Luft.

„Wir haben jetzt ein genaues, klares Bild von der Situation auf der Erde. Die zentrale Frage für uns lautet, ob wir überhaupt auf der Erde leben wollen? Und die Antwort ist: Nein. Wollen wir nicht."
Abendahl macht eine lange Pause.
Elektrisiert zucken alle hoch und reißen fassungslos die Augen auf.
„Was?", ruft Ranigo geschockt. „So unerbittlich endgültig? Was ist denn mit all den Pflanzen und Tieren auf der Erde? Die können wir doch nicht ganz alleine lassen." Dann raubt ihm seine eigene Erkenntnis schier die Sprache und er sackt in sich zusammen.

„Unsere Mission, die so hoffnungsvoll begann, ist gescheitert", redet Abendahl mit hohler Stimme weiter. „Es scheint so zu sein, dass den Menschen die Zeit bald knapper werden könnte als uns selbst auf Gliese, wenn sie sich in der Bevölkerung nicht zusammentun und der Politik Einhalt gebieten. Vielleicht könnten wir eine Zeit lang auf der Erde leben. Aber unter diesen Umständen möchten wir uns nicht einen Lebensraum mit ihnen teilen müssen.

Aber wir wollen auch deshalb nicht um Aufnahme auf der Erde bitten, weil wir Angst davor haben, dass wir ins Schussfeld von Interessenskonflikten geraten, wenn global bekannt wird, dass wir da sind."

Velt beginnt zu schwanken. Soppi springt auf und hält ihn fest. „Wie zerbrechlich und leicht er ist", denkt Soppi erstaunt, „fast wie ein Kind." Dann setzt er Velt neben Neel, der leise Tränen der Trauer über das Gesicht laufen. „Den Kindern ist ihre Leichtigkeit endgültig genommen, geht es Velt bitter durch den Kopf, nickt Soppi dankend zu und legt kraftlos seinen dünnen Arm um Neel

20. Abschied

„Ich kann euch kaum sagen, wie leid mir das alles tut", sagt Abendahl leise, „ich hätte es eher erkennen und handeln müssen. Ich weiß, wie schrecklich es für euch alle sein muss, aber es existiert momentan leider keine andere Möglichkeit."
Ohne Vorwarnung springt Naal plötzlich auf und stürzt sich auf Abendahl, trommelt mit seinen Fäusten gegen ihn, dass er einige Schritte zurückweicht. Wie vom Donner gerührt schauen die anderen fassungslos zu, sind sekundenlang so erschüttert, dass sie wie versteinert sind und nicht reagieren.
„Dann war die ganze blöde Lernerei und alles umsonst. Wenn wir das gewusst hätten, hätten wir uns die ganze Arbeit sparen können", brüllt Naal völlig außer Kontrolle. „Und was ist mit dem ersten Kontakt? Ihr habt mir versprochen, dass ich mit den Menschen Kontakt aufnehmen darf! Was ist damit? Was ist damit?" schreit er verzweifelt. „Ich will zu den Menschen, ich will zu den Menschen!", kreischt er hysterisch und schlägt weiter auf Abendahl ein, der sich nicht zu helfen weiß.
Entsetzt springt Nedal auf und ist mit einem Satz bei ihnen. Beherzt greift er zu und hebt den zappelnden Naal von Abendahl weg. Naal schlägt wie toll um sich und strampelt in der Luft wild mit den Beinen.
„Naal, hör auf!", ruft Neel betäubt. „Komm zu dir, Naal, das hat doch alles keinen Sinn!" Nedal hält ihn weiter so fest, dass er sich kaum mehr bewegen kann. Dann, von einem Augenblick auf den anderen, wird Naal plötzlich ruhig. Schlaff hängt er in Nedals Armen und beginnt zu schluchzen.

Erst leise, dann immer lauter werdend. Abendahl geht zu den beiden und drückt Naal fest an sich.

„Es tut mir so schrecklich leid, Naal. Es tut mir alles so schrecklich leid. Bitte glaube mir, ich wollte euch das nicht antun, ich wollte keine Träume zerstören, bitte verzeiht mir." Große Tränen laufen über sein Gesicht und fallen auf Naals Schulter.

„Ach Abendahl, es ist doch nicht deine Schuld", sagt Nedal ruhig. „Wir alle haben unser Bestes gegeben. Sehr viel haben wir herausgefunden. Jetzt kennen wir die Realität und müssen entsprechend handeln, wir können es ja nicht ändern."

Abendahl setzt Naal vorsichtig auf der anderen Seite von Velt ab, der seinen Arm nun ebenfalls um Naal legt, der sich klein zusammenkugelt.

„Kann es denn nicht doch sein, dass die Menschen es schaffen?", fragt Neel mit tränenerstickter Stimme an Velt gewandt. „Gibt es denn nicht noch eine Chance?" Sie fleht verzweifelt, sie mögen doch Kontakt aufnehmen und versuchen mit den Menschen ins Gespräch zu kommen, um vielleicht doch noch eine Lösung zu finden.

„Wir dürfen im Moment leider nichts tun", flüstert Velt sanft und streichelt beiden zerstreut über den Kopf. „Sie können sich nur selber helfen." Sogleich schluchzen beide laut auf. Neel zieht fröstelnd die Beine an, umschlingt sie wieder fest mit den Armen und legt den Kopf auf ihre Knie. Dabei wiegt sie langsam vor und zurück.

„Was müsste denn passieren?", fragt Ranigo und schaut Abendahl fragend an.

„Darüber haben Velt und ich gestern noch lange nachgedacht und eine Reihe von Antworten gefunden.

Sie können es schaffen, wenn jeder dazu beiträgt, dass auch zukünftige Generationen noch auf der Erde leben können – Das ist die Chance. Die Menschen sollten dazu den charakterlosen Machenschaften der Politik Einhalt gebieten, ihren Führern eine klare Absage erteilen.

Politiker müssen für die Folgen ihres Handelns verantwortlich gemacht werden. Bei groben Fehlentscheidungen, wie Fehlinvestitionen, Umweltkatastrophen aufgrund falsch gesetzter Prioritäten usw., haben sie dafür gerade zu stehen. Bei allen großen politischen Entscheidungen wird durch ein unabhängiges Gremium geprüft, ob durch die jeweilige Entscheidung die Bedürfnisse der Gegenwart befriedigt werden, ohne dass riskiert wird, dass zukünftige Generationen ihre eigenen Bedürfnisse nicht mehr befriedigen können. Hier ist vieles vor dem Hintergrund der Regulierung der Überbevölkerung und dem Erhalt der Umwelt zu sehen.

Für die Besetzung wichtiger politischer Ämter sind Qualifikationsnachweise zu erbringen.

Damit jeder Mensch die Möglichkeit hat, ein wertvolles Mitglied der Gesellschaft zu werden, wird Umweltverhalten Schulfach. Vom ersten Tag an.

Um das alles zu erreichen ist es notwendig, dass sich die Menschen zusammenschließen. Wenn sie sich über diese Dinge unterhalten, dann wird sich die Botschaft verbreiten. So lange, bis sie überall angekommen ist und unausweichlicher Handlungsdruck entsteht. Die Politik wird erst dann ernsthaft aktiv werden, wenn sie Druck aus der Bevölkerung zu spüren bekommt, vorher leider nicht."

Trotz ihres schlechten Zustandes formt sich bei Neel ein Gedanke. Sie hebt langsam den Kopf und hört auf zu Wippen: „Velt hat doch das Buch geschrieben". Ihre Stimme ist traurig und leise. „Können wir den Menschen nicht wenigstens etwas von uns hinterlassen, dass sie wissen, dass wir wirklich da waren, wer wir sind, wie unsere Reise hier hin war und warum wir wieder gegangen sind?"

„Warum eigentlich nicht", nimmt Velt den Gedanken auf und schaut Abendahl an, der ihm aufmunternd zunickt. „Ich werde noch einige Ergänzungen vornehmen, und auch die Situation des Planeten Erde, wie sie sich aus unserer Sicht darstellt, kurz beschreiben. Schaden kann es wohl nicht, das auch zu erwähnen." Abendahl nickt zustimmend. „Wenn wir das machen wollen, können wir es jetzt nicht mehr dem Präsidenten der Vereinigten Staaten zukommen lassen. Sollen wir es nicht einfach allen Menschen zugänglich machen? Angst zu haben brauchen sie dann ja keine mehr vor uns, weil sie wissen, dass wir wieder weg sind. Können wir es einfach in ihr Internet einspeisen? Soppi?"

„Ja, das ist möglich."

„So machen wir das", beendet Abendahl das Thema. „Lasst uns versuchen, auch ein wenig dankbar zu sein. Wir sollten all das Schöne, was die Menschen leisten und was sie besonders macht für uns festhalten, um es in unsere eigene Kultur aufzunehmen. Ihre reichhaltige Beschäftigung mit Kunst zum Beispiel, durch die sie ihrer Wahrnehmung, ihren Gedanken und Emotionen auf kreative Art Ausdruck verleihen.

Sei es das Malen, das Gestalten von Objekten oder die Literatur;
wir haben viel von den Menschen gelernt, das uns hilft, uns selber
noch weiter zu entwickeln. So nehmen wir auch Gutes mit nach
Hause, das dürfen wir nicht vergessen.
Soppi, informiere bitte die Besatzung. Sie soll alle
Vorbereitungen treffen. Wir verlassen die Erde und reisen zurück
nach Gliese.“